北州情书

◎许念念 著

台海出版社

图书在版编目（CIP）数据

北州情书 / 许念念著. -- 北京：台海出版社，2022.12

ISBN 978-7-5168-3416-9

Ⅰ. ①北… Ⅱ. ①许… Ⅲ. ①言情小说－中国－当代 Ⅳ. ①I247.5

中国版本图书馆CIP数据核字（2022）第192607号

北州情书

著　　者：许念念

出 版 人：薛　原　　　　责任编辑：俞滟荣

出版发行：台海出版社
地　　址：北京市东城区景山东街20号　　邮政编码：100009
电　　话：010-64041652（发行，邮购）
传　　真：010-84045799（总编室）
网　　址：www.taimeng.org.cn/thcbs/default.htm
E-mail：thcbs@126.com

经　　销：全国各地新华书店
印　　刷：天津明都商贸有限公司
本书如有破损、缺页、装订错误，请与本社联系调换

开　　本：889毫米×1194毫米　1/32
字　　数：220千字　　印　　张：9
版　　次：2022年12月第1版　　印　　次：2024年5月第1次印刷
书　　号：ISBN 978-7-5168-3416-9

定　　价：49.80元

目　录

上卷
清白之年

中卷
陌上佳人

下卷
执卿之手

上卷

清白之年

Chapter 1

阿卿

“许老师，咱们就快到了。等翻过这座山，再走六七里地，便是白水楼。”村长驻步片刻，汗水已湿透了脊背，在麻衫后印出乌泱泱的一片痕迹。

今天刚巧撞上毒日头，许临渊眯起眼向外眺望，未见村落人家，目之所及之处尽是层层叠叠的灰青色山脉。

一路走来，他并不饿，只是喉咙有些干涩。

山间里的泉称不上清冽，只是勉强让人渴不着。

村长口中的白水楼并非是一架木楼，而是一个村落的名字，里面住的都是勒墨白族人。

据村长说，白水楼里的人几乎都不会汉语，他虽然会一点，但平时村里忙上忙下，自己也教不过来。

为了给村里孩子找个汉语老师，村长连续三年去县城里找书记，才为白水楼求来。

好不容易名额下来了，他又整整等了两年，才有许临渊这么一号人物报名。

当时村长知道后，先是喜上眉梢，看见资料时，却又忧心忡忡。

毕竟许临渊是从北州这样的大城市来的，又是个二十岁出头的大学生，村长怕他吃不了苦。

不过眼下，看这年轻大学生背着简单的行囊，跟着自己走了一路翻过了几个山头，竟连声累都没喊过，他才稍稍放宽了心。

大路之后是曲径通幽。许临渊跟着村长穿过一条灰绿色的小道，终于看见了白水楼的木头拱门。

远处是宽广的田野，往上有层层叠叠的山坡，果绿色的植被垄起，亦有背着扁担和竹篓的男女老少在交谈。

乍一看人来人往，细看，也没多少人。

村长并拢双手，忽然扯起嗓子喊："阿卿！你盼了好几日的许老师来了！"

许临渊抬头，看见一抹白。

并不是他常见的粉白，是原生的瓷白色，在太阳下像是要透了光。

那个被唤作阿卿的姑娘，许临渊一路上已听村长提了几次。白水楼里，除了村长，会一些汉语的，只有阿卿。

阿卿的草帽不像其他人都戴在头上，而是松松地垂在后头，脖颈上一根纤细丝带，像是随时要落下去似的。

旁人穿着灰白的土布衫子，唯她穿的青色麻衫，干净清丽。

风乍起，鬓发微翘，粉唇莹润。

她不像是本地人，与身旁同龄人长相十分格格不入。

芸回地处低纬度地区，紫外线强度非常高，姑娘们大都有着健康的小麦色皮肤，黑发黑眸。

她却皮肤白皙如苍山白雪，眼眸如霜如水，在刺目的光下，如同剔透的琥珀色的玻璃珠。

那是纯天然的琥珀瞳，而非许临渊在都市中所见美人眼中的棕色美瞳。

那双眼睛澄澈、空灵，远观便生出一副不可亵渎之感。

不等许临渊反应，她已经轻盈地小跑了过来，停在他两三米远处，看看他又看看村长，再不向前。

“阿卿，再过来些。”

直到村长开口，阿卿才又向前几步，站到了许临渊面前。

“做个自我介绍吧。”村长笑了，“不要紧张，人家接下来还盼着你帮忙呢。”

阿卿点头，不再害羞，直直地看向许临渊：“许老师你好，我姓叶，你可以叫我阿卿。”

她说话非常慢，轻声细语的，但咬字还算准，口音并不重。

“好的，阿青。”许临渊伸出手，“我叫许临渊，你直接喊我名字就好。”

她穿的一身浅浅青碧，又姓叶，许临渊便默认她的名字是阿青。

阿卿盯着许临渊那只手，半晌才抬起指尖，虚虚地握了握，又迅速收了回去。

许临渊目前是准大四生，而阿卿两个月前刚满十八岁，二人差三岁。

村长笑眯眯地介绍：“你们二人年龄相仿，想必能说的话也不少。阿卿，你汉语说得好，就由你带许老师在白水楼转转吧。”

阿卿点点头：“好的，村长。”

许临渊告别村长，跟在阿卿身后，从石子路旁的居住楼，绕到小山坡后的茶树丛。

一路上，有不少人一步一回头地看他们，许临渊并不在意，倒是阿卿看起来有些窘迫的模样。

许临渊善于识人，看得出这位姑娘慢热。

为了让她不要那么紧张，许临渊主动开口，问道：“阿青，你的汉语说得很好，是跟村长学的吗？”

阿卿摇摇头，一边比画一边说："很久以前，这里来过一位……从北州来考察的……博士叔叔。他待了很久，所以我跟他学了……不少汉语，但忘得差不多了。所以现在光会说，不会写。"

许临渊没想到自己随口抛的一个问题，这姑娘认认真真回了他这么长一段话。虽然结巴，但语句是通顺的，词语也没有顺序颠倒。

阿卿答完，小心翼翼地看向他："许临……许老师，我想问问，北州大学，离这儿远吗？"

"很远。"许临渊如实说，"我坐了飞机、汽车，还有驴车。今早遇到村长后，他带着我翻山越岭，才来到这里。"

阿卿若有所思，目光呆呆地看向地平线："那真的好远啊。"

自北州到芸回，由北往南，直线距离就有三千多公里。

实际上，许临渊走过的路程，远比这三千多公里要多。

他并不是没有近些的路线可以选择，可他就是想看一看，在高新电子设备中所见到的那些场景，想看看当自己置身其中的时候，到底会有怎样的不同。

学校里愿意支教的大学生不少，但选择到芸回的，只有他一个。

今天他来到这里，发现白水楼比他想象的，还要落后。他自进入白水楼伊始就开了手机，但信号只是有一瞬间显示为E，后来就长久地保持在"无信号"状态。

没网络就算了，许临渊并没有手机瘾。但光是白水楼没什么人会汉语这一点，就足够让他头疼。

许临渊跟着阿卿走了许久，终于看见了白水楼的学校。

学校其实就是一间瓦房，没有食堂和操场，但看得出特意新修过，上面的白漆并不斑驳，还散着质地并不好的油墨味。

其实现在已经晚上七点，但青天白日依旧明朗，不见暮色。

阿卿陪着许临渊进了学校，指给他宿舍的路后，便先行离开，不打扰他整理房间。

宿舍不大，但很干净，行李已经由村长安排的人提前搬来了，就靠在墙角。

许临渊刚放下随身的双肩包，手机就响了。

他没看联系人就知道是谁，接起来随手点了外放："怎么了？"

"你个没良心的，居然问我怎么了？"电话里头那人似乎是被他气笑了，"我打了你十几个电话了，你怎么才接？"

许临渊将那床被褥摊开，仔细地整理着，淡淡地道："这边信号不好。"

"猜到了……"电话那头的人叹了口气，"我想不明白，你这样的人啊，不在北州好好待着，偏要平白无故去芸回那种小地方，给自己找罪受。老师当时都劝你别去，你还不听。"

"你要是没什么事，我就先挂了。"许临渊对那句话不置可否，温声道，"我等会儿就睡，明天还得早起。"

刚刚一路上，阿卿已经跟他说了白水楼的作息，一般在晚上八点时，天幕会迅速从白昼转为夜晚，九点以后，路上就几乎看不见人了。

因为睡得早，白水楼的人，起得也自然更早。

"行，我也写论文了。那儿穷乡僻壤，条件不行，你自己注意安……"

那个"全"字还没被说出来，通话就自动静了音。

许临渊一看，果然，信号又没了。

俗话说既来之则安之，许临渊没有抱怨，靠着硬枕，不一会儿便睡着了。

次日一早，阿卿端着早饭，在许临渊门口徘徊了好一会儿，终于鼓起勇气抬手想敲门，许临渊却刚好把门拉开。

阿卿宛如一只被惊吓的小兽，猛地朝后退了一步，半晌憋出一句："许老师，这是，早饭……"

许临渊端详着她的模样，不禁叹了口气，有些想笑："阿青，我有那么可怕吗？"

阿卿忙摇头："没有！"

"没有怪你的意思，你不要多想。"许临渊接过那碗像粥又不是粥的米糊，朝她友好地笑了笑，"孩子们几点来学校？"

阿卿站直了一些，比了个数字："六点，还有半个小时。"

"去教室等我吧，我马上来。"

"好的！"阿卿溜得很快，转身就跑，但跑出几步后又转了回来，"你吃完了，就放着，我来收……"

许临渊失笑："好。"

白水楼的学校只有一个教室，里面坐着的学生，都在十岁左右。

村长说的情况基本属实，这些孩子都不会说普通话。

许临渊就从最基础的拼音开始教，几乎每一句话，都需要阿卿来负责翻译。

他们的进度很慢，但好在能向前推进。

许临渊上课的时间并不固定，因为白水楼的孩子总有各式各样的活要干。

这天孩子们下了学，许临渊照旧收拾完自己的东西，准备离开。

他刚背上包，看见阿卿还坐在他旁边那个位置，低头对着那些描红字，一笔一画地学着写。

她的表情总是淡淡的，几天来都是这样，对什么事情都很认真，比那些孩子安静得多。

“不走吗？”许临渊问。

阿卿如梦初醒：“啊，对不起。”

“不用道歉，你没做错什么。”许临渊走过去，发现她是在照着描下一课的生字。

“我讲得还算明白吗？”

阿卿肯定地点头：“我都听懂了！”

接着，她声音低下来：“而且……还想多听你上几节课，每天上得太少了……”

许临渊沉默了片刻，他凝视着她手底下那些黑色的字迹，道：“阿青。你有没有特别想学写的字？”

他看着阿卿的眼睛，突然生出一股莫名的悲悯。

阿卿并不知道许临渊的沉默是为了什么，她想了想，道：“我想写，你的名字。”

“我的名字？”许临渊失笑，“你不想先学写自己的名字吗？”

阿卿摇摇头，一字一顿地看着他的眼睛，指指自己，解释道：“我的名字……不重要。”

她指尖向外，又指了指许临渊的心口：“你的名字，重要。”

她说得一本正经，眼里都是尊敬。

“好。”许临渊无可奈何，提笔写下自己的姓氏部首，“许，是言字旁。”

“言的意思，是说话吗？”

许临渊点头：“对。”

阿卿眼睛一亮，像是发现了什么大秘密一样：“怪不得，你那么会说话。”

许临渊又乐了：“倒也不是因为姓氏。”

阿卿脸红：“好像，也是啊。”

在纸上缓慢地，一笔一画地写下“许临渊”三个字后，阿卿重重地吐了一口气，像是完成了一件不得了的大事一般。

“还想写什么吗？”

“时间，年份。”阿卿说，“我想自己写。你今天刚在黑板上教过，我能默写出来。”

于是，她在纸上端端正正地写下了“二〇一〇”，还在下边写了个阿拉伯数字的版本“2010”。

“其实，我会写自己的名字，”阿卿笑脸盈盈地望着他，“许老师，你想看一看吗？”

许临渊忽然愣了愣。

她是第一次，这样对他笑。

以至于许临渊到现在才发现，她笑起来时，眼角会上扬得极为明显。

她笑时，并不是如平时那般素淡温柔，反倒像只山间的白狐，俏而可人。

瓜子般的小脸，却生的一双狐狸般的长眼。

但她问得很认真，眼底除去敬意，并无其他意思。

这样的神情，在北州看不到。

许临渊垂下眼：“你写，我看看。”

他叫了她数日的“阿青”，亦知道她姓叶，竟不知她大名。

只见阿卿拿着铅笔，在那粗糙素白的纸上，细细描摹出一个叶字。

那字方方正正，并不算多么好看，却笔画端正，可见用心。

第二个字，阿卿似乎写了很久，许临渊看不见，便在一旁等着。

一直到阿卿收了笔锋，将那本子往许临渊那边推了推，他才看清那三个字。

叶，卿，茶。

许临渊有些惊诧，他这时才明白过来，旁人叫的从来不是他口中的“阿青”，而是“阿卿”。

卿本佳人，出淤泥不染。

是时，余霞成绮，河倾月落。

不远处低矮的茶叶丛，每一处叶尖都折着一帛刺目的光。

“对了，许老师。”阿卿抱着书，指向远处的山坡，“茶叶冒尖不久，我们缺人手。明早，你和孩子们一块儿来茶地，好吗？”

“我也可以采？”许临渊指了指自己。

少女轻轻“嗯”了一声，如实相告：“其实，就算采坏了也无事。因为夏茶最次，我们不怎么往外边卖。”

“再说，我也会教你的。”阿卿小声说，“你那么聪明的人，肯定不会采坏了。”

“什么？”许临渊听得有些模糊。

阿卿看向他，稍微提了些声音，但依旧不响：“我说，许临渊，我会教你的。”

许临渊短暂地顿了顿，不禁莞尔：“好，我知道了。”

Chapter 2

蝴蝶骨

次日清早，阿卿跑到许临渊的门前，“咚咚咚”地敲了三下门。

“早。”许临渊开门，“我们是现在走吗？”

阿卿摇头：“不，我来喊你去村长家里吃早饭。这个点太早了，茶叶要晒一会儿太阳再摘，那样品质才最好。”

村长今日得空，做了些烙饼和发面馒头，专门喊阿卿和许临渊来吃。

在上山的路中，阿卿背着小小的竹筐子，反复叮嘱：“你来之前的一段时间，这儿连着几天都在下雨，所以现在到处都是小蘑菇。那些不能乱采，更不能吃，很多都有毒。”

阿卿要是不说，许临渊可能真就上手采了。

此刻已经快到上午的十点钟，山坡另一头也出现了几家的孩子。

他们大多拎着大大的布兜子，看起来横冲直撞，其实都很小心，不会采坏任何一株茶树。

田垄间高矮不平，阿卿对地形极为熟悉，自然走得如履平地。

但许临渊自记事以来就没有下过田地，难免深一脚浅一脚，阿卿便自觉地放慢脚步，和许临渊保持着不近不远的距离。

阿卿告诉许临渊，每一棵茶树的枝条上，最中间的是茶叶芽，那个今日不摘。

他们要摘的，是芽下方的第一叶。所有摘下来的茶树鲜叶都得是一棵茶树上统一的位置，这样才方便后期的制茶。

摘的时候也要注意，要用“提采”，也就是拇指和食指捏紧鲜叶，以柔力将其取下。不能用指甲将叶片掐断，会使鲜叶的断裂口发黑，影响茶叶的外形和口感。

许临渊确实是聪明人，一教就会，阿卿一边采自己的，一边观察许临渊。他采得很认真，拿不准主意的时候，也不会自作主张乱采一气，而是会问一问她。

“现在这些被摘下来的，叫作茶青。它们在竹篓底部，聚拢在一起，水分在慢慢变干，会发出很好闻的香气。”阿卿很热情地将那个扁平的小竹篓递过去，“你闭着眼睛闻一闻，会有跟看着茶叶时，完全不一样的感受。”

许临渊低下头，闭上眼睛。

阿卿没有闭眼，反而是趁此机会，认真打量了许临渊的眉眼。

白水楼的人都说，千里之外的城里人，细皮嫩肉，一旦磕着碰着了，便要嚷嚷着喊疼。

可阿卿觉得，许临渊不是那样的人。

不然，他也不会愿意跑来白水楼当老师——这儿条件又不好。

他的身量很高，阿卿目测不出来他具体的身高，但肯定比自己要高一头还多。

许临渊的五官生得端正，眉骨和鼻梁都很高，英气非常。

头发黑得纯粹，就算顶空的日头再烈，发色也未显得淡。不像阿卿，时常被白水楼的人说是黄毛丫头。她的头发天生就是棕黄色的，一点儿也不像白水楼的居民。

他是内双，闭着眼时，眼皮上可见淡淡的皱褶。

当他用那双漆黑的眼睛看向你时，好像很单纯澄澈，却又好像很精明，能看透一切见不得人的心思一般。

阿卿眨了眨眼睛，才发现自己正在与许临渊对视。

她连忙别开了眼睛，心慌张地跳动着。

等她再抬眼，许临渊已经在继续摘茶叶了，就好像刚才的对视没有发生过一般。

今日学校不上课，白水楼的人也各有各的忙处。

许临渊以为，阿卿也要跟其他人家一样，下午需要炒茶，但阿卿将二人的茶叶都交给了村长，转身去牵了邻居阿嬷家的大白牛。

“你去干什么？”

“去帮阿嬷放个牛。”阿卿牵着牛往山间走，“她一个人住，所以几乎都是我在管它。”

阿卿主动邀请了他：“一块儿去吗？你应该没有去过山的另一头。”

许临渊前后看了看，想着自己对炒茶也没有研究，帮不上什么忙，便点了点头：“好。”

大白牛很听阿卿的话，听闻牛都是通人性的，一路走，那牛一直在时不时看一眼许临渊。

阿卿解释说，这牛是有点怕生的，这是第一次她带着它时，身旁还有别人，它自然会警惕些。

路过茶树，她顺手摘了片发着青黑色的老叶叼在口中，能吹出悠扬的音调。

清风徐徐，许临渊感受到难得的惬意，心思也放松下来：“我身边没有人会吹这个，要是这里有把吉他就好了。”

阿卿停下吹茶叶的动作：“什么？”

“吉他。”许临渊重复了一遍，“一种上手很简单的乐器，你乐感这么好，肯定也很容易学会。”

阿卿垂眼："我不知道什么是吉他。"

"以后会见到的。"

"真的？"

"真的。"

"那太好了！"阿卿仿佛真的看见了那一天，真情实意地笑了，眸中水光闪动，"到时候，我也要学一门乐器。"

风正灵动，她亦随意自然。

许临渊怔了一瞬，眼神自然地别开。

那种不合时宜的悲悯心思，在这一刻又被激发，即便许临渊并不想这样。

他在心底叹了一口气，默默跟在阿卿和大白牛身后。

回去的路上，阿卿走得慢了一些，低头将那些在白水楼村中路上的牛粪，用小铁铲刮到一边。

她做这些事情的时候，蝴蝶骨和脊骨的凹凸，在衣服背面透出来，整个人瘦得刺人目。

许临渊观察过，白水楼的牛不止这一头，但别的牛不小心在路上落了粪便，主人是不会管的。

在北州，即便是富人居住的小区，家家户户养的狗随地大小便，业主也不一定会去处理。可唯独阿卿，会主动打扫干净。

许临渊想蹲下来帮她，却被她笑着推开："这样的事情，我做就好。"

在阿卿眼里，许临渊是不该做这些事情的。

她说不出是为什么，但潜意识里就这样想。

许临渊静静地望着她，朝阿卿伸出手："你先牵着牛回去，这边我来处理。"

阿卿依旧想拒绝，抬眸却跌进那双如深渊般的眸子里——既吸引人，又看似有些危险。

那个眼神，阿卿看不懂，但有点想靠近。

阿卿一时间呆愣在原地，手中的东西什么时候被许临渊拿走的，她都没反应过来，两手就已经空空。

她有点着急："你……"

"你的牛要走远了。"许临渊垂着眼提醒她，"牛不是狗，不太认路。"

等阿卿再抬眼，牛没了人牵着，自己走了一段路后，居然真的在她眼前拐了个弯，直往另一侧的山林中去，脱离了原路线。

阿卿吓了一跳，她先前没遇到过这种情况，赶紧冲上去追。

许临渊不放心她，便也跟着跑上前。

这种时候，他也深深感受到了小地方的无助——刚才他放眼望去，目之所及之处，都看不见什么人。

若是这牛突然犟起来，只有阿卿一个人，还是很危险的。

阿卿跑得不太快，体力也一般，很快许临渊就赶上了她，恰好在阿卿差点踩空的时候顺手扶了她一把。

他身上那件四位数的短袖，也因为这一次搀扶，被旁边的树枝给划破了。

许临渊看了一眼，不甚在意。阿卿的注意力，也全都放在找牛身上。

不一会儿，他们终于成功在树林的深处，找到了那头正迷茫地绕着圈的大白牛。

阿卿抱着牛头，松了一大口气。

下一刻，她的视线投向了许临渊的衣服。

她有些抱歉，思索片刻后，道："许临渊，你到我家里去，我给你拿点好吃的，再给你把衣裳补一补吧。"

许临渊的那件衣服，若是按白水楼村里人传统的习惯，随便打个大补丁上去，大概便是真的毁了。

但许临渊并没有告诉阿卿实话，只是拍了拍牛角，笑着说："好啊，麻烦你了。"

阿卿的家在白水楼偏僻的一角，她的家人不在家，屋内空荡荡的。

"我跟阿爸住一起，平时重活都是他干，他对我也很好。"

许临渊点了一下头："阿爸很关心你。"

"对的，"阿卿说话轻飘飘，像是白水楼的田间自然落下的茶树嫩叶，"你自己随便走走，我去烧火。"

阿卿跑到厨房，背靠着白墙，松了一口气。

她才发觉自己白嫩的掌心，已经被指甲掐出了点点的红。

撒谎，果然总要付出代价。

许临渊是个家教严的人，从小到大，父母对他耳提面命，初次进别人家里，不可乱看乱动。

但在阿卿家里，得到了应允，他也不是个多拘泥于小节的人。

在不动手的情况下，也慢慢在院中踱步起来。

阿卿的家里不似村长家那般有"三房一照壁"，村长的家许临渊之前去过，有三间各两层的厢房，亦有一面装饰用的高墙。

虽说一点也不富裕，甚至很破败，却已经是整个白水楼中，唯一能与许临渊先前搜索的网络图片对得上的建筑。

环顾阿卿的家，两边厢房均为一层夯土墙瓦屋，也无照壁。不过，西面正房楼上似乎筑有一间小阁楼，大小不像能住人，却修得尤其规整，方方正正，像是专门用来存放什么特殊的物件似的。

许临渊不爱窥探旁人家事，不过是记住了，但也没想去问。

瓦屋的东面传来“噼啪”声，许临渊信步走过去，望见了阿卿在忙碌的背影。

厨房的炉灶和墙壁，皆是烧得发黑发焦。

阿卿那双手覆于上，黑白色彩对比强烈，就像是炭上结了霜。

听见许临渊的脚步，她往回看了一眼，并未言语。

许临渊靠在栏杆边上看了一会儿，脱口而出：“你怎么这么白？”

这话一说出口，许临渊便心道不好。

对一个女孩子问这种问题，像是暗示了自己一直盯着她看一样。

但阿卿的反应平平，显然不觉得这问题有什么僭越：“我祖上是有位白俄罗斯人的，阿嬷又是汉族人。这边虽然太阳很大，可我从小便没晒黑过。这个……是叫作隔代传吧？反正，我和阿爸生得一点都不像。”

阿卿没说阿妈，是因为她已经忘记了阿妈的样子。

她暗暗想着，自己或许和阿妈是长得像的吧。

这个倒是，许临渊在这里待了快两周了，多多少少也见过白水楼其他的姑娘，阿卿和她们唯一的相似点，大概就是鼻子小巧玲珑。

阿卿翻炒着白色的芝麻，身体随着动作轻轻摇晃，叹了一小口气：“所以，大家也不爱和我亲近，其他女孩儿，都觉得我像外乡人，是不搭理我的。”

阿卿动作一顿，像是急于解释一般，白藕般的肤色染上一层薄俏红：“不，可不是我无凭揣测……确实，是她们亲口说的！”

她一手还拿着锅铲，另一手却已经揪上了衣衫的角，原本泛红的指尖发了白。

原本，她说话就很慢。

这下，更加磕磕绊绊。

许临渊被她逗乐了，也没掩饰笑意，笑得胸口起伏，肩膀耸动："我没那样想……"

许临渊在这儿上了十多天的课，加上他本就是心细之人，也发现了白水楼的人家大多姓白。姓叶的，好像只有阿卿一户，再没见着第二个了。

世人处于俗世，从古至今便有排外之心，名姓不同，样貌亦出众，大抵总会受些非议，这也不难想到。

阿卿不再说话，掀开那一只硕大的铜盖子，白气漫出来，她差点被蒸气呛着，有些狼狈。

她做的是嫩煎豆腐，上面除去盐，只浇了刚炒热的芝麻，原汁原味。

豆腐的底部结了一层厚厚的焦脆，咬起来脆生生的，又烫又香。

"你先吃，我去给你泡点茶。"阿卿吹了吹发烫的指尖，转身跑进厢房，取了一对看着粗糙，触感却细腻的白瓷小碗来。

那两只小碗中，各放了一小撮颜色匀称的茶叶。

滚烫的热水冲进那两只小碗中，阿卿将那两个小碗凉了凉，然后将其中一碗拿指尖推到许临渊面前："给。"

许临渊的家里是爱喝茶的，他也品过不少，算是懂一些。

他轻呷了一口，眼底一亮。

"是不是还不错？回甘很明显，不至于太涩。"阿卿朝外看，"我阿妈以前说过的，做人要如这里的茶叶，懂得先苦后甜，也要忆苦思甜。她还说……算了，不说这个，我去拿针线。"

许临渊盯着她的背影，若有所思。

那处蝴蝶骨，在任何时间都明显异常，尤其是她小跑起来的时候。

阿卿给许临渊补衣服的时候，处处小心，指尖永远和许临渊的皮肤保持着恰到好处的距离，一次也未曾碰到过。

她将线头结打好后，许临渊很惊讶。

因为阿卿补衣服的方式跟他想象的不一样，并不是像白水楼的其他人那样在衣服上打补丁，而是将那处开口很好地衔接了起来，并且居然看不出线头，看起来就跟没有损坏过一样。

他发现了，阿卿的衣服大概也都是自己做的，每一针每一线，都很有巧妙之处，与白水楼里其他姑娘身上的衣服，都不一样。

她身上每一丝与白水楼不同的地方，大抵都是被暗暗排挤的根源。许临渊说不出，她这样的特殊，到底是好是坏。

此刻，落日熔金，暮云合璧，长风过树林，再越天际。

再远处，那些茶树层层叠叠如海浪般翻涌，每片叶子上都泛着亮橘色的光。

她静静地坐在那里，手中握着凉透的茶叶，眼神里有些忧郁，但也并不是完全纯粹的。

因为瞳仁的颜色非常浅，所以阿卿在任何时候，眼底都像是泛着淡淡的水光。

既很仁慈，又像有心事。

她不应该属于这里。

许临渊没来由地想。

Chapter 3

山 雀

几天后的一个下午，阿卿的阿爸终于从集市上回来了。

大抵是东西卖得不好，他面色不虞，回来也没说什么话。

阿卿为邻居家的阿嬷放了牛，将茶叶也收进了屋。

黄昏时，她看见阿爸吃完了自己做的饭，坐在门口，看起来心情尚可，便暗自为自己打了气，走上前去。

“阿爸，”阿卿沏了一壶茶，浇在白陶小碗里，递了过去，“我想和您商量一件事。”

男人喉咙里哼了一声，将那茶叶往口中一灌，擦了擦嘴角：“说。”

阿卿唯唯诺诺地将心中所想讲出来后，似乎是触了男人心中逆鳞似的，他“腾”地一下子站了起来，将手中那小杯砸向地面，怒目圆睁。

那小碗碎裂在地，浅绿色的水花迸溅，浇在阿卿的足背上。

茶水虽然滚烫，好在男人已经喝了大多，余量很少，溅在皮肤上时，不过是瞬间刺痛，并无什么大碍。

“上学？家里哪有闲钱，送你去做那种只送钱出去，还没有收入的买卖？”男人的脸涨得通红。

他没文化，纵使心底有许多想说的话，终是说不出来，唯一能讲出来的，只有污言秽语。

那些过去的事情一股脑儿袭来，男人唇齿之间都在打着战儿，他很着急，又想埋怨，最后更多的心情，大抵是恨铁不成钢。

难道他的女儿，也要像他的女人一样吗？

阿卿害怕阿爸生气，但依旧试图解释："阿爸，读了书，以后能挣钱的……"

"挣钱？"男人朝地上啐了一口，黝黑的手指朝外一指，"你去问问村长，那个城里来的大学生，教书能不能挣着钱！小孩子读书就算了，你一个再过两年就能嫁人的大姑娘，我都在给你物色对象了，还上什么学？败家玩意儿，你阿妈当年就该把你一块儿带走，别给我添堵！"

阿卿吓得后退几步，看阿爸这么生气，她的腿都软了，只好就地跪下，一边收拾茶碗的碎片，一边道歉。

男人并不理睬她的眼泪，袖子一甩，进屋去了。

她晓得的，阿爸原来不是这个样子，最早的时候，他对有文化的人都抱有一种崇敬的心。

但是阿妈走了后，他变得脾气暴躁，难以接近。

阿卿跪在地上，腿都麻了，她强忍着酸疼站了起来，一瘸一拐地上了山坡。

每每她遇到些事儿，便爱上这处山坡，晒一会儿月亮。

后头是片乱葬岗，这儿被人说风水不好，平时没人来。

趁着天还没完全黑，阿卿倒是敢过来坐一坐。

等天完全暗下来之前，她都会马上下山。

鬼神之说，她自小便知道，因为心有敬畏，便总是宁可信其有，不可信其无的。

许临渊今晚上没吃东西，他去田间看了夕阳，随手拍了些照片。

虽然手机大多时间没有信号，但好歹拍照功能还是可以正常使用的。

他背着包回到村里，路过时听了邻居阿嬷的话，才知道阿卿跟家人吵了架，跑上山去了。

白水楼的家家户户隔音很差，除去人睡的厢房，其余房间都很空旷。

因为阿卿是在门口跟阿爸说的话，故而邻居阿嬷将父女俩的对话听了个一清二楚。

大抵全国的阿嬷都嘴碎，一逮着人，便要将那为数不多的新鲜事抖出去，以此获得些莫名的快感。

许临渊懂得明哲保身四个字，平时也不是个爱蹚浑水的人。

他自小，父亲便教导他，再大的事，若是旁人家事，便不可乱插手。

可是他觉得，这次情况不一样。

若自己纯粹是安慰，大抵就不算插手家事。

于是，他登上了那座不高不矮的山坡。

风吹草低，阿卿穿着白色的衣裳，很好找。

听见响动时，她吓了一跳，僵硬地回眸，见是他，刚松了口气，便又将气提了起来。

许临渊的目光，像是烧火时用的炭块，灼热逼人，令她不敢后退，亦不敢前进。

他只是站在那里，阿卿就明白，该知道的，他都知道了。

“我阿爸没打我。”阿卿甫一开口，便少了几分底气。

意识到这件事，不禁令她有些懊恼。可是她能说的，也只有这句了。

其余的，她无从辩驳。

“你先前，为什么要骗我？”许临渊指的是先前自己去阿卿家里，她说家人待她很好这件事。

阿卿扭过头：“阿卿不想被你看低。”

许临渊沉默不语。

阿卿以为他是生气了，小心翼翼地别过脑袋，又悄悄打量他，没想到和许临渊视线撞了个正着，害怕似的又躲回去。

她的眼眶红彤彤的，眼底除了狼狈的倔强，还有一丝让许临渊感到陌生的防备。

许临渊凝视着她发白的侧脸，一字一顿地告诉她：“别人是否会看低你，并不取决于你家人对你怎样，而是你自己如何想自己。你若坚强，就没人能看低你。”

阿卿懵懵懂懂的，知道他说得对，但为什么对，她不得要领。

许临渊看得透她的眼神，也不求她此时领会自己的道理。

她就像是被世间忽略的一张白纸，是生错了地方的美人，飘摇地在山间生长了多年，好不容易遇见一个不一样的人，便什么都听，潜意识认为他都是对的。

但她会尽量把他的话听进去，比如一开始他让她喊自己的名字，她便努力做心理建设，终于喊出了那一声“许临渊”，而不再是客套地喊他“许老师”。

许临渊不希望她再去想今日之事，索性在她身边坐了下来，并把随身带的包，往旁边不远处随意一丢。

阿卿跟他想的一样，她把自己蜷缩得更小了一些，脑袋向上仰，开始说些胡话：“北州的月亮，和这里的一样吗？”

许临渊摇头，温声道：“并不一样。北州的天空总是灰色的，很少有天朗气清的时候。月亮的周身，大多时间像绕着雾一般，不似这里的黄白分明，而是黑黄色的。”

阿卿想问，既然这样，为什么大家还会那么喜欢北州呢？

但想必只要是人，都不愿意自己的家乡被质疑和编派，阿卿就又不想问了。

可她欲言又止的模样太明显，许临渊看在眼里。

“阿卿，你刚刚是不是想问什么？”

阿卿不想装作没事，便换了个自己小时候问过的问题：“许临渊，你说月光这么亮，可月亮自己知道吗？”

“不知道，”许临渊温声道，“只有喜欢看月亮的人才知道。”

阿卿眼睛发亮：“我的阿嬷也是这样说的，所以，我很喜欢看月亮。”

许临渊听成了“阿妈”，于是问她：“你的阿妈去哪儿了？”

“不，我是在说阿妈的阿妈，在你们那儿，大概要叫作外婆，对不对？”阿卿很艰难地念出了“外婆”二字，却不答自己的阿妈到底在哪儿。

许临渊从不追问，便顺势和她讲起自己的外婆。

村长说的是对的，在白水楼，最能和许临渊说得上话的，的确是阿卿。

除去阿卿懂的汉语最多，还有一个原因，大抵是心性。

北州这座城市太急躁，和阿卿说话，宛若山风寂寂，宁静淡然。

许临渊说累了，索性躺在了半软半硬的土地上，闭起眼睛。

阿卿抱膝坐在他身旁，默默盯着许临渊阖眼的模样。

他的身上穿的都是她没见过的衣服，阿卿不懂品牌，只是觉得好看，还有淡淡的香味。

不是白水楼里姑娘用野花或茶叶制成香包，把衣服熏过的那种香，也不是白水楼人人家里有的，洗衣服的皂角味。

许临渊身上的香很陌生，带有一股不属于白水楼的味道。平时不留意，是闻不到的。非要刚好有山风吹过，你又站在他身边，才能嗅到一丝独属于他的清朗温隽。

他睡得很安稳，胸口均匀地一起一伏，身后放着那个不离身的背包。

阿卿盯着那个包，越看，脸上越热。

她有点想看看，许临渊一直在包里放着什么。

但是，随便翻人东西，又是不对的。

阿卿心脏突突地跳，悄悄往旁边挪了一挪，伸手碰了碰拉链。

然后，在树叶响动的掩护下，她轻轻地、悄悄地把拉链往下滑了滑。

拉链很顺滑，不像是阿卿所见过的自行车，链条一转起来，便吱呀响个不停。

她一眼便看见了那个不用翻盖的手机，背后有个不认识的标志，像极了被咬了一口的苹果。

虽然她知道乱翻东西是不对的，但还是小心翼翼地看了，又放回去，把拉链拉好，再一点一点挪回许临渊的身边。

复位成功，一切如常。

阿卿的心底泛起像是偷吃蜜糖成功般的欣喜，又有一点没被发现的侥幸，但更多的又是后悔——阿卿，乱翻东西是不对的呀。

这样吧，以后找个机会告诉他，阿卿暗暗发誓。

到底是刚满十八岁，又常年长在白水楼，不懂世故，还是小孩心性。

若是成熟，她也不可能没发现，其实许临渊根本没睡着。

只是，任由她做些“坏事”罢了。

阿卿撑着脸，也不知道现在几点了。

但天是黑透了，她在纠结，要不要喊一喊许临渊。

突然，一阵她没听过的音乐声响了起来，身边好像有什么东西在振动，将阿卿吓了一大跳。

许临渊慢慢睁眼，第一个见到的，便是阿卿手足无措的模样。

她指着身边：“你的包……”

“是我朋友来电话了。”许临渊失笑，将那块小板砖似的手机拿了出来，在上面不过是轻轻滑了一下，便跳出一个界面。

许临渊和朋友说话，明显语速要比和她说话快一些，阿卿努力地听，也只能听懂大半。

电话那头……是和他一样的人吗？北州的城里人，识字的大学生？

那应该是许临渊的朋友吧，他应该有许多朋友。

这里信号不稳定，好几次都打不通电话，这次倒是很顺利。

阿卿呆呆地看着许临渊挂了电话，将手机放回包里。

若是她再细心一些，就能发现，许临渊平时都把手机放在包里单独的一格小袋子中，而她刚刚不过是慌张地随意一塞。

就算许临渊先前真的睡着了，现在也能发现不对劲。

“是我朋友，随便和我说了几句学校里的事。”许临渊从山坡的草地上坐起身来，拍去身上沾染的微黏的草屑，将单肩包随意地往背上一带，“明早我还要教课，咱们回去吧。”

他没往回看，信步走了几大步，却未听见阿卿的脚步声。

所闻的，只有耳边呼呼的山风，少数的虫鸣，没有鸟雀之音。

夜幕低垂漆黑，许临渊回头，轻声唤她："阿卿？"

"……许临渊，"阿卿艰难地吞了下口水，"你能，靠近我一些吗？"

像是怕许临渊误会般，她的脸上又浮现出像是说错了话一般的红。

阿卿摇摇头，声音小得像是说给自己听的："我有点怕黑。"

"什么？"许临渊虽然没听清，但还是往回走了两步，"靠近了，然后呢？"

阿卿深深地吸了一口气，又慢慢吐出来，面上的红晕才消了些，又回到原本白如霜的模样："我说，我有点怕黑，所以，许临渊，你能不能……不要走……太快？"

她的普通话像是退步了，比第一天见到许临渊的时候还不如，一顿一顿的。

说起来，她第一天见到许临渊，普通话几乎没有停顿，也是因为事先排练过要说的那些话，甚至是千千万万遍。

为了给许临渊留下一个好印象，她也是做足了功课的。

她时常会为这份小心思而感到羞耻，但看见许临渊像星星一样的眼睛，她又感到异常值得。

许临渊听明白了，向她伸出手："走吧，我牵着你。"

阿卿见着那只骨节修长的手，像是害怕似的，竟然后退了一步。

许临渊意识到这样的动作，对于自小长在白水楼的姑娘，确实有些太过亲近。

他不动声色地收了回去，向阿卿站着的位置又靠近了半步，温声道："那我不牵你，换你牵我吧。"

阿卿看了看他，又向下看了看。

“到底走不走？”许临渊虽然并不着急，但也不想在这儿站太久。夜间山风微凉，他不怕，但阿卿是女孩，受凉总是不好的。

许临渊淡淡地开口：“再不走，我就不等了。”

“走的，走的……”阿卿来不及纠结，小心翼翼地抬起左手指尖，揪住了许临渊的一截衣角上的布料。

“走了？”许临渊问。

阿卿点点头。

许临渊走得不快不慢，阿卿跟着他，亦步亦趋。

关于她怕黑这件事，阿卿没有说谎。从小，她就因为长相被其他姑娘排挤，有一天晚上，那些姑娘喊她一起出来玩，她自然满心欢喜地答应。

谁想，那些人将她丢在了山上，整整一夜。

自那以后，她就真的很怕黑了，无人作陪的话，便不敢在夜里出门。

“许临渊，”阿卿忽然说，“谢谢你，愿意给我拉衣角。”

她的声音很清雅，音色柔软，轻而亮，如同树梢间滑翔而过的长尾山雀。

许临渊身上有种淡淡的香，这样的味道清冽，馥郁，稳妥，安全。

若是阿卿喝过气泡水，大抵会把这个味道形容成添满冰块，还加了柠檬片的苏打气泡水。

许临渊听见了她的感谢，却没有停下脚步，而是说：“阿卿。你若是愿意，可以不叫我的全名。”

“啊？”阿卿指尖一紧，脚步却因为许临渊没停，而停不下来。

许临渊眼观前方，嘴角莞尔：“平时，很少有人这么叫我的。似乎只有不熟悉的人，才会喊人全名。就像大家都爱叫你阿卿，而非是叶卿茶。这个习惯，大概全国通用。我们是朋友，可以不必那么生分。”

“好像，是这样……”阿卿有点担心，又有点开心，“那我要叫你什么呢？”

许临渊刚刚说了，自己是他的朋友啊。

好像是第一次，她被当成朋友了。

“你想叫我什么？”许临渊把选择权交给她。

阿卿眨眨眼睛，小心翼翼：“阿渊。”

软绵绵的一声阿渊，许临渊差点一脚踩空。

好在许临渊心理素质和身体素质都过硬，还是将脚步和心脏一起稳住了。

他清了清嗓子：“那就阿渊，很好听。”

“我也觉得，”阿卿笑了，“听起来很温柔。”

温柔这个词，阿卿是这一周才跟许临渊学到的，她很喜欢，先前还来来回回在小本子上写了好几遍。

这个词语，好像很适合用来形容许临渊。

晚间的白水楼是没有人的，一路走来，只见着了路过的狗。不用阿卿指路，许临渊方向感很好，很快找到了她的家。里面没有点灯，阿卿的阿爸已经睡下了。

许临渊垂下眼：“去吧。”

阿卿抿了抿唇，却再揪紧了一些他的衣角。

“我突然有些想我阿嬷，”阿卿说，“现在夜深人静，我阿爸一睡着就很沉，也不会发现我独自进灵堂。阿渊，你陪我去拜一拜她，好吗？”

许临渊虽然愿意，但有些疑惑：“平时不能进吗？”

阿卿点头：“我们这儿的习俗，晚辈不得在非祭祀日祭拜。”

许临渊点点头：“好。”

阿卿手心发汗，忽然很庆幸，自己方才没有大胆到真的去牵许临渊的手。

她一说谎就容易出汗，若是与他肌肤相触，必然会被他看出端倪。

阿卿松开许临渊的衣角，领着他，一直到了西坊楼上。

许临渊躬身进了房间，一打量才知道，先前他在白天所见到的方正阁楼，里边到底是什么。

那些，竟都是灵位。

一直往上排，许临渊还在不近不远处，看见了一个英文名字，叶丽斯。

大抵，这便是那位传闻中的白俄罗斯人。

阿卿身上晒不黑的白皮肤，浅棕色的琥珀瞳，应该源于这一脉的基因。

二人都没说话，却像是有默契，一同跪在了用数片白布扎成的棉团上，缓缓低身，给那些牌位磕了三个头。

阿卿悄悄睁眼，偏头看着身边跪着的男子。

他双目轻阖，虔心跪拜。而此等情形下，她身为这一脉的子孙，却分了心。

这一比，便相形见绌——阿卿立即又乖乖闭了眼。

灵位之上，身体之侧，皆是不可亵渎之人。

Chapter 4
拍立得

算起来，许临渊来白水楼已经满一个月了。

这日下午，孩子们要上课，一时却找不见许临渊。

于是，阿卿让孩子们在教室里等着不要乱跑，她去找许临渊。

她绕着白水楼的白石小道走了一遭，发现没有，潜意识里觉得他大概在茶山上。

果然，她翻过半座小山坡，找见了那个人。

稀松的树影婆娑，青天白日有些刺目。

因为逆光，许临渊在阿卿的眼睛里，几乎只剩下一道轮廓。

她看见他捧着书，指尖轻轻翻过一页。

就在那一刻，时间安静，岁月安好。

世间最好的东西，大概就是这样的人拿着才值当。

阿卿不曾见过什么能惊艳岁月的人物，她生在芸回这渺小的白水楼，再远不过是新年里去过几回郊外市集，就算说是目光短浅也不为过。

她忽然不想告诉孩子们自己找到许临渊了，她想让他安静地看一会儿书，远离吵闹。于是，她真的这样做了。

阿卿立在一旁，羞耻地告诫自己，只允许任性一分钟。

一分钟以后，她必须喊他，因为，孩子们还得上课呢。

不仅是孩子，她也很想学。

在一分钟倒计时的最后一秒钟，许临渊忽然伸手看了一眼手表，发现时间过了。这是他第一次看书看忘了时间，许临渊抬起眸，恰好与不远处的阿卿对视。

二人皆是一愣，许临渊反应更快："是上课了吧？对不起，我忘记时间了。"

他将书本握在手里，步伐比平日里急了一些："我们走。"

阿卿站在原地，忽然说："阿渊，我给你染一件衣服吧。"

许临渊顿住脚步，有些惊讶。既是因为染衣服这件事对他来说很难得，又因为这个话题对于现在的情况很突然。

"你还会染衣服吗？"

阿卿摇了摇头，实诚道："我只会做衣服，染衣服是我跟隔壁山头一个村落的村长夫人学的。我学艺不精，不过，尚且还可以看。"

她抿了一下淡粉色的唇，发丝随风拂面："我只是想，你来到白水楼这么些天了，我们也没有给你什么礼物，这儿更没什么好东西可以赠你。所以我就想为你染件新衣裳……浅蓝色可以吗？"

许临渊望着她的眼底，忽然笑了起来。

阿卿脸红了："怎……怎么了？"

"你的普通话，现在说得真的很好。"许临渊笑，"你学得非常快，我身为你的老师和朋友，很为你感到高兴。"

阿卿脸上的红稍微褪去了一些："你的意思是，浅蓝色，可以吗？"

"大概是吧。"许临渊又被她逗乐了，他发现这姑娘的重点总是有点偏，但也挺可爱的。

"对了，有件事情，我很好奇。如果不方便说，也没关系。"

阿卿点头，忙不迭道："你说，我肯定会告诉你的。"

"先前在你家，我看见那些灵位下面，有一些似乎染了红色颜料的白色布条，那是什么？”

阿卿有些惊讶，许临渊……居然连那些都看见了？

“方便说吗？”许临渊见阿卿有些犹豫。

“啊，方便的。”阿卿发现自己只要对着许临渊，就总会忽然走神，“那是誓言，白水楼这一带的民俗。”

“誓言？”许临渊有些不懂。

阿卿解释道：“那些不是红色的颜料，是血，人的血。”

怕许临渊不理解，阿卿拿手比画了一下：“白水楼的人，如果想立下一定会完成的誓言，为表决心，就会用大概这么长的白色布条，咬破手指把誓词写下来。”

这些话，她又说得磕磕绊绊起来，远没有刚才那一段流利，但许临渊好歹是听懂了的。

“什么样的誓词都有，不过一般是嫁娶之事，男方为表决心用的。若二人真的长相厮守，那块染血的布条便会被后辈保留下来，垫在灵位之下。”阿卿小声说，“几乎，每家都有的。”

许临渊点点头：“好，我知道了。类似……是情书吗？”

阿卿一愣，想了想，好像是可以这样称呼，便点了点头。

白水楼果然古老，许临渊从没听说过这样的习俗。

不过，想想也能理解。

毕竟先前，也是他第一次看见同时放了那么多灵位的房间。

在他生活的城市，家里早就没有了这些规矩。

他其实还很好奇，关于阿卿母亲的故事。

既然她的阿妈不在，许临渊大概能想到，是去世了。

可当时的灵堂里，最后一块灵位，却止步于阿卿的阿嬷，没有再往下了。

饶是好奇，许临渊也并未再问，因这话题太逾矩。

“还有什么要问的吗？”

许临渊摇头：“孩子们该等急了，我们走吧。”

“哦哦。”阿卿如梦初醒，也意识到自己说更多的话题是不合适的，赶紧跟在许临渊的身后，去了学校。

约莫近一周后的黄昏将息时，阿卿终于做好了那件衣服，跑去了许临渊的宿舍，将那件衣服整整齐齐地递给他。

她看起来很期待，许临渊便即刻换上了。

很奇怪的是，阿卿甚至没有给许临渊量过尺寸，可她做的衣服，竟那样合身。

许临渊忽然想起了什么，对阿卿说：“对了，咱们拍个照片吧。”

“拍照？”阿卿歪了歪脑袋。

“嗯，我包里带了拍立得。先前林林总总，给孩子们拍了不少，照片都发给大家了，我都没有留。”

许临渊查看了一下数据：“现在胶卷还剩下两张，我们拍了，刚好可以一人拿一张。”

芸回的黑夜是一瞬间来临的，现在往窗外看，已经是夜幕时。

许临渊关上门，身上只带了那只拍立得相机：“走，我们去山坡上。”

巧的是，今日阿卿穿的，也是一件水蓝色的薄衫。

他们穿着相似的衣服，坐在月下的小土丘上。

“准备好了吗？”许临渊伸直手臂，举高那架相机，将镜头对准他们自己，“笑一下。”

阿卿没怎么拍过照片，站在许临渊身边，就算是他们现在很熟络，也依旧有些自惭形秽。

于是，第一次快门按下的时候，阿卿微微往旁边缩了一下，视线也没有看镜头，而是往许临渊的侧脸处看。

他的眼里无锋芒，周身却有棱角。

背脊宽阔，凛冽清和，顶空是星汉灿烂。

阿卿有些呆呆愣愣的，直到许临渊手中的那张照片显了形。

她看见方才那一刻，自己的表情被快门抓捕得无所遁形时，不禁红了面。

“阿卿，你长得很漂亮。”许临渊轻轻略过照片上阿卿并不那么完美的表现，同她真诚地说，“下一张，你看向镜头，想件开心的事情，拍出来会更好看。”

阿卿点点头：“好。”

“我数三二一，就拍了。”许临渊再次举起相机。

开心的事情……

阿卿眼前，忽然浮现了一幕幕，她跟在许临渊身后行走的场面。

好像跟在他身后，就很开心。

想到这里，阿卿情不自禁地弯起唇角，而拍立得的快门也在这一刻按下。

这一次，缓缓而出的胶片，把两个人的正脸都框得恰到好处，一分不多，一分不少。许临渊把这张拍得更好的胶片递给阿卿，自己拿了刚才的那一张。

他望向天空，没来由地说起一句：“这里星空满满，我忽然想到一首歌。”

“什么？”阿卿很好奇。

说来惭愧，她虽然能用茶叶吹出调，但唱歌却不好听，会走音，自小也没少被人笑话。

“我唱给你听吧，”许临渊清了清嗓子，“给我点时间，想一想歌词。”

阿卿默默闭了嘴，抱上膝盖。他的声音渐渐弥散，低声哼唱中带了点漫不经心。但就是这份漫不经心，使那歌声尤其动听。阿卿在他的眼睛里，看见了倒映的自己。

与你在山水腾腾之外，

怜取春风不还，

一霎清雨探一夜阑珊，

姣好天光共卿卿且看。

空气安静了许久，阿卿才意识到这歌结束了。

“这是什么歌？”

“歌的名字我忘了，不过，你听最后一句。”许临渊笑了笑，“那句卿卿，是你的名字。”

阿卿低头：“我没有什么文化，我也不知道阿妈为什么给我起这样一个名字，和大家一点都不相像。”

许临渊摇头：“卿是很美的字，这个字很古老，放在古代是佳人的意思，也就是，让人心悦的美人。”

“是吗？”阿卿有点儿高兴，“从没有人和我这样说。”

“现在你知道了，也一点都不晚。”许临渊望向阿卿柔顺的模样，眸底显出温和之意。

“刚才的那首歌，就要在山里唱才好听。”许临渊又抬起头，眼底竟生出眷恋来，“你们这儿能看见很多星星。”

阿卿迷茫又不懂：“可我们不是都在中国吗？芸回有这么多的星星，难道，你们北州没有吗？”

“没有，我从小到大都生长在北州，但从来没在北州见过星星，和同学朋友出去旅游时才能见到。不过，芸回这里的星星，是我见过最好看的。”

阿卿盯着许临渊，说：“阿渊的眼睛，也像星星一样。”

许临渊点头，既是默认这个形容，又夸赞道：“白天新学的比喻句，活学活用，不错。”

阿卿一愣，开始思索要不要告诉他，自己刚刚没想到什么比喻句，纯粹是脱口而出罢了。

不过，看许临渊一副为学生感到高兴的样子，阿卿决定闭口不说，换一个她先前寻思了许久的问题。

“阿渊，我想问你，你为什么会叫临渊呢？”

许临渊娓娓道来：“临是就在身侧，渊是深山峡谷。父母为我这么取名，是旨在时刻警示我，做人要如深渊在侧，凡事都要三思而后行，万不可鲁莽行事。”

阿卿听得懵懵懂懂，半晌后才“哦”了一声，心道她还不如不问，听都听不懂。

晚间月色正浓，山野一派清新气象，窄小的溪涧纵横错落。

许临渊朝下看去，偶然有几片白瓦，从繁茂的枝叶中溢出。

星光在水间，虫鸣浮于天。

阿卿不禁思考：要是她也能知道，自己的阿妈为什么要给她取这个名字，就好了。

可她不知道的是，许临渊在思考的，远比她所想的要多，要长远。

许临渊想的这件事，他已经独自思量了许久。

从第一次看见阿卿的格格不入开始，在她垂着眸清理路面的时候，在她被阿爸辱骂的时候，在她小心翼翼地和他保持距离的时候，在她认真描红字的时候……他都无法不忽视自己心底冒出来的那个想法。

就在今夜，他穿上阿卿亲手做的衣服时，终于下定了决心。

阿卿，是不该属于这里的人。

过了几日，学校下了课后，许临渊告诉阿卿，等晚些的时候，他想来找她说件事。

许临渊没有说什么事，阿卿自然也是猜不到的，只是说："那我今日晚点睡，我阿爸不在家，我给你留个灯。"

这样的话，放在北州，是不能乱说的。

晚上，许临渊和村长说了会儿话，来到阿卿的家门口。

白水楼的晚上，家家户户最外边的大门都是敞开着的。

这儿地方太小，不需要防贼，因为邻里相互都认识，就算真有贼，也没什么可偷，每家有的东西都差不多。

许临渊看见其中一间厢房的灯光亮着，便朝那处走去。

"阿卿？"许临渊隔着门，喊她。

无人应答。

许临渊有些奇怪，微微推开门——他并不知道，这间屋子是做什么用的。

而她站在水汽之中，朦胧间转身，眼里光影痕迹点点，似泪是雾。好像是方才一直在发呆，直到许临渊推门，她才意识到有人。

那双眼睛，像是受惊的小鹿，瞪圆了，可眼尾依旧是翘起的。

许临渊猛地关上门，后退一大步！

她下身竟未着寸缕，因为滚烫的热水蒸气氤氲，她腰腹往下虽看不真切，许临渊却记得那截不堪一握的腰肢。

明明未曾做什么动作，媚态却浑然天成，和寻常美而不自知的阿卿，分明是两个模样。

一时间，双方静寂，无人再说话。

阿卿似乎还是蒙的，过了许久，才一个人从耳根红到脖子。

许临渊知道阿卿是害羞的，在门外认真道了歉后，告诉她，自己明天再来找她。

今夜，就先算了。

可是，许临渊第二天在学校上了一天课，阿卿竟未出现。

孩子们的学习能力强，许临渊现在上课，其实不需要阿卿当翻译，也能跟孩子们正常沟通。

但阿卿没有如往常般坐在他身侧的小桌子上，许临渊总觉得心底像缺了一个小角般，镂空不大，却明显异常，不得不去在乎。

傍晚黄昏，他路过阿卿的邻居阿嬷的屋子，阿嬷正在洗竹篮子。

许临渊望了望牛棚，问："阿卿又放牛去了吗？"

"是，那牛只跟她亲，时间久了都不要我了……到底是只畜生。"阿嬷说的虽然不是汉语，不过许临渊在这里一个半月了，能听得懂大概，并且也学了一部分简单的芸回话。

"算了，"那阿嬷念道，"反正也是替我放的。"

许临渊听见这话，不置可否，只是笑了笑，道："阿嬷，我想带阿卿回北州。"

言下之意，放牛的事，她以后大抵是帮不了忙了。

谁想，那阿嬷听见这话，竟摔了抹布，让许临渊不由得一惊。

不过是无法帮她放牛了，至于如此吗？

"我就知道！那小妮儿心眼可是坏啊！"阿嬷摇头再摇头，愤愤不平，说话也快了几分："一开始她就是冲着你去的，你知不知道？我就晓得，你们这种城里的大学生，真就是好骗！我再告诉你吧，她那个阿妈，就是跟着城里一位来芸回考察的博士跑了的！那小妮儿一个没啥文化的姑娘，能向她那个阿妈学什么？不过也是想一样，离开白水楼这个小地方，飞上枝头变凤凰罢了！"

虽然这阿嬷说话特别快，但许临渊还是能听懂大概——除了其中那些粗鄙之语。

他温温地笑着，不生气，而是以芸回话答："阿嬷，我都知道，您不用告诉我。"

那位老嬷听见这话，变成了吓一大跳的样子，手里的竹筐子都掉在了地上，难以置信："你又怎能晓得呢？"

许临渊只是轻轻地笑，心底却如云中惊雷般响，生出苦涩与悲悯。

他原本就比她年纪长一些，而且再怎样，许临渊因为家庭的关系，自小见过的人都形形色色，又怎是一个生在芸回的小姑娘骗得了的？

他怎么会看不出来呢？他怎么可能看不出来呢？

她在想什么，他怎能不从一言一行中，猜出来，想出来？

可阿卿，未免太过可怜。

这位阿嬷家的大白牛，总是阿卿在放在照顾着的啊。

可阿卿本人，在这位阿嬷的心里，也终究像是位外乡人，一点不得白水楼的欢心。

这牛向着阿卿，便是畜生。

向着这阿嬷本人，便是有良心。

阿卿若是知道，会不会心寒呢？

Chapter 5

北　州

许临渊去了阿卿放牛的那片地，却一直没找到她。

他回到阿嬷的房子，发现大白牛已经在棚子里打盹了。

许临渊灵光一现，最后，果然在山坡的顶处，找到了阿卿。

彼时山风浩荡，树影摇曳，发出窸窸窣窣的声音，潮气在翻涌。

一眼望去，了无所有。

唯独幽暗草木，清寂月光罢了。

阿卿站在月色之下，手中握着那张拍立得。

“怎么在躲我？”许临渊发问。

他并没有任何气恼的意思，只是想同她好好说话而已。

阿卿捏紧掌心：“阿渊，之前的那件事，我当不记得，你也要当不记得。”

不等许临渊回应，阿卿继续道：“今天是你生日，我告诉你两个秘密。”

“第一个，我以前翻过你的包。”阿卿顿了顿，“对不起。”

“第二个……”阿卿有些犹豫，可终是不敢看他的眼睛，心里一横，“我最开始对你好，不是我自己心甘情愿的。”

阿卿吸吸鼻子，朝许临渊鞠了一躬，再说了一次：“对不起。”

她喜欢他，她仰慕他，最开始不过是艳羡他生在北州，又是知识渊博的大学生。

他有许多她没有的东西，故而她便心底抽芽，也想试着沾一些光。

虽然后来……她是真心实意，但最早的时候，她终究是带着目的去关心他的。

她自知并不是个纯粹的人，反之，她的灵魂里有卑劣。

这样的自知之明，让阿卿感到不耻，可又不得不接受这样的自己。

我说谎成性，唯独愿意对你摊牌。

因为我发现，自己真的很喜欢你。

可是，此时心中充满郁结的阿卿，若是愿意抬起头，就一定能看见许临渊眼眸里的温柔。

那般的温柔和善解人意，是可遇不可求的。

许临渊见过形形色色的人，认为她想要走出大山，并没什么不对。

或许，爱一个人带着目的，也并不至判罪。

许临渊盯着她良久，忽而轻笑："你怎么知道今天是我生日？我特意让老村长千万别说的，毕竟，我太不喜欢热闹。若是大家知道了，免不了一整天耳根子都不清净。"

阿卿一愣，抬起脑袋，触碰到他弯起的眼角。

她完全没有想到，许临渊会剑走偏锋，冷不丁地问出这样一句话来。

这句话……和刚才她的坦白，有什么关系吗？

她刚刚做了那样久的心理建设，筑起厚厚的一层壁垒，明明已经准备好了要迎接他的嘲讽与轻蔑。

而这样的高墙，却让许临渊用化作清风的一句话，轻轻一推，便轰然倒塌。

许临渊是生在北州的少爷，阿卿不过是一只白水楼的小山雀。

她的心思，在许临渊的面前，自然是根本无所遁形的。

他是温和凛冽的泉，如同神明给予山雀的恩赐。屈尊降贵，宠辱不惊。

她若是一只真的山雀，一定愿意把羽毛上沾染的漂亮月光都送给他。

她似有若无地靠近，不经意地偷看他，一个人悄悄地抿嘴笑，说话虽然漂亮，又有一些讨好。

这里面，一半是她真心，一半也有假意。

其实从头到尾，根本不需要阿嬷去“提醒”许临渊，他早就对阿卿的心意清清楚楚。

不过是如许临渊在北州的那些朋友所说，他的心太善，也太热，从来不会做令人尴尬的事情罢了。

看透不说破，是许临渊从小到大遵循的座右铭，亦是他知世故而不世故的外显。

不过，许临渊对阿卿好，自然不只是因为想保全他们之间关系的平衡。

而是因为，许临渊真的喜欢她。

他来白水楼，大半是真心，小半也有为了今后简历上的加分。

不过愿意留在这样的穷乡僻壤，过上一个多月的人，整个北州大学也只能找到他一个。

一直到他收到支教名册，这事儿在红板上敲定后，许临渊才将它告知了父亲许正阳。

许正阳希望自己的儿子吃一点苦是真的，但万万也不想许临渊去这样偏远的地方吃苦，他到底先是父亲，才是区长，故而还是将他数落了一顿。

但板上钉钉的事情，也万万没有反悔的余地，许正阳也只能随他去。

阿卿站在原地，一句话都说不出来。

她想接着关于生日的话题，可却有些生硬。

去接刚刚自己说的那些话，更是开不了口。

“阿卿，”许临渊笑了，“既然今日是我生日，那我有生日礼物吗？”

他说出这句话时，就已经想好了下文。

若是阿卿回答没有，就最好了。因为这样，他便能说，以后要补给他。

可谁想，阿卿支支吾吾片刻，竟真的伸向口袋，小声地说：“有的。”

这一次，许临渊眼眸微动。

她前些日子刚为他做了衣服，现在还准备了生日礼物吗？

阿卿慢慢从口袋里，掏出一块绣着一只小山雀的帕子。

那是芸回最多见的长尾山雀，身白尾黑。

这是目前的阿卿，力所能及可以给出的，最好的东西了。

阿卿为了这一方帕子，先熬夜绘图，再仔细挑了线，又悉心选择勾线的样式……前前后后，用本该睡觉的时间悄悄忙了一个月，才终于绣好了。

许临渊接过那方手帕，指尖蜷了蜷。

“阿卿，北州有很多白水楼没有的东西。”他轻轻吐了口气，打算把那件事说给她听，“你有没有什么，特别想做的事？”

阿卿呆呆地摇了摇头，但又突然，再点了点头。

她不懂什么是特别想做的事，从小到大，她习惯了白水楼的生活，这里交通不便，信号不好，更没有网络高新技术。

她对北州广袤的大地一无所知，但她隐隐约约懂得一件事，白水楼，不是她应该一直待着的地方。

所以，目光短浅的她，把远道而来的许临渊，当成了唯一的救命稻草。

她想跟阿妈一样，离开白水楼这个谈不上极坏，但也绝对没那么好的地方。

面对许临渊，她撒过谎，违过心，甚至……在洗澡时听见他的声音，却没开口阻止他，告诉他不要推开门。

她在心里是骂过自己的，可“北州”二字，如同一道楚河汉界，隔阂在她和许临渊之间。

阿卿自卑，在心底觉得自己不配。

同时，“北州”二字亦是熊熊大火，而她，是那只不自量力的飞蛾。

故而她想要讨好许临渊，想要抓住这唯一的希望，祈求他能大发慈悲带走她。

带去北州，或者其他的地方，都可以，她不过是想离开。

或许自私自利，或许贪慕权钱，她都认罪。

直面自己的欲望，或许……好像也没有那么难。

许临渊深深地盯着她的眼睛，阿卿不由得后退一步。

“阿卿，我没有任何怪你的意思。”许临渊足足地叹了一口气，垂眸片刻，又缓缓抬起眼睛，“我是想告诉你，在三千公里外的北州，每一个独立的人，都有一个叫作梦想的东西。”

“梦想？”阿卿眼眸亮了亮。

许临渊点点头：“人是高级而自私的动物，不像隔壁阿嬷家的白牛，只想要吃饱喝足，每天逛一逛白水楼的绿水青山。有什么想要的东西，对人类来说，从不是一件羞于启齿的事，反而，我们应该为此高兴。我们生而为人，总该和动物有些差别。”

“为什么？”阿卿呆呆地问。

“因为有了欲望，人们渴望更多，便更加有动力往更高的地方走。尊严、自由、金钱、权力……拥有这些的人，会更容易拥有势均力敌的爱情。”

许临渊正色：“我所成长的世界，女性从不着急结婚，她们和男人一样需要为自己的事业而打拼。通过依附他人而获得名利的女性，远远没有自力更生的女性受人尊敬。前者，是利用身份。后者，是忘掉身份。”

阿卿愣住了，许临渊在讲的这些，她似懂非懂，但潜意识里明白，自己应该记住这些话。

许临渊不会害她的，他把道理讲得越通透，阿卿就越觉得自己卑劣，同时又心生艳羡。

她突然也想多学些知识，也想看看北州的大地，也想要一个梦想。

“阿卿，”许临渊开口道，“你想和我回北州吗？”

阿卿愣愣的，说不出来。

她想吗？

她当然想的，她想得不得了，她梦寐以求。

故而，当许临渊说出这句话时，她才觉得不真实。

“叶卿茶。”许临渊叫了她的全名，“说话。”

这三个字，在白水楼，一年都见不着一次。

阿卿只是阿卿，在芸回，没人会喊她叶卿茶——那似乎是个外乡人的名字，大家都觉得念着奇怪。

阿卿默默站直了些，像是不忍亵渎许临渊的声音，但，依旧吐不出字来。

“不必害怕那座城市。你只要记住，一万次跌倒，就有一万零一次站起来，没有任何人或事能打倒你。”许临渊缓缓道，音色却坚毅非常，令人心底倍生安稳。

阿卿缓缓地，屏住气息，看向眼前的这个人。

许临渊立于山野之间，身后是漫无边际的泥土与树木，头顶是广阔无际的星空。

他的年纪并不大，却胫骨宽阔，令人充满了安全和妥帖之感。

不知过了多久，阿卿又把那口气，慢慢地松开。

“命运是自己的，你不是谁的附庸物。如果我带不走你，你也不能做随便被人采摘的花……阿卿，我希望你成为野草。”许临渊很轻地闭了闭眼睛，低声道，“阿卿，我总有一天是要走的，要回北州的。在这儿，我待不了几天了。”

“白水楼之外有大千世界，阿卿，我想和你一起去看。”许临渊说。

阿卿张了张口，脑海里一片空白。

良久，她说了一个很不合时宜的字眼：“啊？”

刚一开口，阿卿又捂上了嘴。

许临渊失笑地看着她，重复了一遍：“我认真的。”

虽说，方才阿卿脱口而出的这个字是尴尬了些，但由她说出来，倒是怪好听的。

就像是小山雀一般，不过是轻声地唧啾罢了，远远不足以破坏氛围，反而动人又可爱。

“……想。”她眼睛眨了眨，像是做了决定。

“阿卿。”许临渊笑着看向她眼底，声音坚定、有力、可靠，“不要害怕，不要胆怯。”

他轻松地笑了笑，倏忽间又想起了什么，道：“其实，也并不是非要有人拉你一把，你才能走出白水楼的。”

阿卿又一个激灵——虽然她也不知道自己激灵个什么劲儿。

不过，虽然话是这么说，但许临渊还真就打算带阿卿回去。

那一夜，他侃侃而谈，玉树临风。

却未曾见，那姑娘，因为那些动人的话语，湿透了悸动的心房。

第二日，许正阳接到许临渊的电话时，原本是满怀欣慰地准备听一番支教感言的。

他连如何夸赞自己唯一亲儿子的话语都打好了腹稿，可在听完许临渊的话后，气得差点当场掀了一桌子上好的老茶饼。

“你要带一个芸回的女孩回北州？你在开什么玩笑！”许正阳就算是生气，也没失了风度，“临渊，我从小同你说的，你都忘了吗？你现在才多大？有能力照顾人吗？”

“父亲，我当然不敢忘记。”许临渊很平静，他此刻很放松，即刻对面那位高高在上的长辈气得语气都有些颤抖，他依旧是云淡风轻的模样。

他站于月影下，长身鹤立，说话语气有条不紊。

许正阳紧紧地蹙着眉，看得身边不远处站着的助理也跟着紧张："临渊，我教你凡事三思而后行，做各种决定都要结合实际，你既然说你没忘我的教诲，那你便再看看，你现在说的都是什么糊涂话！"

"可父亲，您教我要谨言慎行，也教我一言既出，驷马难追。我既答应了她，又怎可反悔？"

"答应，也要在自己能力范围之内！"许正阳恨铁不成钢，浑身气得发抖，"你好歹也是我许正阳的儿子，怎么会这样冲动和胡闹？你才几岁，把一个不知底细的姑娘就这样带回来，你拿什么照顾她？又拿什么保证她的一生？你能给她什么东西？"

许临渊忽然噤了声。

不是他后悔了，也不是他想认㞞，而是他确实把许正阳的话听了进去。

从小，他就是个实际的孩子，在别的小孩还在天马行空时，他就会考虑关于"可行性"的问题。

许临渊忽然觉得，自己有点不像自己。

他一个如此周全的人，竟没有想过如何给阿卿一个未来，还没有问过阿卿意见，便已经私自决定了要带她走。

好像，先带她走，是最重要的。

其余的，都可以慢慢说。

可许正阳却告诉他，其余的并不能慢慢说，直接把人带走，分明是比丢下她，更加不负责任的行为。

"支教两个月，能产生什么感情？"许正阳冷静许多，"一个准大四的学生，你还要毕业，还得读研……罢了，我现在让你回来！许临渊，你赶紧回来！"

“不，”许临渊淡淡道，“支教时长还没到，我再等等。”

“你！”许正阳气得手抖，身旁助理赶紧冲上来扶起他，“您别气！临渊不过是太年轻，缺少考虑！您放心吧，他不可能做出违背您的事情的，从小到大他都那么听话，这回也一样的！”

许临渊闭上眼睛：这回……一样吗？

他忽然觉得自己有些可笑和失败，原来在父亲身边人的眼里，他竟然是这样一个顺从的存在。

但细细想来，的确如此。

无论是从小研习的爱好，还是大学选取的专业，他似乎都在按照许正阳安排的“完美人生”走，并未有什么所谓的“差池”。

但人总要改变的，他不可能一直这样。

许临渊站在高处，眺望远方的大山。

他刚来时，这里的大山整体看起来一片雾灰，并不甚繁茂。但不过是两个月不到的光景，这里变成深绿色，远远望去，青空之下，只见苍翠，茫茫杳杳。

在许临渊还没有想到最好的解决办法时，阿卿又忽然着了凉。

热伤风是件麻烦事，故而她这两天都没有来学校，只是在家里休息。

她也不是不想来，毕竟白水楼的姑娘带着伤病干活是常事——但许临渊不让。

他的包里刚好有随身带着的退烧药和炎症药，比白水楼的偏方大概是要好得快些的。

在阿卿发烧的第三天傍晚，许临渊接到了那通标志着人生转折点的电话。

他本以为这个电话，只是因为许正阳放心不下他，过来询问近况罢了。

可是，当时的许正阳却立于ICU病房外，声泪俱下。

“许临渊，你赶紧回来，用最快的速度赶回来！”许正阳的声线嘶哑，已经没有平日的淡定，眼底只有如灰烬般的死寂。

白水楼信号实在不行，许正阳打了很多次，才打通这一回。而他想继续说下去，许临渊那头却又断了信号，什么也听不见了。

许临渊临走时，托村长留给阿卿一个包袱。

在那个包袱里，有一折信封，还有一张字条，上面写了很重要的信息。

许临渊在里面，还留下了当时身上尽可能留下来的全部现金，两千多块钱。

他来不及告别，便趁着晨光熹微，独自翻山越岭。送他的，只有一只盘旋于空中的长尾山雀。

那山雀羽翅洁白，尾翼却全黑，在夜里“嗖”地划过一道魅影。

他来时是毒日头，走时晴空万里，雀跃声绕。

远远望去，山间的树也不再是灰色。

两个月过去了，那些树变得遒劲苍翠，枝繁叶茂。

许临渊翻过最后一座山，最后遥望了一眼白水楼的方向。

那里有的只是悠悠草木，再也不见人家。

不过，在许临渊别开视线之前，忽有一道黑线，急骤出于山林，翩飞翻转，扶摇直上。像是一只展翅的鸿雁，自泥淖污秽，深渊峡谷中挣脱，猛冲高天，直至云霄。

许临渊眯起眼睛看，终于看清了——那并不是鸿雁，芸回是没有鸿雁的。

那只是一只，小小的山雀罢了。

阿卿在次日下午才醒，烧退得差不多了，她第一时间就想找许临渊，却推门看见了村长。

村长将那个小而轻的包袱递给她，什么都没说。

阿卿拆开那个松松垮垮的结，看见了那一张字条。

笔迹隽秀，飘逸不凡，犀利又有风骨。

许临渊在白色的布条之上，用指甲最红的鲜血，写下十二个字——

等我回来，我会带你走出大山。

这是他留在白水楼的誓言，以此地人家最信任的方式，给了阿卿一个保证。

那一年，是2010年。

芸回的白水楼里，有只会用茶叶吹曲的小山雀，悄悄在心底种下一枚叫作梦想的种子。

那枚种子生了根，发了芽，长出来后，还结了果实。

小山雀把半哭半甜的果实打开，发现里面只有三个字。

许临渊。

中卷

陌上佳人

Chapter 6

淑 女

时至二〇一六年，北州灯火通明。

在鳞次栉比的高楼群中，有一座地处中心，却相对安静的大厦。

方钟易立于玻璃窗一侧，冷峻的面孔淡淡，看不出心情。

敲门声响起，他没有回头，薄唇轻启。

“进来。”

高大的白金双开门被缓缓推开，走出一位穿着新中式白色旗袍的女人。

女人细腰长腿，白皙的瓜子脸上化着淡妆，眼线却拉得长，将那狐狸眼篆刻得更为吸睛。

说媚不是媚，说俗亦不俗。

“贵人。”叶卿茶将文件袋递过去，见方钟易背着手没动，便自觉将那些纸张搁在桌上。

“都说了不用这么叫我，你是不是改不掉这低声下气的臭毛病？”方钟易不悦。

“对不起。”大抵是因为紧张，叶卿茶不小心咬到了自己口腔的软肉，不禁“嘶”了一声。

“你下去吧，东西我会看。”方钟易摇头，心想迟早得改掉她这习惯。

都多少年了，怎么还是这副自觉低人一等的模样。

样貌再好又怎样？心底自卑轻贱，唯唯诺诺，终究是上不了台面的人。

这些年来，北州圈中都称她为淑女，却不知她是不爱说话，亦不敢说话。

她怕自己说错了话，会驳了身后人的脸面。

淑女二字，旁人都是夸赞，叶卿茶听见，却觉蒙羞。

方钟易恨铁不成钢，却又无可奈何，不知该怎么教她才好。

他心底认为叶卿茶的成就不止于此，可她几年来止步不前，像是他看错了人一般。

“嘭”的一声，不等叶卿茶转身，那扇刚被阖上的大门便又展开来。

因为是双开的，其中一半门还磕到了墙壁，将那墙皮直接擦下来一小块，掉在地上，碎成无数齑粉。

若是其他人，大概得被方钟易直接从窗户中丢出去。

但来者不是旁人，偏偏是南屏。

南屏什么都没说，牵着叶卿茶的手就往外走，还没忘朝方钟易做了个鬼脸。

叶卿茶被她拉着出去，想要关门，南屏却不让，鼓了鼓腮帮子：“让他自己关去，那门多重啊，刚好能让他分心，好降降火气。”

没过一会儿，沈谅进了方钟易办公室，吊儿郎当地门都不敲，进来就往沙发上一趟。

“刚刚看见咱们南屏大小姐拽着小叶子走了，听起来，她似乎又在说你坏话。”沈谅“嗐”了一声，“不过说你就算了，她刚刚见了我，居然还喊我小谅子，说是报复我喊叶卿茶叫小叶子。你看，她真是越来越没大没小了，你也不管管这小姑娘！小叶子年纪还比她小呢，多懂事儿！”

“呵。”方钟易不搭理，“她懂事？我看两个都不省心，没一个乖的。”

沈谅这就不能同意了：“你说南屏她人不乖就算了，咱小叶子哪儿不乖了？她招你惹你了？你这就是对她要求太高，也不看看人家才多大年纪，就被你糟践成这样……”

方钟易将文件“啪”地重重一合，沉下眸色，冷声道：“你有什么事？没事滚。”

“得！一天天的不知道你要吃多少枪药，二十四小时里，有二十三小时都不满意，我真是吃力不讨好，尽往你脸前凑，算我贱呗。”沈谅拍了拍手，“本来想问你晚上去不去喝酒的，现在看来，没戏。”

他拎上衣服，随手搭在肘间：“回见。”

南屏拉着叶卿茶下了楼，轻车熟路地进了会客厅，倒了两杯原本是公司员工才能喝的果汁，塞到叶卿茶手里：“你别管他，方钟易从小就是这副故作城府很深的冰块脸，为的就是让别人都怕他，你可别着了他的道！”

“方总今天心情不好，加上我又做错事，被骂也是应该的。”叶卿茶莞尔，心情好了许多，“我真羡慕你，你从来都不怕他。”

南屏很骄傲，手往腰间一叉：“因为我喜欢他啊！”

叶卿茶叹气，看了看周围，缓缓道：“怎么又直接说出来了？这外边还有别人呢。”

“为什么不能说出来？喜欢就是得让人家知道的，否则，他如何能想到要考虑和回应你？”

“这样解释，倒也能通。”叶卿茶更羡慕南屏了，既和自己喜欢的人是青梅竹马，又能坦坦荡荡地爱人。

不像她，离南来北，只为一人，却不敢言，亦不敢让大家都知道。

不仅如此，到了现在，她连那个人的影子都没寻找到，孤苦伶仃的。

在北州的这几年，圈里都称她为初露头角的天才设计师，可各种滋味叶卿茶冷暖自知。她知道在这些盛名背后，自己被方钟易盯着，从基础做起，日日夜夜，磨破了多少根笔尖，熬了多少个长夜。

若不是她天生能吃苦，身体素质过硬，再加上南屏和沈谅偶尔来求情，在方钟易那种强度的磨炼下，她大概已经没了好几条命了，哪有运道活至今日呢？

把她从酒吧捞出去的第一日，方钟易就跟她强调，从此以后，她是北州的叶卿茶，再也别去想念芸回的阿卿。

她必须忘掉那个名字，才能成为新的人，在北州立足。

在这近六年的苦中，叶卿茶尝到的为数不多的乐，大抵都是南屏给予的。

想到那个时候，南屏第一次看见叶卿茶，就欢喜得不得了。

她在当时还是个读本科的大学生，嚷嚷着一句“我爱美女”，便朝叶卿茶身上扑了过去。

最后，南屏还是被方钟易沉着一张脸，像提起小鸡崽似的揪了起来，再稳稳地放回地上，冷声冷眼道：“注意礼貌，没你这样欢迎人的。我们就算了，哪天被他人看见了，成何体统。”

从小到大，方钟易对南屏说过最多的一句话，大概就是“成何体统”。

不过，他也就是说说，南屏也就随便听听。

南屏是个古灵精怪的小丫头，明明和方钟易从小一起长大，虽然比方钟易年纪小些，但算起来还是比叶卿茶大了一岁，却浑然不知道烦恼为何物，亦没心没肺。

一看就知道是家里从小宠到大的，从未吃过什么苦。

若是叶卿茶不生在芸回，哪怕是国内任何一个其他的小县城，在她这个年龄，大抵也都能去一个叫作“大学”的地方，而非在二十岁都没到时，便跟着方钟易学习如何在北州生存。

最早的时候，叶卿茶的普通话还说得不够好，磕磕绊绊的，方钟易若是真被她蠢笨的样子惹恼了，还会拿棍棒吓她。

虽说她从未真的挨过皮肉之苦，却是真真正正地害怕方钟易。

她看不透，也无数次想问沈谅和南屏，方钟易最后没打过她，是不是因为打人犯法？

六年，他教她察言观色，教她人情世故，教她站着做人，不要跪着求生。她只在认识方钟易的那天，掉了一次眼泪。再后来，即使再苦再累，英文和专有名词再晦涩难懂，她也咬牙都撑了下来。

哭也是哭的，只不过，不会在方钟易面前哭。

叶卿茶在即将满二十四岁的这一年，达到了方钟易大半的要求，不过在方钟易眼里，她依旧是井底之蛙，做什么都似乎差些意思。

他命令她挺直腰杆，要有傲气，又时刻打压她，批评她的错误行径。

这让叶卿茶看不懂，不过时间久了，她便也不想去弄懂方钟易到底在想些什么，只管做好自己的分内之事，不多虑，只管做。

在她慢慢摸清楚了这门手艺，稍微能在圈中说得上一些话后，叶卿茶见到南屏的次数，便也多了起来。

南屏喜欢方钟易，似乎是人尽皆知的事。

某天南屏缠着叶卿茶，问她有没有喜欢的人。

叶卿茶想说没有，却终究无法开口，骗人骗己。

她在北州几年，已经学会了面不红心不跳地说谎，编织出一个谎言时，手心也不会再冒汗。

撒谎次数越多，她便越能体会到，2010年在白水楼，跟许临渊说的那些谎话，是多么拙劣。

在那个尤其聪明的人眼里，大概很可笑吧。

虽然看破却不说破是他与生俱来的品性，可心中大抵也是要嘲弄她一番的。

区区伎俩，不自量力。

叶卿茶越是知道这个事实，越能念起许临渊的好。

因为她当年什么都不懂，什么都要问，可许临渊却从未皱过眉，哪怕训斥她一次“你怎么连这个都不知道”都没有。

他从来没有这样做，他永远清平，永远耐心。

她问什么，他便答什么，不笑她，也不怨她。

他看透她的卑劣，也能理解她对知识的渴望，两者并不冲突，他选择尊重。

可即便叶卿茶现在已经是个编造谎言信手拈来的角色，如果对方是南屏，她便不想骗人。

骗人，是特殊情况下的权宜之计，不该对朋友如此。

南屏，是她的朋友。

于是，她告诉南屏，自己心属一人。

南屏眼前一亮，揪着叶卿茶的袖子不放：“你喜欢的人，有照片吗？”

叶卿茶点点头：“有是有，但……已经模糊不清了。”

南屏不相信，大大咧咧道，照片能多模糊，一定要叶卿茶给她瞧一瞧。

于是，叶卿茶从包的夹层里，拿出了那张早已经泛黄的拍立得。

南屏左看右看，确实看不清脸了，只依稀辨认得出二人的衣裳，似乎都有些民族特色。

“他和你是青梅竹马吗？”南屏问，“像我和方钟易那样？”

“不，”叶卿茶摇了摇头，“他是北州人，当年来芸回支教。这身衣服，是我给他做的。”

那日叶卿茶抱着侥幸心理问南屏，在北州，可否听闻过一个叫作许临渊的人。

南屏确实想了很久，终是无奈地告诉叶卿茶实情，说自己从小到大的圈子里，并没有记得接触过这样一号人。不过，她答应会帮忙留意，因为北州虽然大，但也说不定哪天就遇上了。

“而且，当时他没告诉你吗？”南屏很奇怪，“用拍立得拍出来的照片，是需要夹在书页里好好保存的，不能总是风吹日晒，不然，很快就消磨了，根本看不清楚……难道，这不是常识吗？”

说者是无心，听者却有意。

南屏越是这样说，叶卿茶心底的卑微，便愈深一层。

南屏没有错，她的话再平常不过，可惜叶卿茶生在卑贱贫瘠之地，没见过什么好的东西。

人生第一次看见拍立得，也是沾了许临渊的一点光。

在北州，人人眼里都是常识的事情，放在叶卿茶的身上，却是那样地陌生。

她无助，却又陡生抗争之意。

叶卿茶暗暗发誓，她一定要站到高处。

这样，才能看见许临渊，才能让许临渊看见她。

Chapter 7

苦茶

此时，芸回的大山中。

“许临渊，你是什么做的，走这么多路都没停！”周既明擦了擦脸上的水，他刚刚用山泉草草洗了把脸，心道这所谓的山泉可真不如想象中清澈。

网上都说山泉可以直接拿来喝，这话假是不假，不过是水里掺了些泥，喝着膈应。

“这鬼地方穷山僻壤的，搞不懂你这次为什么偏要亲自来，还非要打头阵！”周既明懊恼，“还好现在不是七八月的三伏天，否则，怎么样我也是不愿来的！”

“少说点话，这儿水质一般，尽量少喝水。”许临渊没看他，心里记着路线。

此处有一片灰色山林，想必是快要到白水楼了。

果然，又走了三四十分钟，许临渊就看见了那块饱经风霜的石碑。

周既明叹了口气儿：“果然，比我想象的，还破一点。”

许临渊没理他，往里走了几步，终于见到了人，是个孩子。

他喊住那位孩童，用芸回话问他：“你们的村长在吗？”

小孩点点头，却用汉语回答：“在的，他刚给我们讲完故事，回家去了。”

许临渊一愣，有些惊讶：“你会说汉语？”

“整个白水楼的人，都会一些啊。咱们从大前年开始，就一直有城里的大学生来教书，无论老小都能去听。”小孩一本正经地用汉语说完，也没问许临渊是来干什么的，便嘻嘻哈哈地又跑去一边，没什么防范意识。

许临渊心下欣慰，但周既明不以为然：“拜托，你自从在读研时期挣了人生的第一桶金，就年年往这个破地方砸钱修楼。这里条件变好了，自然有大学生愿意来了！”

周既明知道许临渊比自己能吃苦得多，但环顾四周，他也没见着什么有趣的地方，更难以想象六年前这里是何等破败模样。

“真不敢想，这地方居然比前几年好多了，那你来的时候，这里到底是什么鬼样子？”比起这个，周既明当然有更想问的事情，“不过许临渊，我俩认识这么久了，我怎么不知道，你还会芸回话？”

周既明和许临渊是大学时认识的，二人都学历史，又在同一个宿舍里，一来二去，自然熟悉。

后来他们又发现双方的父亲居然也是旧相识。

当年，许临渊和周既明一起跨专业考研，做了北州大学新闻与传媒系的研究生。

等研究生毕业后，二人又一同去了国外读博。

他们在国外合伙开了一家新闻媒体公司，等情况稳定一些后，今年才一起回国，把股份都转移到了国内。

其实这些年，许临渊和周既明已经把每个职位所需要做的事都摸了个透彻，要不是没有三头六臂，时间也不够用，二人甚至都不需要招员工，就能自己把所有事情都完成。

“其实我也不怎么会，只是凭着印象讲了几句。听得懂，但能说的很少。”许临渊实诚道。

他不再过多言语，径直朝印象中村长的家里走去。

村长的家明显翻新过了，比以前更大了一些，还圈了院子。

有一老人，坐在院落中心的木头椅子上，用小碗喝着茶。

许临渊一眼认出了村长的模样，他比以前更加瘦小了一些，但好在面色红润，看起来过得还不错。

“村长，您还记得我吗？”许临渊上前一步。

村长眯起眼睛，缓缓站起身：“许老师？是你吗？”

“是我，我回来看您了。”

村长是多么淳朴的人，因这一句话，眼眶里竟含了热泪。

他长长地叹了一口气，上下打量许临渊：“真好啊……年轻人，又长高了吧。”

“嗯。”许临渊温和地笑了笑。

他也是这时才想到，或许不是村长真的变矮了，而是自己长高了，才觉得村长比先前要矮小一些。

“村长，阿卿还在这里吗？”许临渊念出这个名字时，常年干燥的掌心，竟生了汗。

村长摇头，平静地说出事实：“很久以前，她阿爸采药，摔下了山崖，死了。没几天，她就走了，只跟我打了声招呼。”

“你们两个，倒是相像。走之前，都只跟我打了照面，没给其他人一点儿消息。”

许临渊很意外：“那她去哪儿了？”

村长摇摇头：“不知道，大概是往城里去了。”

和村长简单聊了几句后，周既明在门口憋不住了：“原来，你口中那个念念不忘的相好，就是在这儿认识的啊？”

“嗯。”许临渊说，“而且，当时我来这儿的时候就是七月，你说绝对不来的那种三伏天。”

周既明打了个哈欠：“我真是不知道，像你这种条件的人，没事偏来吃苦作甚呢。”

许临渊在大三的那个暑假，来白水楼支教时，周既明原本想一起。但他想了想芸回的设备和条件，想必自己是吃不了苦的，就终是没有来。

当年，他复习得无聊了，就老是给许临渊打电话。

奈何白水楼信号太差，没几次打通的，加上许临渊在白水楼还是挺忙的，一会儿干活一会儿上课，消息都很少回。

周既明有时候都担心，他是不是被卖去山里，给黄脸婆当老公去了。

其中有那么一通电话，许临渊是在山上，当着叶卿茶的面接起来的。

许临渊有些难过，但更多的是欣慰。

原来，她真的已经自己走出大山了。

周既明往地上垫了张纸，坐在田垄上，拍拍许临渊的肩膀：“既然没找到人，那咱们什么时候走？”

“走什么？摄影师过两天就到了，咱们是来工作的。”许临渊出奇地冷静。

周既明真是佩服他：“别以为我看不出来，你特意选了这么个穷乡僻壤又不出名的地方，不就是要找那个什么阿卿吗！”

“这里是阿卿的故乡，无论她现在身处哪里，肯定都希望这里越来越好的。”许临渊咬着笔杆，拔开一头，开始在笔记本上起草些什么，圈圈画画，“咱们好好讲一讲这个地方，多做推送，让大众知道这片土地，阿卿会高兴的。”

周既明抓了一把头发：“你自从当年来了一趟芸回，再回去就跟丢了魂儿似的，这么些年都是这样，具体什么事儿也不说清楚。我呢，又实在是惨，只能眼巴巴看着你一年又一年拼了命地努力。”

“唉。现在想想，你长这么好看，又擅长为人处世，一直不谈恋爱，大概也只能是因为心里有人了。”周既明叹气，“许临渊，我发现你的吃苦程度真是毫无下限，我再修炼八辈子才能和你一样，深情得我都觉得你可怜。”

“那你还是不要和我一样了，”许临渊笑笑，“情深不寿，你就适合在四合院里颐养天年，儿女绕于膝下。”

“又开始说些我不懂的了，真不知道同一个导师带的学生，我怎么文学素养就那么低。”周既明爱开玩笑，但他毕竟是北州大学的学生，学问自然是不低的。

没过两天，摄影和机动人员全都到了，众人在白水楼住了一个星期，把能走的地方都走了一遭。

许临渊试了好几次自己炒茶，竟然都没掌握好火候，一嚼，苦得人眉头发紧，涩意自喉头向外涌。

真的好苦，远远不如阿卿炒出来的甘甜。

虽说春茶和夏茶不同，但炒茶方法万变不离其宗，许临渊依旧是不得要领。

他怀念起阿卿当时带他炒的茶，软硬适中，甜苦皆备，色泽虽是掉了青，却不至于发黑。

可是，阿卿，你到底在哪儿呢？

潜意识告诉许临渊，叶卿茶应该就在北州。

他想，要找，总是能找到的。

几天后，北州的另一处，南屏正和辛夏怡在一起，喝着属于白富美小姐的专属下午茶。

辛夏怡是个网红，对着下午茶左拍右拍，找了好几个角度。

南屏在一旁都要犯困打哈欠了，辛夏怡才拍了拍手说："搞定。"

"下回点双份吧，也省得我老等。"南屏抓起一块慕斯就往嘴里塞，连叉子都懒得用。

"好主意啊，我之前怎么没想到？"辛夏怡边说，边给南屏递了张纸，去擦她的嘴角："我的小姑奶奶，粘了一身屑，别把方总给你的好衣服都糟蹋了！"

"哪有？"南屏立即看向身上的裙子，发现没有沾到巧克力，长舒了一口气，规规矩矩地拿起刀叉，"没坏就好，吓死我了。"

辛夏怡无奈："也不知道方总怎么想的，对你那么好，却还不跟你确认关系……要不是我知道他的为人，真怕你被他给骗了！"

"才不会呢，方钟易是世界上最好的人。"南屏很骄傲。

"哟，我不是最好的人吗？"辛夏怡开始争风吃醋。

"才不是，"南屏鼓鼓腮帮子，"你刚刚给我擦嘴，美甲长得都快能谋杀我了！"

辛夏怡飞过去一个白眼："这不挺好？漂亮又能防身。"

"不做美甲明明也能很好看啊，"南屏喝了一大口柑橘柠檬茶，"比如荼荼的手，就可漂亮了。"

南屏脑海里浮现出叶卿荼画图的样子，莹白的指尖，圆钝且修剪整齐的指甲。她的手指很长，骨节也很细，连抬手开个门，都很优雅。

“对了南南，有件事我一直想问，难道你不怕叶卿茶喜欢上方总吗？”辛夏怡开始掰手指，对南屏分析道，“你看她啊，明明情商很高，对大多数人都能结交甚好，却唯独视方总为洪水猛兽，处处提防又害怕。”

“你也说了，觉得茶茶害怕方钟易啊，又怎么会喜欢呢？”

辛夏怡顿了顿，有些于心不忍地开口说出下半句话：“这难道不是说明，对叶卿茶来说，他和别的男人不一样吗？”

“肯定不一样啊！”南屏叉腰，“方钟易当然是特殊的那一个，在茶茶眼里，他是贵人，又是老板，自然是不一样的！”

“南南！”辛夏怡嗔怪道，“你明明知道我在说什么方面，我可是为你好！”

辛夏怡是真心替南屏担心的，她与南屏很熟悉，知道南屏有多喜欢方钟易。

现在，方钟易身边有叶卿茶这样一个角色人物，走起路来是连女人都忍不住多看两眼的绝貌风姿，辛夏怡又怎能不担心？

“知道啦小怡，”南屏嘻嘻哈哈的，“但是茶茶不会喜欢方钟易的，因为我一直知道，她喜欢的人是谁！”

“那我就放心多了，她和我不熟悉，她喜欢谁我也不想问。但是，你会不会觉得，一直喜欢一个不给回应的人，很不值得呢？”辛夏怡举起双手，“南南，我可不是挑拨离间，我就是……替你不开心。”

“没关系，”南屏伸了懒腰，冲辛夏怡眨眨眼睛，“不论结果如何，爱永远值得。”

“行吧，我真服了你这样的痴情种了！”辛夏怡打算跳过这个话题，“对了，你上回不是说想给你家方钟易买点茶，今天我看见一篇文章写得不错。”

辛夏怡翻找着文章：“是讲芸回茶叶的，热度很高。”

“这地方我以前就听过，听说全是山，是贫困地区。”她诚心道，“写这篇文章的一定是个文化人，把这种推文里的介绍词都说得有模有样，能让我这个文盲看进去的文字可不多，我发给你看看。”

辛夏怡指尖轻轻一滑，发给南屏一条信息。

南屏虽然不懂茶，但只要是和方钟易挂钩的东西，她永远是最积极的那一个。

她认认真真地花了二十多分钟，才看完了整篇推送，毅然决然道：“买！就买这儿的！这可是茶茶的故乡，不过先前听她说起的次数并不多。”

“你不说我都差点忘了，叶卿茶是白族。当时她成名，也是因为那次和方钟易一同设计出的民族风样衣呢。”辛夏怡自言自语的同时，南屏无意划到文章最下面。

这时候，南屏看见了一个人名。

她不信邪地盯着那三个字看了又看，又揉了揉眼睛，恍如是在梦中一样。

“怎么了？”辛夏怡注意到南屏的反常，“有什么问题吗？”

“别吃了！小怡我们走！”南屏“蹭”地站起来，拉着辛夏怡就走，风风火火地下电梯，“我们去找茶茶！”

辛夏怡被她拉拉扯扯着走，颠得高跟鞋都差点掉了：“到底怎么回事啊！”

“大喜事！”南屏眨眨眼睛，“我找到茶茶的心上人了。”

Chapter 8
情人

南屏一路上都在催促辛夏怡，把车开得快一点。

辛夏怡不禁吃醋："又不是找到了我的心上人，我急什么？"

南屏知道她是嘴贫，也不理睬她。

到了公司楼下，南屏不等辛夏怡，独自飞速跑了进去，也不管前台的人，上楼便要找叶卿茶。

前台的接待员没办法，毕竟大家对这位也都十分熟悉，也不好拦着，只好打电话跟方钟易的助理说了一声，南屏来了。

方氏所有人都知道，南屏是方总的心头宝。

虽然他嘴上不说，私下里却是告诉大家，只要南屏来公司，就不用通报。

方氏创立至今，有这等殊荣的，也只有南屏一个了。

南屏很快找到叶卿茶的办公室，因为里面还有其他人，南屏知道不能太大声，便扒着门框朝叶卿茶做口型，让她出来。

叶卿茶有些忙，但南屏来了，她便放下了手中的事情，起身时整理了一下裙子，才向门口走去。

南屏抓起叶卿茶的手，就冲进了会客厅，一点也不见外地给自己倒了杯橙汁。

叶卿茶有些忍俊不禁，不急不慢道："发生什么了？你居然来公司找我，也没提前发消息说一声。"

看南屏火急火燎的样子，肯定不是路过公司，心血来潮才来找她的。

“茶茶！”南屏挨着她坐下来，“你说的那个许临渊，我找着了！”

叶卿茶一时间都没反应过来，头脑尚且还停留在工作中，音色却清晰：“什么？”

“我今天想给方钟易买些茶叶，因为他老喝酒，就想给他换换口味。上周我已经给他买了一些了，但好像他不太喜欢。现在刚好是春茶时节，我让小怡和我一起找好茶。”南屏说，“结果，你猜怎么着？小怡刷到了一则报道，是写你们芸回茶叶的，给我一看，那总编的名字，竟然是许临渊！”

“我能看看吗？”叶卿茶的呼吸急促起来。

她难得说话做事如此迫切，手上还不自知地抓起了南屏的天丝小衬衫，将那处揉得皱了些。

南屏的这件衣裳很名贵，是方钟易亲自挑材料做的。

衣裳料子极好，任凭叶卿茶捏皱了，再松开，倒还是一点痕迹都无。

“好好好，我马上把文章找出来！”不像叶卿茶，心底即便生出波澜，也都压抑在内心，南屏是个激动之情尽数外显的人，一阵翻包，手忙脚乱的，比叶卿茶还急。

可还没等南屏把手机打开，远处便有脚步声传来。

“工作时间不在工作，在干什么？”方钟易推开门，大步走进会客厅，眼睛盯着叶卿茶，却并未将埋怨和严厉的目光伸向南屏，哪怕只一眼。

“是我找茶茶的，你冲她生什么气呀！”南屏不爽。

“我在教训我自己的员工，闲杂人等，少多口舌。”方钟易皱眉，转身又道，“现在回去，我能当作没看见。”

“我马上来。”叶卿茶害怕被记过，拍拍南屏的手，轻声说没事，起身欲走。

“我把文章发到你手机上。”南屏牵住了她的手，没松，扎扎实实地使了力气，将叶卿茶往沙发上再扯了扯。

叶卿茶失笑。

她放轻声音，温和道：“知道啦，谢谢你，南屏。”

“跟我还说谢。”南屏噘嘴，看方钟易走远了，又狠狠骂了一句，“老古板！”

“不用说他，他是老板，说的话没有不对的。”叶卿茶笑笑，“我走啦。”

她回到原位，心里却想的都是南屏说的话。

想什么来什么，手机屏亮了一下，叶卿茶盯着屏幕，竟有些不敢去看。

终究，她轻划消息，看见了那则报道。

芸回，茶叶，白水楼，清晰可见。

还有那个名字端端正正，呈于面前——许临渊。

叶卿茶盯着那三个字，眼前模糊，差点要落泪。

原来，真的是你。

办公室里。

沈谅歪在椅子上，有些埋怨：“我说，咱们小叶子都那么累了，你怎么还对她那么坏呢？看吧，把南屏大小姐又惹生气了，看你这回又要怎么把人家哄好。”

方钟易并不看他，只是盯着眼前的文件，一目十行：“我是为她好。至于我和南屏，你不用管。”

“不是，我当初真以为你看上咱们小叶子了呢，看你对她那样上心，任谁不多想？结果后来我发现，没有啊！”沈谅对方钟易的做事方法百思不得其解，“那我就看不懂了，你这么心心念念咱们家南屏大小姐，南屏又喜欢你，那你怎么到现在还不给人家个答复呢？”

方钟易依旧不看他，声色敷衍：“我很忙。”

沈谅：“……我真是服了你了，一到感情方面，方钟易，你就是个废物。”

方钟易摩挲着茶杯，冷声道：“太久没骂你，你反倒敢怨起我来了？”

“……不敢不敢，”沈谅是个有眼力见的，万不敢碰方钟易这等刺头，“你当我在放屁吧。”

方钟易极不爱喝那茶，几度想放下，却还是硬喝了下去，心下有些烦闷：“你出去吧，我一个人待会。”

“得嘞，”沈谅准备开溜，“对了，周末有个派对，你要不要来撑场子？”

方钟易垂眼，抿了一口苦涩的茶叶，轻道：“不去。”

“好吧。”沈谅耸肩，漫不经心，“可南屏肯定要去啊，毕竟这是辛夏怡的生日派对，大网红的场子，得去许多帅哥。这男人吧，又分许多类型，不知道咱们南屏大小姐会临幸派对上的哪一位……”

“滚出去。”

“成成成，但是吧，我看那些什么‘小奶狗’‘小狼狗’的，南屏一直给他们微博点赞……”

方钟易知道沈谅是故意的，但也没法再埋怨：“那就去吧。”

沈谅打了个响指：“我这就安排上！对了，顺便把小叶子也喊上！”

“喊她干什么？”方钟易摇头，“喊了也白喊，有的人胆小如鼠，人多点就往后头缩。”

“少说人家胆小了，小叶子是怕你，又不是怕见人！她独自面对一堆高管高官的时候，侃侃而谈的样子你忘了？别乱编派我们家小叶子。再说了，让南屏大小姐去请，小叶子是不会不来的。”

眼看着方钟易脸色越来越沉，沈谅很有眼力见儿地双指并拢，起身时后退小跳两步，朝方钟易比了个手势：“周末见！”

方钟易捏了捏眉心：“赶紧滚。”

周末。

夜幕四合，顶空漆黑一片，北州如常地没有星星，月亮倒是圆。

俊男靓女聚集于此，花坛喷泉边觥筹交错。

叶卿茶本不想参与，但这毕竟是辛夏怡的生日派对，又有南屏亲自来请她，她便不好拒绝了。

花园中央太热闹，她独自端着细长杯盏，立于后院的阴影一角。

她很会喝酒，但不爱喝酒，杯中装的是透明的汽水饮料，足够以假乱真。

不远处，忽而风吹草动，似乎有人不从正门处来，走了后门。

未见人，只闻声。

“许临渊，别走那么快嘛！”那是一道轻快的男声，随后有步伐走动的声音。

皮鞋的跟比较硬，听得出有些着急。

叶卿茶刚想离开，步伐却猛地一滞！

那个男人刚刚喊的，是谁的名字？

“慢点，不必着急。”

这一道声音，是斯文的，近处的，温和的。

叶卿茶微微睁大眼睛，一半狂喜，一半慌张。

可周遭太空旷，她竟不知该往何处去寻找。

一时间，进也不是，退也不是。

她捏紧酒杯，心下一横，往心中所想的那处走去，刚刚好看见了一个男人的背影。

那人胫骨宽阔，身形颀长，步履优雅。

只一瞬，她就认定了，是他。

叶卿茶再匆匆往前走了几步，兜了几个转角，却又不见方才那个人了。

看样子，许临渊是和朋友一块儿来的。

叶卿茶对这儿的地形不熟，先侧身进了最近的洗手间，仔细地将口红补全。

她在镜中打量自己，以审视的目光。

瓜子脸，细长眉，长眼线，小巧玲珑的一张嘴，上面晶莹剔透，用的是透明的淡粉色唇蜜。

这么多年，有人赞她颜如镜中花，水中月。

她从未多想，亦未因那些言语而愉悦。

但在这一刻，她希望那些人没有骗她，那些话可以都是真的。

镜中花，水中月，绝美，却缥缈。

但若是能吸引到自己朝思暮想之人，叶卿茶愿意成为缥缈。

舞池旁，辛夏怡和南屏正在闲聊。

“我跟我表哥也有好多年没见了，谁知道他的至交好友就是许临渊？我对今日，可是盼星星盼月亮一般呢，就想看看这叶卿茶喜爱的人，究竟是个什么模样。”

南屏问：“你没跟你表哥说起茶茶的事情吧？”

“当然没有了，当时他说自己要带个人来，我也就随口问了问名字，谁想到就是许临渊呢？”辛夏怡耸肩，“我这个表妹当得可真是生分，连他开的公司名字都不知道。当时，看见那篇写芸回茶叶的报道，完全是本美女凭本事刷到的。我也是刚刚才知道，周既明和许临渊是合伙人，世界真小。”

辛夏怡朝外张望，忽然笑了，拍了拍南屏的胳膊：“我表哥来了，南南你看，那个就是周既明。”

下一刻，辛夏怡看见了那个颜如神赐的男人。

“我靠。”辛夏怡呆了，“周既明身边那个，是许临渊？”

南屏见了许临渊，也是微微一愣。

毕竟叶卿茶先前给她看的那张拍立得，已经糊得不成样子，她从未想到，许临渊生得是这副模样。

他身着衬衣，身形挺拔清隽，五官如霜似雪，硬朗却不锋利。

墨色黑眸，目光缱绻。

“叶卿茶的福气也太好了，”辛夏怡用只能让她和南屏听见的声音感叹着，“快点儿，趁着他俩还没在一起，我赶紧多看两眼！”

南屏失语，知道她在真心夸人：“要看多久，就看多久好了。

再说，男人那么多，你的福气在后头呢。”

“这福气我可不要，我虽然爱看帅哥，但我是不婚主义者，以后才不结婚呢。模样这般优越的男人，我当然希望能和自己的朋友长长久久了。”

南屏欣慰：“你好像越来越喜欢茶茶了，记得以前你跟她很不熟悉的。”

“现在也不熟悉好吗！”辛夏怡嘴上不饶人，“……不过，她人还挺好，我承认。”

辛夏怡说着这些话，周遭的环境忽然模糊起来，眼前不禁再次浮现出叶卿茶的脸。

曾经，在叶卿茶愿意出席的那几场为数不多的宴会上，人人都赞她是北州里目前能找到的，为数不多的淑女。

淑女吗？辛夏怡觉得不是。

辛夏怡没问过南屏，在她眼中的叶卿茶到底是什么样子的。

主要原因，有二。

一来，南屏是个词汇相对贫乏的人，就算辛夏怡问了，得到的答案大概也就是“美人”“好人”这一类的词语。

二来，辛夏怡生在外地的富商家庭，看过的人不比谁少，也能多少看出来一些。

叶卿茶，确实很有吸引力。

她的气质很特别，既孤高，又羞怯，既似看淡尘间，又像向往名利。

她古典冷清，但身上并无书香气，反倒眼底有些不带任何谄媚的野心。

温和善良，带些迷茫。

辛夏怡看不清叶卿茶究竟是什么样的人，大概是身世飘零和命运多舛，在她身上裹挟了许多层不同的颜色。她知道，能看见叶卿茶内里的那个人一定存在着，但辛夏怡明白不会是她。

或许，能看见叶卿茶心底的人，就站在她面前。

“走了，南南。”辛夏怡笑笑，“我去接待表哥。”

“那我呢？”南屏指指自己。

“傻不傻，”辛夏怡爽朗一笑，“当然是去找叶卿茶，来会一会她的情人了。”

Chapter 9

旧 人

南屏心下会意，立即跑去找叶卿茶。

她穿过人群，偶然听见几位颇有名气的网络红人，凑在一起在议论着什么。

南屏鼻子里轻哼一声，三个女人一台戏，果然古语不骗人。

“她大概真想攀方总这根高枝吧。不过，我听说方总对她若即若离的。”

“叶卿茶也是实惨，真以为大家不知道她出生在哪处小地方？不过是给她面子罢了。”

“是啊，其实大家心底都明白她是怎么上位的，她那张脸，方总大概就是头两年中意，可惜不耐看。”

“不知道是不是我的错觉，她的脸跟以前有些变化，你们觉得呢？大概是动过了吧。”

南屏忍无可忍，好不容易把扯她们头发的心思压了下去，上前一步，将她们一把推开：“说什么呢！嘴碎的家伙，不知道内情就不要乱说，小心烂舌根！”

她们踉跄了一下，见南屏身边没人，便又调侃起来：“哟，这不是天天跟在方总屁股后面的小跟班吗？怎么，听着方总喜欢别人，不开心啊？”

“说话就好好说，别学塑料袋，装得我膈应。”南屏翻了个大白眼。

女人花容失色："你别仗着自己有点家底就乱骂人啊！"

南屏再也不想忍着，一脚踩在女人的脚背上："我骂的就是你！我骂你怎么了，你再乱嚼我好朋友的舌根，我还能把话刻你门牌号上！"

"你！"女人疼得面部扭曲，一时间丑态百出，都没发现身边的人悄悄拿出了手机拍摄，暗地里已经想好了要如何在网上黑她。

"怎么回事？"

一道凌厉低沉的男声破了局，一时间气氛肃杀，无人敢应，连刚刚被踩了一脚的女人，也半点声音不敢外显。

"方总，我们在帮你说话，她却反驳我们，还骂人。"终于有人站了出来。

南屏毫不吝惜眼刀："你们祖上是不是做厨子的啊，这么会甩锅？"

方钟易没说话，只是反手扣住了南屏的手，并不放松，冷冷地朝对面那些女人扫过一圈。

刹那间，再没人敢吱一声了。

"祸从口出，好自为之。"方钟易只留下八个字，便转身把南屏带走了。

一直到了远离喧嚣之地，南屏才又气得跺了跺脚。

"真搞不懂，这些小美女一个个的，年纪也不大，怎么就那么招人嫌弃呢？"南屏鼓起腮帮子，"做人真难，我都替小怡生气，明明跟她们也不熟，还是不能驳人家面子，把她们请过来。"

方钟易松开了她的手，捏了一下南屏的耳垂，沉声道："知道辛夏怡有自己的不容易，就别跟那些人吵架了，她也会很难做。"

"这是辛夏怡的生日派对，咱们要做的是尽量不惹麻烦。"方钟易难得在日常生活中流露出耐心，在不破坏发型的前提下，小心翼翼地揉了揉她的发顶，“知道了吗？”

但方钟易不知道的是，辛夏怡在不远处，已经把那几个网红的名字都默默记了下来。

这些扫她好朋友兴致的人，她已经在盘算怎么用黑料把她们拉下台了。

“我当然也知道啊。”南屏忽然立正，“都怪你，我都把正事儿忘了，我要去找茶茶来着！”

“南屏？”叶卿茶在几步之外，刚好走近。

“你们聊。”方钟易先走一步，给了二人独处时间。

“刚刚的话，我也听到了一些。”叶卿茶不等南屏“告状”，便先宽慰道，“那些不开心的话，我们捂住耳朵，不去听就好了。既然知道那些闲言碎语都是虚假的，又何必在乎？”

“捂住耳朵干什么？要不是今天场合特殊，茶茶，你就该好好看着我撕烂她们的嘴！”南屏咬牙切齿。

叶卿茶失语：“好好好，那你下回等我一起撕，不要再单独行动了，好不好？”

“好！”南屏答应得爽快了许多，反手牵起叶卿茶，“走吧，到抽奖时间了。”

她故意不说许临渊在不远处，是想给叶卿茶一个惊喜。

大概网红的生日派对都少不了抽奖这一环节，叶卿茶跟随南屏进了宴会厅，辛夏怡已经在人群中央。

叶卿茶静静地站在一边，盯着舞台上那成箱的手机，心底有些好笑起来。

若是六年前，她看见这样多的手机，一定会眼冒精光，在抽奖箱前跃跃欲试吧。

想起来，她第一次近距离地摸到这款手机，还是在许临渊的背包里。

那天她印象深刻，许临渊睡着了，她悄悄地拉开了他的包，在里面看见了这样的手机。

上面有个按钮，指尖按一下，还会出现一个密码盘，特别神奇。

也就是那一天，她揪了他的衣角，他带她下山，拜了拜自己的阿嬷。

南屏不知道跑哪儿去了，这儿的人乌泱泱的一片，叶卿茶手里依旧捏着那一盏小小的长杯，鞋尖向外一转，走远几步。

她低垂着眉眼，睫毛纤长，侧颜如玉，惊为天人。

一动一静，一走一停，袅袅娉娉。

疏忽之间，鼻尖嗅到一丝精油蜡烛的余香。

不，不对。

叶卿茶抬起那双眸，跌进另一双眸中。

他站在月色下，不过是几步远的距离，中间隔着一道浅浅的门槛。

此时相望不相闻，愿逐月华流照君。

叶卿茶抬步向前，走动时，改良旗袍侧面的开叉随着步子前后摆动，一双长腿若隐若现。

妖而不媚，竟生清高之感。

那些网红依旧窃窃私语，讨论叶卿茶撩拨一个还不够，居然还光明正大地看向另一位。

可她们想不到的是，叶卿茶不是企图攀缘的菟丝子，而是许临渊不会变旧的情人。

她信步上前，不过是要以爱与思念之名，敬他一杯罚酒。

这几步，叶卿茶不知走了多久，只记得模模糊糊的，自己跨过了门厅的那道坎，站在了许临渊面前。

二人一句话都没说，却是不约而同地行至僻静之地，才堪堪望向对方。

叶卿茶想叫他，还没开口，便有些乱了神。

许老师，不对。

阿渊，也不太好。

她思来想去，干脆直接问道："你也来参加生日会？"

"辛夏怡是我好友的表妹，我们刚回国，我也是第一次来。"许临渊顿了一顿，补充道，"我好友就是周既明。我曾经在你的面前，接过他的电话。"

他这样一说，眼前宛若再现山风，虫鸣夏夜。

叶卿茶"嗯"了一声："记得。"

"过些天，也是你生日。"

"生日啊，"叶卿茶叹息，"我不记得。"

"怎么会不记得？"

"我以前在芸回就不过生日，现在到了女强人遍地的北州，我更不想提醒自己又老了一岁。"

许临渊失笑："你才多大？"

其实，他是知道她多大的。

当年她十八刚满，现在又过去了近六年。

"马上二十四岁。"

许临渊莞尔："我都快二十七了，年年照样过生日。"

“我能和你比吗？”叶卿茶轻轻道，言语间有些埋怨，“你多招人稀罕。”

你也招人稀罕得很，尤其是我。

我对你的思念若是有声，那一定是震耳欲聋，让人心惊肉跳的。

不过挺奇怪的，二人将近六年未见，开口之间，问答一来一回，倒是并不显得生分。

“现在普通话说得很不错，”许临渊换了个话题，“不像以前，吞吞又吐吐，我还得把话说得慢一些。”

他并无取笑之意，言词温和有礼，也不会让叶卿茶觉得不好意思。

“话说得漂亮，还不是咱们家方总教的？”一道声音突兀地插进来，叶卿茶吓了一跳，下意识揪了许临渊的袖口，又蓦地松开来，装作什么也没发生。

沈谅在二人跟前站定，朝叶卿茶吹了一声招牌口哨，手里竟还把玩着两个不知道从哪掏出来的养生球：“这位普通话说得尤其漂亮的小叶子，你家贵人正找你呢。”

也不知道他从哪里冒出来的，叶卿茶第一次怪罪手机的吸引力不够大，怎么会还有在抽奖时间跑出来的人呢？

不过，既然是方钟易找她，叶卿茶是不会拒绝的。

“好。”叶卿茶点头，“沈谅，你带我一起过去吧。”

然而，沈谅带着她走了好远，也不见方钟易在哪儿。

“沈谅，贵人呢？”

“嘘！”沈谅赶紧跟她打手势，“这句话要是被方钟易那厮听见，又要皱眉了，到时候再骂你，扣你年终奖信不信！”

叶卿茶失语："他不会那样做的。"

"不是，我说小叶子啊，当时我不过是一句玩笑话，说方钟易是你的贵人，你怎么偏偏愣头青似的记到现在呢？"沈谅摸不清叶卿茶在想什么，他自诩是北州亿万少女的芬芳解语草，却唯独读不懂叶卿茶的心思。

时间久了，这些年叶卿茶的变化沈谅都看在眼里，那真是让他爱也爱不得，怨也怨不得，好让沈谅费心费神。

"不过也得怪方钟易那家伙，像他那样对人，也难怪你一直怕他。"沈谅摸了摸下巴，"从我认识方钟易开始，他就是那副冷心冷眼的样儿，这句话我也对你说过很多遍了，再说下去，怕是你耳根都得起茧子。"

"所以，方总没有找我吗？"

"没，是我找你。"沈谅不知叶卿茶与许临渊的旧事，他以为叶卿茶是不知道如何脱身，这才"好心"把叶卿茶叫走的。

叶卿茶知道内情后，无奈地道："那我可真谢谢你，没其他事了？"

"等等！"沈谅露出为难的表情，"还真有。"

叶卿茶就知道，沈谅一定又有所求："说说看吧，我能帮就帮。"

"我刚才跟人家美人儿吹牛，说自己要学古人给她绣块手帕，但你知道我哪会啊，所以……小叶子啊，您是我再生父母，帮帮我，成不成？"沈谅也很上道，迅速拿出了诚意，朝叶卿茶比了一个手指，"这个数。"

见叶卿茶不为所动，他又加了根手指："这个！"

"得了吧你，"叶卿茶推开他，"少跟我来这套，又不是第一次了，帮就帮了，要什么钱？你少惹是生非，专情一些，才是好事。”

“好好好，还是你这片小叶子对我最好了，其他美人儿都是浮云。”

“沈谅，”叶卿茶有些乏了，“你不去和美女们约会吗？”

沈谅猛地看向自己的手表，“啪”一拍脑袋，脚下生风：“谢谢小叶子，我还真忘了！走了走了，回见！”

叶卿茶无奈地向他招了招手。

甫一转身，没走两步，竟又与旧人打了照面。

这下，原本不尴尬的叶卿茶，也变尴尬了。

倒是许临渊不为所动：“贵人的事，这就忙完了？”

叶卿茶一时间没想到更好的说辞，索性实话实说：“没有，刚刚只是朋友找我说事情，并不是贵人找我。”

“叶卿茶，刚刚南屏急着找你，你人到哪儿去了？”

叶卿茶一惊：“方总……”

沈谅这个乌鸦嘴，这下好了，方钟易还真来了。

不过，叶卿茶也难再分心去怪罪沈谅。

毕竟，说者无意，而眼前这尊大佛，请来容易送走难。

“旧人？”方钟易沉声问道，眼神却看着许临渊。

叶卿茶垂眼，昧着良心：“不太熟悉。”

她不想骗人，可要说跟许临渊多熟悉，她也说不出口。

“那就是认识了，”方钟易背着手，“以后不要答非所问。”

“好。”叶卿茶后背生寒。

这么多年，即便知道方钟易是个好人，她还是怕他，很怕。

“区长许正阳的儿子，北州军区副司令的独孙。”方钟易喝了一口杯中酒，眼神从头到尾没离开许临渊，“你倒是认识大人物，我培养你这么多年，还不知道你这么厉害。”

“区长？”叶卿茶无意识地“啊”了一声。

是她理解的，那个官很大的区长吗？

“看来我出现的时间不太巧，”许临渊微微颔首，并不想在自己的身份上多作口舌，“二位先忙。”

他垂下眼睫，声音清和收敛，语气不紧不慢：“还会再见的，这次不急。”

可许临渊刚刚走开一步，叶卿茶便转身拉住了他的手，音色更是有些急促：“许临渊！你……等等。”

许临渊身形一僵。

不只是她，叶卿茶也愣了。

掌心对掌心，这一次，是真正地肌肤相贴。

他们的距离，由三千多公里，变成了零。

她甚至能感受到，二人相互触碰的那块地方，正微微发着汗。

不知那些薄汗，是她的，还是他的。

又或者，两边都有？

奇怪，他们二人当年坐在白水楼的小土丘上，从芸回的星星聊到北州的高楼，如此惺惺相惜的两人，却没有拥过抱，牵过手——最开始的那一次打招呼不算。追牛的那一次，也不过是瞬间地扶了一把。

这样想来，唯一的一次长时间的近距离碰触，就是在夜色里，她因为害怕黑暗，牵了一牵许临渊泛着皂香的衣角。

只是……小小的一截衣角啊。

真是太奇怪了，完全没有过亲密举动的二人，竟同时想念了对方整整六年。

从二人初次相识，到今日的第一次牵手，竟然也要用六年。

方钟易是第一次见到叶卿茶这番模样，尤其少见地挑了挑眉，心道有趣。

方钟易和她认识六年，自那晚酒吧初遇，他亲手抹去了她脸上的廉价脂粉之外，一次多余的肢体接触都不曾有过。

此去经年，她更是从未对哪个男人，多看一眼，多观一刻。

似乎是永远对旁人饱含着畏惧之心，一步一停，如临深渊。

可她刚一见到许临渊，竟然便已迫不及待，脸孔难掩欣喜。

叶卿茶的耳边，响起许临渊曾经说的那句话。

不要害怕，不要胆怯。

于是她站定，手上动作未放，口中上下吞咽，转身抬眸，看向那个她多年来一直十分尊敬，并有些打心眼里害怕的方钟易。

“贵人。”叶卿茶看着他，诚挚道，“请让我和他说说话吧。”

方钟易面色平平，没再看她。

他转身离开时，朝后招了招手，懒怠多言。

“去吧。”

Chapter 10
惊鸿

方钟易走后，空气短暂地寂静了片刻。

“我没有打扰你们吧？”许临渊问。

叶卿茶摇摇头，松开了手：“没有。今天本来就没有工作，大家都是来给辛夏怡庆祝生日的，更没什么打不打扰。”

许临渊点头，示意自己明白。

他不愿避开二人之间最该聊的话题，便直奔主题：“我回国不久，就去芸回找了你。”

叶卿茶眼前一亮，立刻问：“见到村长了吗？他可好？”

“见到了，村长身体很好。”许临渊顿了顿，“村长说，你很早就走了。”

“……是啊。”叶卿茶垂眼，“你走后不久，我阿爸就去世了。”

“阿卿，”许临渊皱了眉，“你2011年，就来北州了吗？”

得到确切的答复后，许临渊深深地看着她：“为什么不给我打电话？”

“电话？”叶卿茶不解，“你何时给过我电话？”

“在我走的那一天，”许临渊轻声说，“我把电话，夹在留给你的那些钱中间。”

叶卿茶指尖微微颤抖，她不可思议地抬眸，差点腿上失力没站稳。

好在她早已习惯了穿高跟鞋，还是稳住了身。

“这样啊。”叶卿茶敛睫，“我不知道，那里有电话号码。”

她忽然想笑，笑自己愚钝，又笑许临渊真的记着她。

许临渊能猜出个大概：“你没动过那些钱吗？”

“嗯，”叶卿茶给予了肯定的答复，语气里有些后悔，也有些傲气，“从未。”

看啊，许临渊，我把你留给我的东西，保护得很好。

这些年来，她在爱与痛的边缘徘徊，渴望有人分给她一点光。

即便再落魄，她也没有动过那一包信封里的钱。

或许是有些幼稚，她当时下定决心，一定要把这些钱，原原本本地交还到许临渊手里。

两千块钱，对于2010年的叶卿茶来说，是只在书本上看见过的“巨款”。

现在，叶卿茶虽然可以随时随地拿出两千块钱现金，但那张信封里薄薄的两千块钱，一直被她放在自己的床头柜抽屉里。

叶卿茶很少去看那张信封，但她确实晓得，那张泛黄的牛皮纸就躺在她的身边，每日每夜。

发黄的纸张渗出墨香，纸币也因陈年累月的搁置而发潮。

每当她心累身疲，便打开来瞧一瞧，而且乐此不疲。

但也就是那张信封，时时刻刻提醒她，他们之间的距离是如此遥远。

她一直知道，她和他之间的距离，从不仅仅是物理上的三千多公里。

身份，背景，财力……都是距离的一种。并且，这其中任何一点拿出来，都比三千多公里的地图距离，来得更为现实和沉重。

他们都是成年人，不是青春期的少男少女，何况所谓莽撞和炽烈的情绪，从不属于叶卿茶和许临渊这样的人。

真的有非你不可的事情吗？叶卿茶客观上是不相信的，可敌不过她主观上相信许临渊。

回忆永远青涩又美好的原因之一，或许也正是因为结局的无疾而终。

但叶卿茶是个执拗的人，是撞了南墙也不回头的人，她偏要寻得一个关于结局的答案——即便头破血流，也在所不辞。

许临渊张了张口，声调有些压抑："这些年，你过得好吗？"

他想说，六年来我好想你。想说，只要看见与白水楼相似的村庄，就像见到了你。

可是，许临渊说不出来。

他并不是个言辞拙劣的人，甚至可以说天生靠文字吃饭，却在此时此刻显得苍白无措。

叶卿茶点点头，温吞道："当然好啊。"

毕竟，以现在她的模样来看，就算不说富贵，也定是极为体面的。

叶卿茶有这个自知之明，一路走来的风雨，她暂时不想在这个地方说。

刚到北州的时候，叶卿茶在酒吧打工，短期内换了好多家店。

她听到最多的一句话就是："婊子还立牌坊，生得那副模样，姿态又讨好，偏偏端着不卖，演给谁看？"

是啊，她在这里人生地不熟，到底演给谁看呢？

她明明想要多赚钱，却又不能放下身段。

后来，有家酒吧环境不错，她在这里待了一段时间。

虽然偶尔还是会有人对她进行口头骚扰，但好歹也忍得下去，不再像先前的几家店，总有人无视规矩礼法，就算没喝醉，也想对她动手动脚。

她被打过，被骂过，被在脸上吐过口水，被逼着跪在地上给人擦过鞋，被扇了巴掌还要道歉。

她学会了低声下气，知道北州的老板都是天，她则是低贱的泥。

做错了事情，只有把自己蜷缩起来，噙着眼泪道歉，才能有一丝回旋的余地。

直到那一天，酒吧的其中一桌忽然起了争执，慌乱间，一瓶酒飞了出去，直直地砸向另一个卡座的男人。

叶卿茶想都没想，就冲了过去，挡在那人身前。

沉闷的一声“咚”，厚重的酒瓶砸在叶卿茶的脊背上，瓶子没碎，却疼得她直掉眼泪，直接跪在了男人跟前。

方钟易蹲下身体，朝叶卿茶脸上喷了口烟。

呛得她红了眼，溢了泪。

她委屈地看向眼前这个被自己救了的人，不敢埋怨他的“恩将仇报”，亦不敢问自己到底是哪里出了问题，只好不停地道歉说：“老板对不起，求求您了，别投诉我。”

这让方钟易很是恼火，他平生最烦别人低声下气，于是一把提起叶卿茶，抹去她脸上脸颊的脂粉和眼泪：“不许哭，看我。”

叶卿茶便不哭了，像只受了惊的幼兽。

她害怕，却不敢不看他。

那日她惊恐万分，脖子被方钟易掐着，像是一拧就要断，柔软无骨。

方钟易有些嫌恶，却又在她眸子里看见了些在北州看不见的东西。

他问："你想要什么？"

叶卿茶拼命摇头。

她根本不知道，眼前的男人在说什么。

她的职责，不过是端茶送水。

她为他挡酒瓶，也不过是因为，她负责的这块区域要是有顾客受伤，她一定不会好过。说不定，又会没了工作。

她唯一能看出来的，就是这个男人穿戴精致，非富即贵。

正因为她惹不起，所以也更加不敢让他受伤。

"您要是受伤了，我会赔钱的，赔很多，可我实在没有钱了。"叶卿茶不知道怎么说话，只好如实回答。

方钟易沉默地盯着她，宛若一头伺机行动的恶狼，在实行抓捕前，欣赏戴罪的羔羊。

"我好像，不是第一次在这里见到你。"良久，他才开口，"很奇怪，你好像对攀上富二代没兴趣。但是，如果你没有背景，没有靠山，想在北州生存下去，就只有两个法子。"

"什……什么？"叶卿茶来北州几个月，是第一次听见这些。

她到底才十九岁，对知识有着本能的渴望，她想知道答案，便直直地盯着男人的瞳孔。

她一时间忘记了害怕，忘记了自己的身份与眼前人天差地别。

"一，意识到自己是个漂亮女人。"

"二，忘记自己是个漂亮的女人。"

方钟易的影子笼罩在叶卿茶身上："你想选哪一个？"

叶卿茶其实听得半懂不懂，但耳边忽然想起了许临渊在芸回大山的月亮下，对她说过的那一句话。

当年二十一岁的许临渊，曾经告诉过她，前者，是利用身份，后者，是忘掉身份。

“说话。”方钟易冷声。

叶卿茶又恍如隔世地记起来，当年许临渊也对她说过这两个字，言语里也是这种陌生的严肃。

“二……”她战战兢兢，声线都是抖的，“我选二。”

“你从哪儿来？叫什么名字？会做什么？”方钟易问。

“芸、芸回。我的名字，叫阿卿……不是，是叶卿茶。”叶卿茶腿发软，哭了，“我不会什么……哦，会泡茶，会做衣服，会绣花样！”

“芸回？”方钟易罕见地挑眉，“有意思，我从没见过芸回的女人，她们都像你这样窝囊吗？”

叶卿茶有些怒意：“我不窝囊！”

“哪里不窝囊，只知道低声下气。”方钟易松开了她，慢条斯理地摘下自己的手套，“以后，就用刚刚那种眼神，看你的对手。”

“什……什么？”

“快点去收拾东西，”方钟易站起身，“我给你一个自己挣命的机会。”

“啊？”

“听不懂吗？”方钟易身侧的男人，也就是沈谅，笑了。

他朝叶卿茶吹了个并不色气的口哨，调侃道：“小叶子，你的贵人来了。”

沈谅是真正的斯文败类，总是戴着一副挂脖的眼镜，虽然女人无数，但好在为人很好相处。

这些年来，他跟方钟易一个唱红脸一个唱白脸，虽然过程坎坷，但好歹让叶卿茶活得不错。

叶卿茶从回忆的片段里抽身，朝许临渊笑了笑：“你的手机号，换过吗？”

许临渊摇头：“后来新办过一个号码，但旧的那个，我也一直在用。”

“那我现在存，可以吗？”

“当然。”许临渊在她的手机上输入了两串号码，递给叶卿茶，看着对方在备注栏上认真地打下了“许临渊”三个字。

然后，她按下了通话键。

许临渊一愣，随后，他的手机响了。

“这是我的。”

许临渊失笑，才发现自己刚刚竟把这事儿忘了：“好。”

“阿卿，你开车了吗？”

叶卿茶摇头，她今天是乘南屏的车来的：“没有。”

“我开车过来的。”

叶卿茶下意识联想了些什么：“不是，我……”

许临渊莞尔：“你什么？”

“我……”叶卿茶自己也不知道该说什么，声音跟蚊子似的。

许临渊明明没说他要送自己回去，叶卿茶，你跟自己紧张个什么劲儿？

叶卿茶内心叹了气，她怎么又变得不会说话了呢？

“怎么几年不见，说话变得比以前还要小声？”许临渊弯起眼睛，黑眸深深，温和又犀利，“不是远近闻名的大设计师吗？怎么一点底气也没有？”

虽然像是调侃，但并无逾矩取笑之意。

听到这话，叶卿茶抬起脸。

虽然知道许临渊没有其他意思，但她还是一字一顿地答道：“底气，我是有的。”

许临渊失笑：“嗯，我看见了。”

他叹了口气：“我刚刚话没有说完，其实，是有事想要拜托你。”

“什么？”叶卿茶说，“能做的，我都会做到。”

“你家住在哪儿？”

叶卿茶报了个小区名字。

“那样巧了，我们就在隔壁小区，很近。”

叶卿茶很惊讶：“这样啊。”

她不知道的是，许临渊在北州各个区都有房，想住哪儿都是可以的。

既然叶卿茶住在那个小区，许临渊就决定，近期都住那儿。

“我的助理不在，我又喝了酒。所以，等会儿你能开我的车送我吗？”

“啊。”叶卿茶咬了咬唇，“他们都说，我开车有点慢。”

“慢点好，安全。”许临渊看了一眼手表，“就这么决定了，半个小时后，我在门口等你，可以吗？”

叶卿茶眨了眨眼睛，内心盘算了一会儿，道：“用不着半个小时，我去和他们说一声，就好。”

“好。”许临渊微微颔首，“谢谢你。”

叶卿茶没说什么，转身就走。

等过了这走廊，她几乎要小跑起来，但碍于身份和面子，加上穿着高跟鞋，她终究没有跑，但步伐比平时要快不少。先前，即便是有大人物来了公司，她也没有这么急过。

南屏原本还想带她去第二场，但知道她是要跟许临渊走后，一时间比叶卿茶本人还要兴奋，让她赶紧去。

叶卿茶没找到方钟易，便托南屏转告他一声。

她快步走至门口，又放慢了脚步。

目之所及之处，停放着一辆线条流畅，车型优越的灰色轿车。

许临渊立于车身前方，似乎刚和人打完电话。

他抬眼见她，站在不远处，夜色里身形朦胧，即便不看脸孔，也是一副美人风骨。

风吹过，她裙尾摆动，宛若残蝶振翅，翩起又落。

“上车吧。”许临渊别开眼，坐进副驾驶。

叶卿茶甫一开门，调整好了座位，余光一瞥，看见一样东西。

车门左侧的置物处，有一角手帕的影。

她微微一愣，来不及掩饰，许临渊都看在眼里。

既然如此，她也便干脆问了：“这是，我以前绣的那一块吗？”

“嗯。”许临渊给出了肯定的回答。

接着，他的语气委婉下来：“后来，再给别人绣过吗？”

他本不想问，可终是见了她，便收不住情绪了。

叶卿茶下意识摇摇头。

但她随即又想到什么，再有些懊恼地，点了点头。

许临渊笑了：“既点头又摇头，什么意思？”

“刚刚答应给沈谅绣一块……”叶卿茶咬了一下嘴唇，“不过，是用来给他演戏用的，不是送给他的。”

对不起了，沈谅。

叶卿茶在心底骂了自己一句不够仗义，这么快就把事情供了出来。

“许临渊，你可别说出去啊。”叶卿茶抬起脸，触碰到许临渊如深渊般漆黑的眼睛时，又心虚地低了下去。

“放心，我不会。”许临渊没有要她纠正对自己的称呼，她爱怎么叫就怎么叫。

他有的是时间，让她自觉地改过来。

二人刚刚见面没多久，有太多事情许临渊不知道。

他也看得出，叶卿茶在北州的道路，不可能是一帆风顺的——即便她现在的地位，可以算是受人尊敬。

但就从谈吐气质来看，他确定了一件事。

从白水楼到北州，她从山间野雀长成了惊鸿。

Chapter 11

只为一人

方氏。

辛夏怡拎着满满一袋子茶叶，搁在了方钟易办公室的茶几上。

“这是什么？”没等方钟易开口，沈谅先过去扒拉了两下，没忍住蹙起了眉，低声道，“怎么又是茶叶，是不是存心不给方钟易好日子过啊？”

辛夏怡自动过滤沈谅的话，“咳咳”了两声：“今天南南身体不太舒服，但这茶叶到了，她又着急想给方总送来。她信不过别人，就偏要我来送茶叶。”

“南屏哪里不舒服？”方钟易掀起眼皮，神色凝重。

“啧，就女孩子每个月都有那么几天的事儿，不足为奇。”辛夏怡耸肩，说，“看把你这家伙急得，也不见什么时候自己去瞧过，瞎关心。”

“南南还让我顺带来看看，方总有没有欺负叶卿茶呢。”辛夏怡抱起双臂，“刚刚一路上我也没见着她，想必是又被方总派出去办事了吧。”

方钟易不置可否，辛夏怡便拎起包走了，一句话也没多说。

沈谅看二人之间不太对付，赶紧追了出去，思来想去，终究憋不住话：“辛夏怡我和你说，虽然方总和小叶子关系是很好，但你可千万别多想。”

刚才辛夏怡的话阴阳怪气的，沈谅可不想方钟易受莫名其妙的气。

“真好笑。”辛夏怡投去质疑的目光，“我已经不怀疑他们很久了，你突然这么一说，反而让我很难不多想了。”

“啧，这还怪我长了张嘴是吧？”沈谅抓耳挠腮，“咱们方总到底是个善良的人，当年遇到小叶子，赏其才华，怜其身世，才把她留在身边。而且你不知道，当时的小叶子畏畏缩缩的，脸上又是廉价脂粉，我光注意到她身材好，第一面可万万没觉得她好看，方总肯定也没看脸……”

“可给我闭嘴吧你！沈谅，你迟早因为话多而被方总移除出朋友名单！”辛夏怡甩了他一个白眼，“嗒嗒嗒”地走了。

沈谅嘴角抽了抽，心道自己真是吃力不讨好，以后遇见辛夏怡这号人，必然要绕着走。

但他刚刚那番话，其实是透了些真相的。

这些话沈谅不好说，但当时的情景，大家没看见，他身为方钟易身边的人，却是看得清楚。

方钟易并不是什么善人，也万万没想过要当叶卿茶的所谓“贵人”。故而，叶卿茶每每喊他贵人，他才会怒，才会令叶卿茶害怕。

当时的沈谅和方钟易，其实根本没把叶卿茶放心上。

不过是叶卿茶为他挡了酒瓶，于情于理该给些东西，方钟易才对她多问了几句话而已。

一问下来，她会描花样，会刺绣，还会做衣服。

哪里是方钟易救了她？她是自己救了自己啊。

方钟易带她回公司，也是抱了九成弃了她的心思的。只是万万没想到，叶卿茶确实是可塑之才，方钟易才留她久了些。

直到她为公司赚来利益，方钟易才最终决定留下她。

他花了五年培养叶卿茶，人这一生，又有几个能花心思教人的五年？

叶卿茶于方钟易来说，相比朋友，更像是武器。

谁会对武器动心呢？而且还是那样一件可怜的武器。

沈谅摇了摇头，自觉不该再去多想。

他回到办公室，发现方钟易不见了。

此时，方钟易下了楼，刚好与去外面谈事情回来的叶卿茶撞了个照面。

见了人，他忽然冷静许多，将叶卿茶叫到一边，吩咐道：“南屏身体不舒服，她每到这种时期就容易心情不好。你今天下午带薪休假，去准备些生理期缓解疼痛的吃食，到她家里陪陪她。”

叶卿茶点点头：“好。不过不需要休假，下午没做的工作，我晚上自己加班就好了。”

这话放在任何人身上，方钟易都会觉得是谄媚，但唯独叶卿茶，说这种话每回都是堂堂正正，好像她生来就该如此一般，除了工作，没有其他事情要做。

“有件事我不懂，”方钟易蹙着眉，“叶卿茶，你一个人来北州，这么拼命，到底是为财，还是为权？”

叶卿茶不敢对方钟易撒谎，如实回答：“……只为一人。”

方钟易嗤笑一声，似乎是听了天大的笑话：“你是为了一个人，才只身来的北州？”

“……是。”

“若是没遇见我，你要怎么办？”方钟易觉得可悲又可笑，这个女人怎么这么蠢？

叶卿茶沉吟，终是摇了摇头：“贵人，我不知道。没发生的事情，我从来不去想，那只会徒增烦恼。”

“找到他了吗？”

叶卿茶忽然掐了手心：“找……找到了。”

“找到多久了？”

叶卿茶声音顷刻间低了下去：“刚……刚找到。”

“那你就试试看，”方钟易心情忽然不错，“看他一个堂堂区长的儿子，名副其实的红三代，还瞧不瞧得上你这只芸回来的小山雀。”

说实话，方钟易是不信的。

他不是不信爱情，而是不信在北州的爱情，能跨越如此大的差距，包容这样一双云泥之别的情人——何况，二人还根本算不上什么情人。

叶卿茶：“……好。”

她先前在白水楼时，并不知道许临渊的身份，一直到前两天参加了辛夏怡生日会才晓得，许临渊生来便含着金汤匙。

但她这些年细细想来，大抵就明白，他本就是出生在非富即贵的人家。

来北州后，叶卿茶在商场的非卖品展示柜里，见到了那块许临渊曾经在白水楼戴过的手表。

她对那块手表印象很清晰，价钱是六位数字。虽然不是最贵的，但现在已经停产，想买也买不到。

还有，先前她给许临渊补过一件看起来平平无奇的衣服。

那个品牌，她后来也认识了，竟也要四位数字一件。

当时自己好心的那一针一线，大抵是好心办坏事，把那件衣服弄得反而不能穿了吧。

可是，当时的他，竟只字未提。

近六年前，在白水楼的那两个月，不过是短短相处罢了。

可他像是惹眼的月光，不开窗也能透进心房，往叶卿茶的心眼里钻。

她若是想忘了，就得把那颗牵肠挂肚的心都掏出来。

鲜血淋漓，方能心安理得。

于是，她遥望，观望，因自知低微而绝望……却终究不舍得弃了期望。

人生苦短，难弃者，大抵不过一点痴念而已。

曾经，叶卿茶在初到北州后，有一段时间，断了念，万不再敢肖想许临渊。

这段时间并不长，但它确实存在着。

原本的叶卿茶 ，被禁锢在偏远的白水楼，她只知道许临渊好，却未曾想过自己去拿什么相配他。

她只空有一身还算看得过去的皮囊，可别说是什么文采，急了时连普通话都要磕巴。她没有金钱，没有权力，没有体面的工作，目光短浅，除了市井流氓和贪图一时美色的人物，无人看得上她。

许临渊，凭什么给她那一块染血的布条呢?

叶卿茶甚至在想，许临渊得划开手指，那多疼啊。

但她在北州的这些年，学会了外文，学会了挺直脊梁，可以独善其身，也能听懂旁人的言外之意了。

她觉得，自己是可以试一试的。

南屏说过一句话：试一试又不要钱。

是啊，不过是试一试罢了。

叶卿茶凝神许久，猛然发觉自己对着方钟易已经发了好一会儿呆。

她有些窘迫，刚想走，方钟易却忽然拦住了她，厉声喝道："谁在那儿？出来！"

可见到来人后，二人皆是微微一愣。

"周既明？"叶卿茶轻轻念出了他的名字，因为许临渊提过，她印象很深。

今天辛夏怡来送茶叶，是搭了其表兄周既明的车，故而周既明才会在这里。

方钟易很容易联想到这一层，便让叶卿茶先走。

叶卿茶微微颔首，没有再把目光匀给周既明，自己先从另一侧通道离开了。

方钟易自知自己和对方公司没有利益冲突，不存在什么商业性机密需要窃听，于是背过手问："周先生，是有什么事吗？"

周既明先前在辛夏怡的生日派对上，听了太多有关方钟易和叶卿茶的闲话。

他不是许临渊，更不知道许临渊和叶卿茶的感情能有多深，加上方钟易又是远近闻名的钻石王老五，自然会担心。

他刚刚没听清楚二人在说什么，只觉得那地方十分偏僻，在这样的角落说事，总是有些奇怪。

"是我刚才叨扰了二位好兴致，周某失礼了。"周既明先道了歉，然后说明自己只是想去地下停车库，刚好碰上，好奇心重，便立着听了墙角。他知道这样不礼貌，也道了歉。

方钟易皱起眉："好歹和许临渊一样，是北州大学的高才生，竟也会因一叶而障目吗？"

他鼻音中轻哼一声："周先生，说话做事，该好好看看清楚。就算是棒打鸳鸯，也得先看清楚眼前到底有没有鸳鸯。"

周既明没想到他会如此坦诚，听旁人都说方钟易是个狠角色，平时从不把人放在眼里，更不屑于解释什么。

方钟易垂眸："你听过《南屏晚钟》吗？"

不等周既明回应，他自继续说了下去，眼底染指了些令他本人错愕又陌生的温柔："我父母与南屏的父母交好，自小为邻。我名字里有一钟字，她又刚好姓南，出生时，便按照这一支歌名，取了与我相应的名字。"

方钟易忽然觉得，自己有些可笑。

放在寻常，他断不可能与一个根本不熟悉的人说起这些。

今日不知道是怎么了，可能是近期南屏买的茶实在太难喝，他又努力喝下，故而就想说些与南屏有关的事情。

希望这一次新送来的茶叶，能好喝一些。

方钟易忽然思绪神游，这样想道。

"我把爱慕藏得很深，但并非没有，南屏心思太浮躁，我想再护她多几时，让她看透了人情冷暖，再思考要不要和我共度余生。"方钟易觉得自己说得够多了，"但远处那位许先生呢？对爱人的心迹都未表明，放着心上佳人独自心揪踌躇，怀疑自我不说，反倒先来我这儿撒野，真是可笑。"

"虽然我知道，周先生刚刚只是随口一说，并没有真的认为我与叶卿茶有什么，但我还是觉得，那句话不如不说。"

周既明被说得心中有些郁结和烦闷，但又知道方才的确是自己失言，方钟易说的并无什么差错。于是，周既明只能说："抱歉。"

“不必抱歉，我这人说话并不好听，又好为人师，属实是个不好相处的。但你听我说话，到现在都没有表现出不耐烦，我倒是觉得你很厉害，是可塑之才。”

周既明暗暗叹于此人说话老成，毕竟也只是比他大了几岁罢了。

“回去替我告诉许临渊，我不是不喜欢员工谈恋爱，但我讨厌员工为感情的事情烦恼，暧昧不明。这样，会影响工作绩效。如果他真的喜欢叶卿茶，我可以帮他。”

在周既明惊讶的眼神里，方钟易悠悠地说了下一句：“不过，要等他亲自联系我，看他能给我许什么好处。”

他到底是商人，总要讨些利益的。

能让他不考虑利益，全心全意为对方考虑的人，整个世界，大抵只有南屏一个。

方钟易回到楼上，沈谅已经将辛夏怡刚送来的茶给泡了，自己喝得开心。

见他来了，沈谅很欢喜：“你快尝尝这茶，品质绝对是上乘的，你肯定喜欢。”

方钟易轻嗅，闭了闭眼睛，细品一口：“哪儿的茶？”

“芸回，小地方的，没想到竟这样好。”沈谅喝茶当喝水，又给自己倒了一盏，囫囵吞下。

方钟易失笑：“倒是有意思。”

“芸回，就是小叶子的故乡吧。”沈谅摸摸下巴，“对了，小叶子跟许临渊这俩，又到底是怎么回事？”

“陈年旧事，我懒得管，随他们去。”方钟易就着南屏送的杯子，喝了一口茶，微苦，“不过，叶卿茶看起来比以前稍微勇敢了些，想必就是因为他。”

“许临渊？”沈谅舔了舔牙尖，笑道，“原来咱们小叶子，也是有喜欢的人的啊。”

方钟易坐回原位，打开文件，随口道：“解铃还须系铃人，她会越来越好的。”

他知道，即便是叶卿茶遇见自己之前，遭受了那样多的打压，已经习惯性去低声下气地求人原谅，她也依旧不是卑贱的。

当时，方钟易在她乞求的眼神后面，颤抖的脊梁深处，看见了隐藏的倔强，骄傲的自尊。

还有潜伏的，不折的皑皑风骨。

脆弱，但坚韧。

就像是内心深处有什么在鼓舞她的东西一样，支撑她在北州的风雨中，茕茕孑立，屹立不倒。

Chapter 12
蜡　烛

叶卿茶到了南屏家里，见着的却不是南屏难受的模样。

她看起来状态很不错，见了叶卿茶，赶紧把她拉到了沙发上："快来陪我看选秀节目花絮，我太爱那个黄发高马尾的明艳美女了，到时候我要把所有的票都投给她！倾家荡产也要送她出道！"

"身体还好吗？"

"当然好了，只不过我没洗头，又懒得化妆，就让小怡去替我送个茶叶。"南屏露出骄傲的神色，"你看，方钟易这就坐不住了，还派你来照顾我。我这样，不就是一箭双雕吗！"

叶卿茶失笑："没事就好。"

"的确没事，但你可不能走啊，要陪我一下午的。"南屏抱着碟子，盘腿夹着靠垫，准备边吃边看电视。

"我看辛夏怡的朋友圈，说你最近想减肥。饺子的热量很高，这一份大概得有八百大卡。"叶卿茶轻声提醒。

南屏盯着那份酸甜口的牛肉饺子，捏了捏自己的小圆脸，满眼真诚："茶茶，你觉得我应该减肥吗？"

叶卿茶慢慢地摇头，温吞道："如果要我说，那是不用的。你现在就很好看，身材也匀称。"

的确，南屏的身材不像叶卿茶那般前凸后翘，也不像辛夏怡那般刻意控制饮食而瘦得明显，她的体态很匀称，不胖不瘦，刚刚好。

因为是鹅蛋脸，所以面容更显得饱满幼态，一点也看不出有二十五岁，走在大街上，要是穿了校服，就算谁说她是高中生，大家也都能相信。

叶卿茶以为，自己这么说，南屏就要开始吃饺子了。

没想到，她坐定道："我还是决定减肥。"

叶卿茶虽有些惊诧，但为南屏主动的自我控制而感到高兴："好啊。"

"现在，我没有吃这盘饺子，我的身体已经亏空了八百大卡。"南屏说。

叶卿茶嗅到了一丝不对劲的气息。

果然，下一秒，南屏动了筷子，迅速往嘴里塞了一个饺子。

叶卿茶："……"

没过一会儿，南屏就吃了一半，把剩下的那一半推到叶卿茶面前："现在我摄入了四百大卡，但刚刚缺失了八百大卡，所以现在我还是少了四百大卡的热量。"

南屏心满意足地打了个嗝："减肥了。"

叶卿茶认命地拿起筷子，吃了一口四百大卡中的五十大卡："是，现在该我长肉了。"

"但我还没吃饱，身体还亏了四百大卡呢，"南屏撒起娇，"茶茶，你做点好东西给我吃，好不好？"

叶卿茶虽然很少下厨，但厨艺很精湛。

她在厨房间忙活了一会儿，一份素豆腐还没蒸完，南屏嘴巴里的水就已经哗哗往下流。

吃完叶卿茶做的吃食，南屏嘴上也没闲着，开始跟她讲起前些天生日会的事情。

讲了那天她半逼迫着方钟易和自己跳了舞，也讲了她和辛夏怡费尽心思让叶卿茶能见到许临渊的事情。

南屏总是能不顾一切地爱人，叶卿茶感到羡慕。

她忽然喃喃道："南屏，你觉得我应该喜欢许临渊吗？他是……"

南屏站了起来："茶茶，你怎么能这样问呢？"

叶卿茶看着她，眼神里有些空："不应该问吗？"

"当然不应该！"南屏很生气，又叉起了腰，"喜欢一个人哪有应不应该？旁人又如何替你决定应该与否？是你要喜欢别人还是旁人要帮你喜欢？"

这样的一问三连让叶卿茶蒙起来，她赶紧扯了扯南屏的袖子："你先坐下，别生我的气。"

南屏坐下来，握紧叶卿茶的手："喜欢，不应该是发自内心的吗？"

叶卿茶的心脏在怦怦跳，她抬手抚上左胸口的位置："发自内心？"

"对啊，你千里迢迢来到北州，难道不就是为了他吗？既然如此，那你就一定是喜欢他到要了命的，一定不比我喜欢方钟易浅！"

南屏信誓旦旦地说："他现在明明就在你的眼前，你看得见摸得着，如果在这样的时候，你却要突然问出自己应不应该喜欢许临渊这种问题，那只能说明，你是最随波逐流，最没有主见，最容易摇摆不定，最花心的那一个人！"

话糙理不糙，叶卿茶又无奈又想笑："是。"

"是什么呀！"

“我是说，你说的是。”叶卿茶在南屏炸毛之前赶紧去摸了摸她的头发，“我当然不是那样的人了。”

“茶茶你听好了，喜欢一个人呢，是一件很自我的事情，见到真正喜欢的人，根本来不及去思考那些有的没的，也不会多么在意自己和他身份地位的天差地别。喜欢就是喜欢，这是抑制不住的，我们都是肉体凡胎，动情的时候，就算给自己扎一针抑制剂都没用！再说了，哪有抑制剂给我们用啊，是不是？”

叶卿茶失笑，伸手捏了捏南屏可爱的脸颊：“是。”

南屏又靠近她一些：“茶茶，虽然他是许正阳的儿子，可咱们一定不能妄自菲薄。你这么好看，又这么厉害，一个人在北州不靠背景站稳脚跟，可不是一件容易的事情，任是谁，都要情不自禁对你这样的人表示尊敬的。”

“好，”叶卿茶发自内心地笑了，眼尾上翘，“我喜欢许临渊。”

“这才对嘛！”南屏端起刚刚用过的那些碗筷，“我去把碗洗了，茶茶，你去冰箱里拿点喝的！”

“好。”

一直到了晚上，沈谅来访。

是叶卿茶开的门，甫一见着来者，她便吓了一大跳。

因为来的不仅有沈谅，还有一大头凶神恶煞的牛头梗。

这狗是方钟易养了好多年的，视南屏为半个主人。

沈谅打了个哈欠，高声朝里道：“南屏！我就不进来了，狗来了。我传方钟易的原话，这几天它就负责陪你，逗你开心。”

“牛牛！”南屏奔过去，一把抱住牛牛的脑袋，将它锋利的牙齿掰开来，看了又看，“有没有想我？”

这一幕，看得叶卿茶脊骨生寒。

她本就有些怕狗，又喜爱猫，再加上这是一头……巨大的牛头梗，样貌骇人。

她几年前头一回看见，便十分害怕，之后，也再不敢去方钟易家里送文件和材料。

好在，方钟易虽然会强行逼迫她克服一些自己害怕的东西，却不会强迫她改变对动物的喜好或厌恶。

叶卿茶这辈子大概都与狗没法结缘，并且，看样子，牛牛也不太想搭理叶卿茶。

用南屏的话来说，就是叶卿茶没什么狗缘。

对了，牛牛原本也不叫牛牛，这么萌的名字，方钟易是万万不可能喜欢的。

可惜南屏偏爱这样叫，硬生生把它的名字给扭转了过来，久而久之，也没人记得这牛头梗原本叫什么了。

方钟易做出的最大让步，就是不叫它“牛牛”，改喊“那狗”。

好在牛牛不会乱咬人，见了叶卿茶也不会故意吓她，一人一狗互不打扰，叶卿茶也不至于和牛牛共处一室就害怕。

牛牛在房间里乱走，叶卿茶就坐在沙发上不动。

忽然，南屏自远处喊道：“牛牛！别咬我的包！”

叶卿茶一望，牛牛大概是嘴里没吃的难受，真的在啃南屏挂在衣帽架上的包。

她想都没想，就冲了过去，拍了一下牛牛的脑袋，将包取了下来。

南屏跑过来时，就看见一人一狗对视，相顾无言。

叶卿茶想到自己刚刚做的事，不禁后背生寒。

倒是南屏笑了："茶茶，之前你连摸都不敢摸牛牛的，现在竟然敢从它嘴里抢东西了，还打它！"

叶卿茶失语，站起来时都扶着墙，腿有点颤："快别说了，我现在很后悔，它反应过来之后不会咬我吧。"

估计牛牛也是被刚刚那一拍给拍蒙了，加上南屏在面前，它不好生气，就呆呆地站在原地。

它好像有点躁动，在原地站也不是，坐也不是。一会儿龇牙咧嘴，一会儿又流哈喇子。

一只又凶又笨的狗。

叶卿茶想笑，但笑不出来，怕还是更多。

她喃喃道："你不要咬我……也不要叫。"

最后，还是南屏把牛牛带去了花园里，回来还打趣叶卿茶，问她是怎么突然变勇敢的。

勇敢……吗?

好像这个词，叶卿茶一直没法用在自己身上。

无论是谁，似乎都不会觉得她是个多勇敢的人。

在白水楼，她不敢高声说话，不敢和欺负过她的人争论，不敢和阿爸顶嘴。

在北州，她也有很长一段时间不敢说不，不敢和旁人讲道理，唯唯诺诺。

从小到大，她做过最勇敢的一件事情，大概是在白水楼时，"不小心"让许临渊撞见自己沐浴——但这件事，说是勇敢，不如用下贱代替，大抵都是不为过的。

还有一件，便是独自北上，从芸回到了北州，在方钟易的凝视下，说出自己的选择。

方钟易不许她跪，不许她哭，要她站着，把钱和权给牢牢握在手里。

她知道了，所谓“不勇敢”，究其根本，原罪在于“没有底气”。

那天在生日宴上重逢，许临渊笑着问她，有没有底气。

叶卿茶当时急道，说自己是有底气的。

大概，就是在她急于辩驳之时，开口说出那句“底气，我有”的时候，才是真正算得上，变得勇敢了吧。

晚上，叶卿茶回到家。

方钟易对叶卿茶的提醒，一半像警告，一半却像期待。

叶卿茶其实知道，方钟易并不会害她。可这个对她来说，同时是老师、贵人、上司的人物，说话永远只有一半，教她捉摸不透。

晚上叶卿茶躺在床上，回忆起这几年自己的生活状态。

香薰蜡烛的烟雾丝丝缕缕，往她鼻腔里钻，十分舒适。

古人有云青松落色，是在警醒世人，泛泛之交最不可信，唯有现实的利益能令人紧密相连。

没有比一条绳上的蚂蚱更坚固的友谊，你的至亲至交，亦有可能成为压死骆驼的那最后一根稻草。

人行于世，无不如履薄冰，能做到求仁得仁，已是幸运。

叶卿茶明白，自己来到北州，最大的出发点不过是许临渊。

什么梦想、自由、权力、金钱、尊严，她有印象，但没那么懂。

许临渊和她待在一起的时间太少，叶卿茶能从许临渊身上看见这些，却摸不透要义根本。

然后，方钟易强行地、恶狠狠地将这些记忆唤醒，强行灌输给了她。

方钟易教她的第一个知识点，叫作红皇后效应。

人生在世，你只有不断奔跑，才能留在原地。

他很早就对叶卿茶反复强调过，你的地位是卑微的，故而需要义无反顾地向前看；你来自遥远的芸回，不像北州当地人随时都有退路；别人如果不想努力了，还可以有许多的选择，而你没有……

大多时候，他的话都说得很重，偶尔也会刺痛叶卿茶的心，尤其是在叶卿茶认识他的第一年，这种情况时常发生。

叶卿茶怕他，但也知道他说得对，说得太对了。

北州只是小小一块土地，人行于世，不过如蝼蚁，每一次开口或是沉默，都有相应的代价。如若不懂得战战兢兢，全力以赴，便有可能掉入万丈深渊。

她是感谢他的，谢他的狠心，谢他狠厉皮囊下的尽心关照，谢他愿意给她一方天地施展，谢他在那一晚掐了她的喉咙，让她疼到如此想求生。

她曾有过或许能称之为同伴的人，她和同伴一起挤在狭窄的地下室里，每个人拥有的占地面积不过两三平方米。未过多久，那些同伴一个个就如被剥去了壳的鸡蛋一样，任由他人在她们身上起伏，并发出野兽般的低吼。然后，同伴不再是同伴，一个个离开了她，最后，又只剩下她一个。

叶卿茶也不是没自暴自弃地想过要那样放弃自己，但终究还是悬崖勒马，没有跳出那致命的一步，并为自己曾经有过的想法而感到无尽的惶恐。

叶卿茶知道自己没有天生白富美的优雅从容，也没有北州原居人民的慵懒优越，他们可以在这里世世代代地生存下去，而她如同一叶浮萍，扎根多难，旁人无法知晓，只有她自己可知。

故而，她没法像辛夏怡一样轻松快乐，也没法像南屏一样没心没肺。她多年来做事追求极致，虽然小心翼翼，但总是能达到大多数人的要求，并且永远不会对目前的作品满意。

跟着方钟易做事的这些年，叶卿茶的身体就像一台机器，使劲耗费，不断地加满机油，消耗完，再加满。

除了对许临渊的一丝念想，最大的感觉，就是自己的心脏不在身体里，而是飘在半空中的，随时都能从天空中掉下来，然后开裂，流血。

一个不注意，过度劳累导致登上明日北州市新闻头版头条，也是说不准的。

不过叶卿茶还是惜命的，健身塑形，内服外用，一个不落。

她早就不是那只缺钱的、不会穿搭、不会用无线网的小山雀了，生活上她会主动给自己最好的，毕竟她上无老下无小，总不能让努力的结果是自己少活几年。

这些年，虽然她非常会做饭，但她的家里从不开火做饭，厨房只是摆设，家务也靠保洁。

她的手不再需要干粗活，虽然经常因为工作而有小伤口，但好在她不是留疤体质，加上经常护肤，比少女时期还要白嫩。

据沈谅说，她和南屏在一起的任何时候，都是为数不多的，能看到她有生活气的时候。

她钱挣得不少，但是累，而且很孤独，痛并快乐着。

心理健康状况偏低下，纯粹靠南屏断断续续当人生老师，搀扶着维持生命状态。

依旧化用沈谅的话，叶卿茶就像是一根旗杆，远望屹立不倒，近看被风吹得摇摇欲坠，瘦得连饿扁的秃鹫看了都直摇头。

除了南屏给她欢乐，最能让她舒服的，还有去宠物店撸猫吸猫。

她挺想养猫的，但南屏猫毛过敏，方钟易厌恶猫的味道，她就不能养。

还好，也不是很难过，因为她本来就没时间养动物。

至于喜欢许临渊的那颗心，大概就是在这样的风刀霜剑之下，还残存着那么一点点，就像蜡烛的光，一直没有熄灭，但风吹雨淋，微弱无比。

怪就怪在，许临渊真人来到她面前后，蜡烛就像被加固了一般，光亮又燃了起来，比先前任何一次都要亮。

香薰蜡烛的味道安神，叶卿茶不知想到哪出，这条线便断了，沉浸入了梦乡。

不想，也罢了。

关于永远相信许临渊这件事，叶卿茶从始至终都从未动摇过。

既然许临渊说他们会再见面，就总会再见面的。

Chapter 13

二十四岁

四月不知不觉就到了中旬，北州天气依旧是忽冷忽热的。

骄阳不烈，天气正好。

“笃笃。”叶卿茶进了办公室，将茶沏好，递给方钟易。

方钟易轻轻吹了吹那茶面，却没有喝，而是将茶盏“咔”一声搁在桌面之上：“对了，下个月要你出的差，有人会顶。”

“为什么？”叶卿茶说，“我有空的。”

“现在你没空了。”方钟易说，“我先前欠了别人一个人情，刚好他最近缺助理，我打算派你去。”

“我？”叶卿茶一听要去别的公司，头立马摇得跟拨浪鼓一样，“我不行，我什么都不会，也没有做过助理……”

“怎么没有做过？”方钟易看着她这副不情愿的样子，少见地乐了，“你把咱们公司上上下下，每个人的喜好记得清清楚楚，看见哪儿脏了乱了，也不等保洁来就忍不住上手去擦洗和收拾，给我泡的咖啡永远是常温，替我给人挑礼物更是有一套。我看你合适得很，怎么就不能当助理？”

“我……”叶卿茶面对方钟易是争执不起来的，只好当哑巴，用无声的沉默来表示抗拒。

“你知道我为什么要让你去吗？”

叶卿茶垂眼：“不知道。”

她只知道，去别的公司待一段时间很麻烦，她不爱认识新的人，也不喜欢社交。

在方氏，她待了那么久，好不容易跟每个人都混了个熟悉，也算得上是和大家关系不错。而且对于方钟易，她虽然总是敬畏，但潜意识里依旧知道，这是自己人，是会罩着她的贵人。

但去了别的地方，她就只有一个人了。

这和平时派她一个人去别的公司谈事情是不一样的，做助理这种事情，短时间内大概回不来。

“他的新助理其实已经找好了，不过是人在外地，暂时过不来。你去顶一段日子便好，不出意外，一两个月就能回来。你只管照顾好你的上司和你自己，其余的可以一概不管。”方钟易终于抿了一口茶，见叶卿茶紧张兮兮的样子，顿觉失语，“你既然不知道我为什么让你去，那你又知道不知道，我是想让你去谁的身边？”

叶卿茶手心冒汗：“……都不知道。”

什么都不知道，却一上来就只管摇头和否认。

这是方钟易所不喜欢的，但他并不想花费力气骂她了。

面对这件事，方钟易选择不卖关子：“许临渊。”

“他？”叶卿茶小小地后退一步，比刚才多了一丝慌乱，“那更加不行了……”

“工作至上，不允许讲任何私人感情。这一点我跟你说了多少遍，你真的听进去了吗？”方钟易冷下声，“叶卿茶，是不是我给你的好脸色太多，现在就敢连我的话都不听了。”

叶卿茶最怕方钟易生气：“我没有，不是……我听你的，你不要气。”

她也不敢问方钟易到底欠了许临渊什么人情，只知道自己得听方钟易的话。

毕竟，人家既是自己的顶头上司，又是自己的救命贵人，还是自己职业生涯的老师。

几日后，叶卿茶站在了一座大厦楼下。

怎么偏偏是今天报道呢？

虽然她已经很久不去在意了，但无论如何，今天的日子……都是有些特殊的。

她进了公司，却没想到自己首先见到的，会是周既明。

“叶小姐？”周既明也刚来，“又见面了。”

叶卿茶点了点头，距离不远不近：“周先生。”

“许总编已经在里面等你了，我直接带你过去吧。”因为有前台，周既明没有对许临渊直呼其名。叶卿茶也自然领会，跟前台颔首打了招呼，便跟着周既明进去了。

到了无人的电梯，叶卿茶才问：“周先生，在人前，我该怎么称呼你呢？”

“副总编啊。”周既明笑道，“没人的时候喊我名字就成了，临渊也不喜欢被称呼框着……不过，以你的性格，大概不会在公司里直接喊他名字，无论是人前人后。”

叶卿茶不作声，默认这话的真实性。

“公司是我俩合开的，算是一人一半，不过他比我忙。我这人太直白，没他会说话，故而不太接触外界，做幕后的更多些。”

叶卿茶点点头：“知道了。”

“叮——”电梯大门缓缓打开，周既明却没动：“我还有事，出门右转第一间，你自己去吧。”

“好。”叶卿茶微微欠身，“谢谢。”

“不客气。”周既明朝她招了一下手，顺口道，“进门先沏茶，他的习惯。”

说完，电梯门就合上了。

叶卿茶走至门口，深呼吸后，轻轻叩了门。

“进。”是许临渊的声音。

听见那道久违的声线，叶卿茶不禁指尖一颤。

但她并未在原地久留，而是信步推门，走了进去。

办公室很宽敞，简约的灰白色调，书籍很多，摆放井井有条。

许临渊侧面对着她，因为遮光帘没有拉，周身便镀了一层薄光。

他正盯着电脑，右手盖在鼠标上，鼻梁上有一副黑框的眼镜。

“你近视了？”叶卿茶愣了一秒，脱口而出。

问题甫一说出口，叶卿茶就恨不得能时光倒流。

这是什么糟糕的开头？

“没有，”许临渊很自然地接了话，将眼镜摘下来放置在桌上，“防止用眼过度，防蓝光的。”

叶卿茶点点头，看见他桌上的杯子空了，很有眼力见地去沏茶。

茶罐就在水壶边上，叶卿茶打开盖子，一股清苦之意漫上鼻腔，片刻后，又晕染出一些隐约的甜意来。

先苦后甜的茶叶，叶卿茶再熟悉不过。

“是芸回的茶叶？”

“是，喝习惯了。”许临渊莞尔，“阿卿。我今天下午要出门，你的办公室就在隔壁，公司的一些基本事务都以文件形式摆在你桌上，今天好好熟悉。”

“好。”叶卿茶将一盏茶递过去，都没觉得许临渊那样称呼她有什么不对，“你现在就走吗？”

“你去整理自己的办公室吧，我把茶喝完就走。”

“好。”直到叶卿茶离开许临渊的办公室，才后知后觉地发现，他们俩不像上下级，简直像是老友叙旧，闲谈几句就了事了。

叶卿茶耸肩，腹诽：这样最好。

她进入工作状态很快，一般几分钟就能完全静下心，不知不觉就是好几个小时。

等叶卿茶口干舌燥，想起身去倒些水时，发现窗户外的天色已然黑了。

她一下午没吃东西，脱离了那些文件，才发觉胃里有点空。

“笃笃笃。”门口响起敲门声。

叶卿茶以为是许临渊回来了，但周既明自己开了门，手里还拎着一个精致的小盒子：“是我，给你带了盒蛋挞，许临渊想着你该饿了，刚让我给你买的。”

“谢谢……”叶卿茶朝他身后看了看，“许临渊还没回来吗？”

“问得好，看来还记着。放心，在路上呢。”周既明把蛋挞塞到叶卿茶手里，“对了，虽然现在下班了，但临渊让你等他回来再走，说是跟你说点重要的事儿。”

说着，周既明打了个手势：“既然消息和吃的都带到了，那我就先走了。”

叶卿茶朝他招了招手：“再见。”

其实不用周既明说，叶卿茶也是这么想的。

到了新地方，她要学习的东西不少，很多东西是得好好地研究一下。

周既明刚带上门，又想起来什么事情似的，从门口的缝隙中再次探出脑袋："临渊说了，蛋挞你全吃完，这也算工作内容中的一项。"

叶卿茶忍俊不禁："好。"

她平时不怎么吃甜食，不过这盒蛋挞意外地好吃。

大概又过了半个小时左右，门再次被敲响。

许临渊并没有直接推开门，而是在门外用不急不缓的语气道："阿卿，过来一趟。"

叶卿茶仿佛一个激灵，立即站了起来，大步走到门口，将门打开。

许临渊在外一个下午，身上却无任何奔波风尘之气，反倒优雅收敛。

他立于她面前，眉眼清冽成熟，像是一幅不可亵渎的山水画，叶卿茶不自觉地挺直了脊梁。

他没有多说，默默进了自己的办公室，叶卿茶赶紧跟了上去。

许临渊的办公室只开了一盏小灯，有些昏暗。

叶卿茶正想将大灯打开，许临渊却叫住了她："不用开灯，你过来。"

她点点头，收了手，跟在许临渊身后，才发现他的办公室后还有直通的一条走廊，大有些曲径通幽的感觉。

"怕黑的话，跟紧我一些。"许临渊说。

其实叶卿茶以前怕黑，现在已经不害怕了。

但听见许临渊这么说，她便又靠近了他一点。

有一种小心思得逞的感觉，叶卿茶莫名想笑。

办公室里面原来有一个散着檀木香的休息室，墙壁上靠着冰箱，看起来要在这里做饭也可以。

“东西在冰箱，你打开看看。”

叶卿茶不知道他什么意思，但下意识便听他的话，打开了冰箱。

冰箱里很干净，只放着一个透明的大盒子。

叶卿茶端详着那个盒子，心跳频率，渐渐加快。

看了一下午文件，她早就把这事儿忘记了。

她把盒子捧起来，手上冰冰凉，她却像不冷似的：“这是……生日蛋糕？”

“嗯，生日快乐，阿卿。”许临渊笑了，面上光风霁月，“这是我给你过的第一个生日。”

以后还会有很多次的。

许临渊在心底悄悄说。

阿卿。

其实，我年年都给你过生日。

当时再见到你，你说你从不过生日的时候，我松了一口气。

心想，还好每年都替你许了愿，不然白白浪费了每年生日特殊的好运气。

但是，松了这口气后，我又很难过，非常地难过。

你身边明明是有朋友的，可你却不愿意过生日。你是真的如那天所说，不想提醒自己又大了一岁呢，还是吃不惯那样甜的蛋糕，不合口味，又或者……是其他的原因呢？

不过此情此景在眼前，这些事情，我都打算不去深思了。

我希望你以后能告诉我。

在那之前，以后你的每个生日，我都不会缺席。

当然，在那之后，也不会再缺席。

阿卿，你要永远快乐，永远平安。

蜡烛被点了起来，叶卿茶就像个第一次过生日的孩童一般，盯着那蜡烛上的火苗跳跃起舞。

她也跟辛夏怡和南屏一样，过生日了。

“其实我从阿妈离开后，就不过生日了。但南屏告诉我说，我的生日很好。我问她哪里好，她也说不上来。”叶卿茶轻轻咬着下唇，半求助半期待地看着他，“许临渊，你知道吗？”

许临渊自然是知道的。四月的谷雨时节，春茶冒完了最后一批芽，便是她出生的日子。

“这一天，在二十四节气中叫作谷雨。”许临渊神色认真，甚至虔诚，“所以这一日出生的人，都如春雨般清澈，是个很好的生辰。”

“清澈。”叶卿茶喃喃，“许临渊，我从不这样形容自己。”

“嗯。”许临渊的声音平静且温和，“为什么呢？”

叶卿茶指甲抠着皮肉：“因为我做过许多自己都不知道算不算对，又算不算错的事情。相比南屏，辛夏怡，我复杂了许多，并且总为这份复杂而感到不耻和害怕。我感觉自己很奇怪，既像是有些心机，又像是十分愚昧。”

许临渊听完，也知道她说的大抵是这些年中，方钟易教她的所谓做人之道。

他略微沉吟后，道：“阿卿。做人不必一定非黑即白，人行于世各有所求，有的人求富贵，有的人求周全，无论你是什么样的，都是人海中的一员，不必认为自己有什么罪过。”

“是这样的吗？”叶卿茶愣了，因为方钟易从没教过她这些，她便不会这样想。

许临渊点点头："现在的你就做得很好，以后还会更好。就算不相信自己，也要相信那个从来都相信你的我。"

叶卿茶眼底冒了水光，似乎是尚在思考许临渊方才对她说的话。

她有些慌乱地别开眼睛，试图不让许临渊发现自己的窘迫和感动。

"闭眼。"许临渊替她解围，"蜡烛快熄灭了，要许愿的。"

叶卿茶赶紧闭上了眼睛，很虔诚的眉眼，合十的掌心微微发汗。

太奇怪了，她的手心出汗，似乎每一次都是因为眼前的这个人。

她再次睁眼，眼前那个朝思暮想的男人依旧捧着蛋糕，温声和她说："吹蜡烛。"

他的声音温柔到了极致，叶卿茶吹蜡烛的那一刻，鼻子都酸酸的。

"过来，看看你的生日礼物。"

"还有礼物？"

"嗯。在辛夏怡的生日会之后，我没有立即联系你，是因为我又去了一趟白水楼。从那个时候起，就在准备。"

"什么？"

许临渊递给她一沓厚厚的项目计划书。

因为内容很多，许临渊便挑重点讲："这是在白水楼的学校里建一座图书借阅馆的方案，以你的名义。周既明他们家是做建筑材料的，在这其中也帮了不少忙。"

他在叶卿茶不敢相信的眼神中，说出了那句话：“以后，他们不仅有学校，还有图书馆了。”

许临渊将那份方案翻到后面几页：“设计图在这里，你看看。虽然总面积并不大，但足够那里的学生们使用了。”

叶卿茶的眼里刹那间有了奇异的神采，像是看见了很远的地方一般。

良久，她才说了一句：“真好。”

又过了片刻，她张了张口，补了一句：“这是我收到过的，最好的礼物。”

她说话还是温温软软的，虽然轻，但很有力，并不会给人以飘忽柔弱的质感。

不知道是不是因为空气热了一些，房间里生出一股淡淡的香气，那是独属于叶卿茶的味道，清幽，带一点涩意。

许临渊看着叶卿茶的笑容，有那么一刻，忽然就不想把她还到方钟易身边去做事了。

同时，许临渊也真正意识到了，自己有多么喜欢她。

当我看向你，发现自己已有私心时，便知在劫难逃。

“还不只这些。”许临渊仍旧笑着，眉眼温和，“阿卿，还有这个。”

昏暗的光线中，许临渊伸出手，掌心翻转，向下。

叶卿茶的视线跟着他的手走，忽然间，许临渊的指节中垂下一条白金色的颈链，一闪一闪的，在暗影中闪耀。

那条细细的链子，顶部坠着一片小小的银色叶子。

那是一片茶叶。

鉴于二人的关系，许临渊没有为她戴上，而是将这条项链，放在了她的掌心里。

他将叶卿茶的指尖推拢，一字一顿，尤其认真："记得把它收好。"

他的掌心温热，安全。

叶卿茶不禁蜷了蜷手指。

许临渊凝视着她琥珀色的瞳仁："阿卿。"

"嗯？"叶卿茶的声音依旧是轻轻的，眼中还有些雾蒙蒙的感觉。

刚刚发生的一切如梦似幻，她需要一些时间来接受这样好的礼物。

那双眼睛看起来和平时无异，依旧是又媚又纯，眼尾向上翘起，天生的无瑕而多情。

"除了送给你的礼物之外，还有什么其他的生日愿望吗？"

叶卿茶抬眸看他："我想……问你一个问题。"

"嗯，你问。"

"方总，到底欠了你什么人情？"

许临渊眨了眨眼，平和道："怎么问这个？"

"好奇。"

叶卿茶说出这两个字的时候，有一种非常久违的感觉。

好像，她有很长一段时间，都没有这样一种关于"好奇"的情绪了。

但这件事关系许临渊，又阴差阳错地把自己送到了他的身边，故而叶卿茶真的很好奇。

既然是生日愿望，那应该是可以问出来，也能得到答案的吧？

许临渊温吞道："其实他并不是欠我的人情，不过是他刚好有求于我的父亲。官商之间的交易，我不过是做个中间人，帮忙搭条线罢了。”

“所以，那件事，其实和你关系不大吗？”

许临渊点头：“对。”

“这样啊。”叶卿茶松了口气，一直吊着的那颗心总算是放了下来，还有些莫名其妙的窃喜。

总之，不是什么麻烦的事情就好。

就算是麻烦事，不要牵扯到许临渊，也就很好。

许临渊静静地看着她，既好笑又无奈：“就只想问我这个吗？”

叶卿茶沉思片刻，点了点头：“嗯，就这个。”

“啊，其实还有一件事。”叶卿茶灵光一现，然后，她在许临渊期待的目光中，小心翼翼地问道，“我今天看了一天文件，还是不太知道助理具体要帮忙做什么，你确定我过来，不会拖后腿吗？我是说，如果我做得不好，你记得要跟方总说，让他换个更好的人给你。”

“我当然确定。”许临渊失语，“你要在这里待两个月，我和周既明，都会慢慢教你的。方钟易教过你，他能教会，我怎么不能？”

叶卿茶想起以前，有点磕巴：“那，那倒是的。”

他扎扎实实地叹了口气：“还有吗？”

叶卿茶发呆了一会儿，终是摇了摇头。

她今天看了公司的许多资料，包括在职员工的档案，刚刚想过问问许临渊，带这么多员工累不累来着。但是她又想了想，好像这种问题，也没什么好问的。

其他的，她也想不出什么要问的了，脑袋一时空空的，有种没答上来老师题目时的挫败感和羞耻之情。

许临渊不知道是该说她心思太重，还是心思太过浅，似乎怎样形容都差了点意思。

总之，他是真的败给她了。

看来许多事情，还是得慢慢来。

毕竟，让叶卿茶这样的人主动开口，问关于他六年来有没有感情经历的事情，怎么想，的确都不太现实。

不过今天最重要的事情，好歹还是完成了。

二十四岁生日快乐。

我亲爱的阿卿。

Chapter 14

你的名字

又是一个周末。

五月到来，天气日渐暖和起来，但也仅限于白日。

北州一到这个月份便多雨，昼夜温差还大，到了晚上，便泛阴冷潮气。

下午的阳光和煦且暖，叶卿茶难得地睡了午觉，起来化了淡妆，独自去了猫咖店，实施撸猫惯例。

可她还没来得及吸几口大肥猫的芬芳，大肥猫就被突然响起的手机铃声给吓跑了。

叶卿茶一看，是周既明。

“大事件，”周既明言简意赅，“许临渊发烧了，你快去他家看看。”

叶卿茶一愣：“昨天下班的时候，不还好好的吗？”

她虽是这样问了，但身体已经走出了店铺，心更是早已经飞到了许临渊的家里。

“季节性感冒，加上公司忙，他晚上加班，就容易生病。”周既明顺口提了一句，“其实三月那会儿他去了芸回一趟，回北州也发烧了几天，那稿子还是边病着边写的呢。”

“他这人不爱吃药，嫌苦，发烧也任凭不管，耗个几天等自己好。我寻思这次你在，或许他愿意吃呢。”

叶卿茶下午出门时，看天气不错，便没有带伞，也是步行出门。

没想到现在出了猫咖，刚走了几步，路上竟淅淅沥沥下起了雨。

天还不怎么暗，雨丝也是细密的，并不大，但能濡湿衬衣。

放在平时，她会在路边买把伞，或者在自助借伞的地方借一把，但今天她显然没这样的兴致。

到了许临渊的家门口，叶卿茶轻车熟路地输了密码，推门而入。

因为送资料，她已经来过这里几趟了。

许临渊的家里门锁密码就是一串零，叶卿茶也挺纳闷的，这样的密码居然能存活到现在，也没遭贼。

看来，小区的安保系统真是非常不错。

许临渊即便是睡着了，也永远是浅眠，对环境的变化尤其敏感。

在大门被打开的那一瞬间，他就醒了。

“既明？”

因为许久没有喝水，许临渊的声音有些干哑。

叶卿茶没答，她未卜先知地倒了水，然后推门。

“是我。”

许临渊心里虽有些惊讶，但面上不显，声色平静：“今天周末，你怎么来了？”

“来加班啊。”叶卿茶捧着温度刚好的白开水，轻笑，“不知道有没有加班费。”

许临渊知道她是开玩笑，但还是很认真地回答她：“有的。”

“坐起来吧，喝点水。”叶卿茶扶着许临渊坐了起来，动作自然非常，就像是一直在他身边待了很多年似的，“再睡就要头晕了，我给你冲点药。”

她的语气温和，语速很慢，但却有些不容置喙的意思。

许临渊笑：“既明他既然找了你来，那有没有和你说过，我从来不吃药？”

“说了啊。”叶卿茶不以为然。

她半蹲在他的床边，手臂弯曲着，语气既像挑衅，又像好奇：“可是堂堂许总，居然还吃不得苦的药吗？”

“嗯，”许临渊不怕她取笑，“我不爱吃苦。”

“那你怎么还愿意去白水楼？而且还愿意喝那样苦的茶，真奇怪。”叶卿茶轻声细语，像是对自己说的。

不等许临渊回答，她稍微提了些音量：“你等我一会儿，就不苦了。”

许临渊默许了她的做法，眼看着叶卿茶踩着拖鞋走了出去，厨房的位置传来冰箱的开门声，生火声，碗筷的叮当声。

那一刻，他忽然感受到了“生活”二字的写法。

没一会儿，叶卿茶就回来了，手里端着一个瓷白小碗，还有一柄汤匙，在里面不断搅动。

葱白长指，捏着白勺白碗，一时竟分不出哪边更白。

如何看，似乎都是皮肤的白皙，更胜一筹。

“我煮了些梨子糖水，兑在药里。”好像怕许临渊不信，叶卿茶说，“我刚刚尝了，真的一点都不苦，你相信我。”

许临渊嘴角勾了勾，俯身，将叶卿茶吹凉的那一匙药汤喝了。

她额上碎发贴脸，水光沾面，有些不舒服，便自然而然地去拨弄潮湿的鬓角。

抬手时，长袖滑落至肘间，小臂像是莹白润泽的玉。

许临渊刚才意识太糊涂，此刻稍稍清醒了些，眼前明亮许多，这才发现，叶卿茶身上其实淋了不少雨。丝质的衣裳微透。

她自己没发现，可他却看得清楚。

曼妙身形，影影绰绰，轮廓尽风流。

许临渊别开眼，心口脉搏涌动："外面下雨了？"

"嗯？"他不说，叶卿茶都要忘了，"嗯。"

许临渊咳嗽两声，大抵是喝了水又喝了药，音色听起来，已比刚刚好了许多。

他说："你也去洗个澡，别冻着。"

"我？"叶卿茶一愣，"不了吧，我等会儿就走。"

"听我的，去。"许临渊看她一眼，再垂了眸，不再多看。

他这样一说，叶卿茶忽而感觉身上冷了一些，似是有寒风习习，往骨子里钻。

她吞了口唾沫："可是，没有换洗衣服……"

"有。"许临渊说，"你穿我的。其他的……卫生间抽屉里有。"

叶卿茶一愣。

他不愿她多想哪怕一分，当即解释道："先前的保洁阿姨是个热心肠，自作主张帮我采买的。一直放着，没拆过。"

"……哦，知道了。"叶卿茶咬了一下唇，声音轻轻的，"那你喝完药，我就去。"

片刻以后，浴室里传来水声。

许临渊喝了药，昏昏沉沉地想睡觉，眼前却浮现起六年之前，自己阴差阳错撞见了叶卿茶沐浴，仓皇关上门的那一刻。

他当时除去歉意，没有别的情绪。

现在想来，竟太阳穴中有些许疼痛，左右翻转，难以入眠。

许临渊，清醒些。

他在心底默念了好几遍自己的名字，又道了几遍"心如止水"。

只可惜，好像没用。

那时她细腕半抬着，侧面看他，眼底烟波流转。

她那样看着她，瞠目结舌的样子，呆而勾人。

许临渊记起来，既然她那年才十八岁，那能晓得什么叫起欲念，动心魂吗？

他顿了顿，自觉可笑。

是不是烧糊涂了，她怎么可能不懂？

那年，明明衣衫不整的是她，可现在被撕去那一层道貌岸然面孔的，却换成了他。

浴室的水声像是耳鸣一般侵入大脑，那些远处的来自白水楼的，当天氤氲的雾气，明明不在他的眼前，却又似乎就在面前。

许临渊睡觉不成，索性撑着再坐起来，拉开床头柜的抽屉，取出那台许久未用，但并未蒙尘的拍立得。

指尖在其之上，细细摩挲，许临渊努力让自己回忆起当天和叶卿茶照相时的心绪，企图以一股回忆，冲散另外一段回忆。

因为……既然回忆起那天，他就不得不想到，在那一天过后，许正阳和他说了什么。

想不该想的事情，是要被戳痛处的。

叶卿茶半湿着头发再回到房间时，第一眼看见的，便是许临渊手中的物什。

“这个拍立得，你还留着？”她的脸上尽显欣喜之态，像个不谙世事的小姑娘，“还能用吗？

“能啊，胶卷也有，”许临渊举起来，“要再拍一张吗？”

“不了，下次吧。”叶卿茶收敛了笑意，又变回了淑女模样，似乎刚刚的笑容只是许临渊的错觉，“你再睡会儿，我守着你。”

许临渊在这时候，才注意到她穿的什么。

他的衬衣和睡裤，对她来说都太大太长了，松松垮垮地挂在她身上，更显得她像个衣架子，浑身上下只剩骨头。

许临渊一米八五，因为胫骨宽阔，穿衣服都买一九零的码，叶卿茶虽有一米六八，但也撑不住这样大的衣服。

那裤管被她卷起来，刚好露出一截细白脚踝。

拖鞋和睡裤都是黑的，她赤足，那处便更是白瘦得触目惊心。

黑发贴着面，她素颜很美，琥珀瞳依旧明显，眼睛浅浅的，很亮。

许临渊低低地“嗯”了一声：“那你守着，但先吹干头发。”

叶卿茶点点头，刚欲走，许临渊又叫了她一声：“阿卿。”

“嗯？”

“我明天若是退了烧，想带你去一个地方。”

叶卿茶抿着唇，点了点头：“好的。”

她没问是什么地方，她明白，许临渊带她去的地方，不会是她不想去的。

而且，她非常想去，许临渊说的这个地方。

仅仅因为，去这个地方的前提，是许临渊要退烧。

她这个人也没什么很大的、很长远的愿望，现在的愿望，就是许临渊身体能变好。

叶卿茶出了房间，乖乖听话，把头发吹干后，便靠在许临渊家的沙发上歪了一会儿。

思绪飘飘忽忽的，好像过了许久，身体宛若一轻，像是浮在了空中一般，又缓缓下坠。

这样的下坠是轻柔的，温存的，并非虚空一跌，令人恐慌。

像是有人将她抱了起来，再虚虚地放到软垫上一般，稳妥安全到叶卿茶甚至没睁眼。

迷迷糊糊之间，叶卿茶似乎又变成了十八岁的阿卿，牵着那个人的衣角，从山上走到山下。

接着，他教她何为梦想，何为勇敢，教她立足于世凭尊严，教她走出大山。

酣梦迷离，仿佛又在芸回的万水千山中走了一遭。

叶卿茶再睁眼时，看向明亮的落地窗，才记起自己现在是在遥远的北州，而非白水楼的小瓦房。

可是，她为什么在床上？

叶卿茶呆呆地坐起来，愣了好久，印象还停留在自己来了许临渊家里。

她低头一看，自己的衣服很宽大，于是又想起来，自己借浴室洗了个澡，还靠在许临渊家的沙发上睡着了。

叶卿茶一拍脑袋，后悔万分：说好要守着他的，结果自己还不是睡得香甜，还得让人家抱到床上！

她迅速下床，先是看见了钟表时针指向了“10”，随后又闻到酱豆腐花的咸香味道。

许临渊一手端着碗筷，一手举着杯清水走了出来，刚好和她对视，眼神清明。

他笑：“早。”

叶卿茶：“……你退烧了？”

“退了，又睡了一觉，也刚醒。”许临渊将碗搁在桌上，“过来吃饭。”

“我先……洗漱。”叶卿茶不知为什么忽然害羞了，跑到洗手间，又想起来自己没有牙刷。

“抽屉里有一次性的。”许临渊在门外提醒。

“好……好的！”叶卿茶有些莫名其妙的狼狈，她拉开抽屉，愣住。

——满满一抽屉的一次性牙刷。

她也才发觉，洗手台上并没有其他牙刷，说明许临渊平时自己也都是用这种一次性的，一天换一套。

先前南屏也给她提过这样的事，说方钟易也这样，加班多了，出差多了的人，都是这样的习惯，一点家的味道都没有。

叶卿茶不知是以什么心情刷了牙，又冲了把脸，再挪回客厅。

许临渊做早饭很精致，叶卿茶以前并不知道他很会做吃的，今天才见识到。

“对了，你说今天要带我去个地方。”叶卿茶吃了两口荞麦面，忽然记起来这件事，“是去哪儿？”

许临渊动作稍微顿了顿，抽了张纸，递给她：“先吃完东西。”

叶卿茶很乖，把面吃了个干干净净。

她的确是饿了，昨天睡着后，便没醒过来，长时间没有热量摄入，平时就算胃口再小，现在也能吃下许多。

等叶卿茶吃饱之后，许临渊才开了口。

他看着叶卿茶的眼睛，声线温和。

“我找到了，你的母亲。”

两小时后，墓园。

此处是清静之地，此时距离清明刚过没多久，整片陵园无旁人，除去繁茂的草木，只有一块块洁白的石碑。

叶卿茶先前只见过杂乱的葬人岗，未曾见过如此齐整的墓碑，一时间竟花了眼。

太阳有些烈，日头到了中天，有些不属于五月的毒辣。

叶卿茶倒是不热，她屏着呼吸，跟着许临渊拾级而上，直到眼前人站定，她才抬起头来。

那是一座比其余石碑都高一些的墓，叶卿茶看清了上面的字后，终于把所有的侥幸和期待都埋葬了个透彻。

墓志铭上，有一行镌刻而上的字：生在芸回白水楼，奈何终是异乡人。

叶卿茶膝盖一软，跪地之前，许临渊搀住了她的手。

还好有他拉了她一把，才不至于重重磕在地上，否则必是要破皮流血的。

按刚刚叶卿茶的样子，一看便什么力气也没收，若不是许临渊扶着她，定会将皮肉磕破。

她的身侧明明绿枝蔓生，高大的松柏也是常青，却像是忽然变得灰暗沉郁。

叶卿茶的眼眶和鼻尖是一起红的，红得毫无征兆，可她流起眼泪来，却是安静的，细细一条剔透的清澈白线，旁人不看，便难察觉。

她连哭，都不愿吵着身边人。

“阿卿，你的母亲，当年并没有真的想要离开你。”许临渊说，“你看这上面的日子，那时，她才刚到北州。”

“什么？”叶卿茶声音哑了，身子亦一僵，她胡乱地去找墓碑上的时间，却发现年份刚好是她的母亲不辞而别的那一年。

“我找了很久，终于找到了那位当年去白水楼考察的博士。”许临渊也慢慢跪了下来，跪在她身旁，“博士是想带她出去治疗，可已经太晚了。那时他们二人刚到北州……”

“我阿妈……生了什么病？”叶卿茶对于那一年几乎已经没有印象，她无助地抓住许临渊的胳膊，身体脱力一般地向旁边歪，“你告诉我，许临渊，你告诉我。”

许临渊敛睫，声音很轻。

“过度劳累，而且……已经到了癌症晚期。”

叶卿茶如坠冰窖！

“而且，博士与你母亲之间，从未有过除朋友之外的关系。村中的传言，都是假的。”许临渊握紧她的手，“并且，当时你母亲的原话，他也原原本本地转达给我听了。”

叶卿茶喘着气，泪水顺着脸颊往下一颗颗地掉。

她红着眼问：“我的阿妈，她说什么？”

“若她留下，阿卿会辛苦，也会难过。若她离开，阿卿只会难过，至少不会辛苦。既然无论如何，都会是不好的结局，那不如只让她难过，不要辛苦。”

“还有，她说了，她的女儿叫叶卿茶。卿字，一是美人之意，二是盼望有人能待她如佳人般好。茶字，一是让她不要忘记自己生在哪里，二是愿她一生如茶叶一般，自苦中求甘甜，无论何时何地，都不要陷于浑泥污淖之中。即便在水中沉浮，也不能尽数沉底。”

“卿茶二字相连，谐音是清茶，这是她的祝愿，也是希冀。她希望她的女儿，如清水淡茶一般，不可趋炎附势，庸庸碌碌。要追求洁身自好，做到清高无畏。身为母亲，她不需要自己的女儿享有荣华富贵，但求她在俗世之中，能够寻得一方安然。”

“阿卿，”许临渊轻抚她柔软的头发，“我说过，你的名字，很美。”

叶卿茶跪在墓前，听见这些，先是低声抽泣。最后，她终究难掩崩溃，在许临渊面前，毫无顾忌地，彻底哭成了泪人。

阿妈，我终于知道了，我名字的来历。

谢谢您，我会努力做到。

许临渊也跪下来，朝墓碑磕了三个头之后，轻轻将叶卿茶揽入怀中，抱紧。

“阿卿，”许临渊的声音安全而温热，“都哭出来，会过去的。”

叶卿茶早已分不清自己的感动和悲伤哪一个更多，她抱紧了许临渊，泪水将他的衣衫尽数濡湿，晶莹透过布料，侵入皮肤，再化为无形的风，刺入骨髓。

他希望她的痛苦能钉入自己的骨骼，她疼一分，自己也受一分。

许临渊自以为冷静自持，也算是人中英华，历年来他受过的风雨都化作了盔甲，行于世间，鲜少为什么而感到痛苦。

可她的眼泪，却如万箭穿心，疼得他几乎躬身，心脏抽疼，窒息难忍。

她并未掩饰自己的悲伤，而许临渊身为实情的探路人，知道真相的时候，亦红了眼眶。

她有多在乎，他知晓。

她有多难过，他亦知道。

终究，为心上人破了例。

晚上，二人一起吃了饭，许临渊开车把叶卿茶送回了家。

叶卿茶解开安全带，刚跟他说了再见，许临渊却忽然拉了一下她的袖子。

虽是一触即分，但叶卿茶感受到了，顿了一顿："怎么了？"

"一块儿走走吧。消消食。"许临渊说，"如果你晚上没有其他事的话。"

叶卿茶无声地点了点头，她今天知道了关于母亲的真相，心中难免空旷，也希望能和旁人多待一会儿。

如果是许临渊，那便最好了。

许临渊闲适地走在夜晚微潮的小路上，身侧有虫鸣稀疏。

他和叶卿茶说着自己在国外求学时的那些趣事，从有趣又爱开玩笑的导师和同学，讲到去天文馆近距离看星际的陨石。

叶卿茶很安静地羡慕着，偶尔会问些细节，像是他的老朋友一样自然。

不过也是，他们本来就是老朋友啊。世界上又有多少人，是兜兜转转溜了一圈，过了六年还能再相见的呢？

许临渊说着，忽然轻了声音，步伐放慢："那些日子，我真想分享给你……如果能带你亲眼看见，就更好了。"

"你在国外的时间，大概是我还在英语启蒙期的时候。"叶卿茶失笑，半分苦意漫上心头。

他的人生多好啊，开阔的世界，熟练运用的外语，更多的选择，更多的机会。

而那个时候的她，还待在出租屋里面，努力啃着不知道经了第几手的英标教材，企图和人生中第一个外国友人合作。

现在的她，跟国外的设计师交流都毫无问题。

但现在是现在，过去难料将来。

许临渊沉默片刻，道：“可惜，那个时候你不在。”

叶卿茶一愣，心底数年未显的蠢蠢欲动和躁郁不安，加上这句暧昧不明的话语，折磨得她心力交瘁。

“我想，我看见蔚蓝的大片的海是那么兴奋，你在的话，也一定会有笑容。那些体型巨大的牛羊，要比白水楼的那头牛凶得多，也并不亲人，不知道会不会听你的话呢？结业典礼上，很多人把帽子扔到了天上，掉下来的时候也不知道谁拿的是谁的。宽敞的图书馆有一层又一层，还有各种口味的自助咖啡，你那么爱看书，肯定会喜欢的。我看见那些的时候都在想，要是你在就好了。”

他看过了国外的花花世界，同时却意识到一件更重要的事：那个人眼底的纯净，是他在异国他乡再多年，也看不到的风景。

此刻，虫鸣晚风，溶溶月色。

叶卿茶忽然说：“我到了。”

许临渊似乎是从回忆中刚刚抽出身来，盯了她一眼，只轻声道：“好，晚安。”

就这么一眼，一句话，仿佛会拉丝似的，一股酥麻蔓延逸散至叶卿茶的全身。

叶卿茶闭了一下眼睛，说：“晚安。”

唉，这句话，比平时说话快了些。

叶卿茶在心里叹了口气，但她也晓得，这是难以避免的，根本逃不掉的。

即便选择离经叛道，即便为这俗世所不齿，她还是会紧张，还是会害羞，还是难以掩盖她的心慌和期待。

因为，她很爱许临渊。

Chapter 15
玉卮无当

叶卿茶知道，方钟易马上要到生日了。

真不是她特意记的，主要是南屏耳提面命，她就算想忘记，也忘记不了。

虽然方钟易这人从来不过生日，但南屏还是按照惯例，拉着叶卿茶去选礼物。

“执着”二字，叶卿茶还是最佩服南屏。

想到以前南屏为方钟易办了个派对，他全程都阴着个脸，浑身上下都写着“极度抗拒”四个大字。

叶卿茶都替南屏委屈，但也没法说什么，能做的，大抵也只有陪伴。

她昨晚上加了班，此时被南屏拉着，连连打哈欠：“选礼物这种事，我一向不擅长的，怎么这回不找辛夏怡？”

“我本来是想把你俩一块叫出来的，不过她最近出差拍视频去了，好像还在拍摄的时候认识了新的美女，”南屏故作郁闷地叹了口气，“唉，希望她不要因为别的女人，而丢弃了我这个原配。”

叶卿茶失笑，轻轻弹了一下她的脑门儿：“想什么呢，憨得你。”

给方钟易买的东西，不能俗了，故而二人也没去商场，因为商场里的东西，放在平时也都能买到，不差谁的一份。

二人逛到了北州的老旧城区，这儿东西杂，虽说三教九流居多，逛逛却总能有意外之喜。

比如现在，叶卿茶的视线，忽然便被弄堂一隅的牌匾给吸引了过去。

清菀茶室。

这个名字莫名亲切，叶卿茶拉了一下南屏的袖子，示意可以去那边看一看。

推门而入，寂静无人，唯有幽香弥漫，不见喧闹之意。

北州的大多茶室，都秉持着一种“闹中求静”的共性，大隐隐于闹市，修身养性和赚钱两不误。茶客在门窗大开的楼上谈天吹牛，好不热闹。

可这里却不同，清菀茶室是真正的偏安一隅，并无人气，纤尘不染。

四周都是古色古香的架子，错落地摆放着各种茶具和茶叶，有江南风格园林似的草木点缀着，都是真叶真花，品级也都是上好的。

叶卿茶朝正堂上方看去，那处还呈着一幅毛笔字，高悬于堂前，笔迹隽永。字节之间虽有勾连，却字字独立挺拔，风骨绝佳。

“清菀茶室”四字，内敛含蓄，没有落款。

叶卿茶凝视片刻，竟分辨不出笔者年纪。

南屏嘟囔道：“东西都是好东西，大概店主是个不缺钱的，开这店根本不牟利，只是想找个地方躺着歇息吧。”

“姑娘说得是。”

陌生而苍老的音调刚一出现，把南屏吓了一跳，她反射性地掐了叶卿茶的手，惊呼了一声“呀”。

二人这才发现，茶室深处的八仙桌旁，有一位老夫人坐在玫瑰椅中，面前还有糖藕和板栗，瞧着生脆可口。

她捧着一道釉的瓷杯瓷碗，正轻轻吹着茶，边轻撩起眼皮儿看着二人。

不知为什么，她身上显着一种富态而平和之气，叶卿茶点了点头，道了声婆婆好。

“婆婆，那套雪色茶具，可有同样的款式？”叶卿茶温声询问，看向老夫人手中那青绿色的茶水，她用的便是雪白的茶杯，两色对比，分外好看。

“倒是巧了，一样的没有，但我这儿，有套更好的。”老夫人和声道，“可是要赠什么人？还是自用？”

叶卿茶垂眼：“想送人的，要最好的。”

老夫人笑着站起身，缓缓地将一屉雕花纹红木箱展开，里头一套白釉茶具，宛若温润玉石一般，清雅写意，工艺讲究。

“这一套如何？”

叶卿茶看了，根本没问价钱，便说要了。

这样好的东西，天生就该他用的。

南屏一人转来转去，在书架上找着些有年头的玉质刻章。她歪着脑袋，蹙起眉毛看，愣是读不出年份字号。

叶卿茶笑道：“那个不是这样看的，我教你看。”

老夫人依旧坐在原处，隔着屏风，看那两道交叠倩影。

这个姑娘，她有眼缘，心里很喜欢。初看虽有些风月之相，男人见了免不了心生轻慢，气质比不得大气的名门人家的姑娘，腰细腿长，掩盖遮蔽不了天然媚态。但细看其身姿，纵观其言语，却能发现其人胜在心细稳重，自内而外，散着一股这个年龄本不该有的清平之气。

老夫人笑笑，不说话。

最后，南屏亦收获不小，给方钟易挑了一对材料上乘的玉石麒麟。

她想得很好，到时候神不知鬼不觉地潜入公司，给他放在办公桌上当摆件。

南屏也确实是这样做了，只是时机不巧，到了方钟易生日这一日，她才刚把玉麒麟搁置在办公室，门口便传来推门的声音，吓得她赶紧躲到了桌子的下面。

祸不单行，进来的除去方钟易，还有一位陌生的合伙人。

方钟易不知情，又是个体面人，没有当场把南屏赶出去。

在他看见书桌底下埋着脸的人时，选择了视而不见，如常一般坐了下来。

幸好，办公桌的另一面不是镂空的，所以对面侃侃而谈的人，没发现她躲在下面。

但问题是，南屏蹲得腿都麻了，办公室里除去方钟易的那一位依旧是没有要走的意思。

南屏气呼呼的，腹诽着“你怎么也不给我多腾出些位置”。

于是，她伸出手指，戳了戳方钟易的膝盖。

方钟易本正在谈话，忽然音止，身体一僵，视线向下。

只见南屏的发顶就在他两腿之间，她倒是好，还在那儿戳他的西装裤，像是个什么都不懂的孩子一般。

方钟易深呼吸，自然地退后一些，并伸手将她的脑袋往里推。

对方发现些异样：“怎么了，方总？”

方钟易摇头：“无事，你继续。”

南屏更委屈了，她不过是想让他挪点位置给她，好让她换个姿势蹲着，怎么他还要摁她的头？

于是她脾气来了，更要往前拱。

方钟易眉头紧锁着，让对方还以为自己说的话哪里不对，让方钟易为难呢。

“是这样，最后的图案如果不确定，我希望可以交给你们公司的叶设计师看一看。虽然这次合作跟她没什么关系，但感觉她的意见会很不错。”合作方顿了顿，“如果不方便，也没关系。”

方钟易“嗯”了一声：“没有问题，晚些我找她。”

合伙人是个识得眼色的，见方钟易面色不虞，想必是出了什么和自己无关的事，便借口先走一步了。

对方刚离开，方钟易就站了起来，沉声道：“出来。”

南屏委屈巴巴地爬了出来，向方钟易伸出手，瘪着嘴道：“腿酸了，你拉我一把。”

方钟易无可奈何，一把将南屏扯了起来，按在自己的座椅上：“说，又有什么事。”

“今天你生日。”南屏在椅子上转来转去，丝毫意识不到刚刚自己的行为有什么问题，“我来给你送惊喜呀。”

惊喜？藏在桌子下面蹭他的腿吗？

方钟易想发火，但又发不出来。

直到这个时候，他才注意到檀木桌上的那一对物什，晶莹剔透，无论识不识货，都能看得出是上乘品。

方钟易捏了捏鼻梁：“玉卮无当之物，以后不必送我。”

“这是我挑了好久的！”南屏皱眉，“你怎么连谢谢都不说，反倒埋怨我多事？”

“我没有埋怨你，”方钟易苦恼，“只是我不爱这些东西。”

“那我呢？”南屏气了，她的腿到现在还麻着，他却不知道是哪儿来的脾气，把她好心当成驴肝肺。

“什么？”方钟易没理解。

“我也是玉卮无当之物，你是不是也不要我，更不爱我？”南屏眼红。

“南屏！”方钟易去拉她，想喊人将她带走。

“方钟易！”南屏哭了，“你知不知道，我以前做过一个梦，如果二十六岁我还没把自己嫁出去，我这辈子就再也不能结婚了！”

“说什么傻话？”方钟易气也不是，恼也不是，笑是更笑不出来，“南屏，我再说一遍，你现在已经不是孩子了，不要成天胡言乱语，更不必相信莫名其妙的梦。”

“就讲！就信！我是社会主义和唯物主义的接班人，但也不影响我相信梦！”南屏站了起来，可是她腿麻，没站稳，便伸手抓了他的衣领，身体后倒，连方钟易一起摔回沙发椅上，“方钟易，你今天要是不做我男朋友，这辈子就别想有那一天了！”

此刻二人离得极近，她的腿又不安分地开始蹭他，惹得方钟易心底着火。

数年来，他教过叶卿荼观人于微，谨言慎行，知进退，懂人情，却不教她爱人。

因为，他自己也没学会。

沈谅说得对，在感情上，他的确是个懦夫。

方钟易沉重地叹了口气，揉了揉她的发：“对不起，我今天凶了你，我先把你送回家，好吗？”

“好啊！”南屏气急败坏，“我还以为我们从小青梅竹马，意念合一，爱情惊天地泣鬼神，坚贞不渝！没想到，你身边出现了祸害人间的魑魅魍魉，你吃着碗里的还看着锅里的，见过太多美人儿，就不要我了！”

“这都什么跟什么？”方钟易太阳穴突突地跳，烦躁地捏了捏眉心，“南屏，你不要跟我闹，你明知道我没有。”

南屏将方钟易又往下扯了一些：“那你做不做我男朋友？”

“南屏……”方钟易姿态放低，语气亦放软，“我是怕自己不够好，你和我在一起会吃亏。”

“我一直在等你，这些年就够吃亏的了！”南屏头一回发现自己语言储备量这么丰厚，“方钟易，我今天话就撂这儿了，你有张嘴，我也有张嘴，咱们今天要么接吻，要么把话说开，从此老死不相往来！”

“没有第三种选择吗？”方钟易汗颜，没想到自己居然有一天，会因为这种无赖泼皮的选择题而感到困扰。

“没有！”

“那就没办法了。”方钟易深深地看着南屏。

一、二、三。

南屏在心底倒数了三秒钟，他没有吻上来。

她松开了方钟易，站了起来，眼底的怒火和怨气骤然平息，像是一潭清水。

她淡淡地说：“那我懂你意思了。”

方钟易，好像真的不喜欢她。

如果不是青梅竹马，怕她到父母那边去闹，他肯定早就把她拉黑了，哪还能留到今日呢？

要放弃吗？

南屏想都没想，就大声地在心里说了一声“不”。

白娘子可是千年等一回呢，她多等等也没事，反正方钟易比她年纪大，看他还能耗多久。

南屏只是难过了短短一刻，便收拾好了心情。

她往门口走去，想要拉门离开，下回再想想其他办法，引起方钟易的注意。

可指尖刚触碰到那根竖杆，便听见“咔嗒”一声，门锁被一只突然出现的大手给按了下去。

南屏还没来得及转身，便被那股大力按在了墙上。

紧接着，便是强硬的碰触，唇齿相碰，惊得她浑身战栗。

他的吻冲动而莽撞，失了寻常一身的冷气，全都化为暖流，侵入她的口舌，再深入肺腑脾脏。

南屏的身体泛起涟漪，腿又开始麻了起来，站都站不住。

片刻后，眼看她要撑不住，快掉下去了，方钟易捞起她，又抱回方才的座椅上。

胸口灼热，浑身都像是烧了起来。

那样的吻像是野火，一点也不温柔，粗暴地碾压过南屏身上的神经，她的神志也被呼啸而过的鼻息撕裂成碎片，理智化为齑粉。

他面上有细细的胡茬儿，蹭着南屏白嫩的脸上，南屏并不觉得疼，反而引得她脊骨酥麻，摇摇欲坠。

他是在用这样的吻，告诉南屏那个深埋于心底的事实。

时光知味，岁月沉香。

二人朝朝暮暮相伴，又怎会不生情意？

饶是方钟易冷血自持，拥诸多顾虑于心中一隅，终究是敌不过南屏的轰轰烈烈，赤诚之心。

Chapter 16

南屏晚钟

几天后的清晨，叶卿茶穿着简单的白T和牛仔裤，正在猫咖店慵懒地歪着，一边接起了南屏的电话。

“在干吗呢茶茶？我在化妆。”

“你要出门啊。”叶卿茶揉着波斯猫的脑袋，浑身舒畅，“见方总吗？”

南屏刚打开粉底液的盖子，听到叶卿茶这话，突然手一顿，脸也沉了下来，“茶茶，我问你，今天几号？”

“五月二十日啊。”

南屏更烦躁了：“许临渊呢？”

“他和周既明去出差了，今天给我放假。”

“啊？”南屏下巴都合不拢了，“他没给你礼物呀！”

“礼物？”叶卿茶眨眨眼睛，“上个月是我的生日，他已经给过了，今天我要什么礼物？”

“你笨死了！”南屏气得跺脚，但想了想，也算是能理解，“这样，茶茶你听我的，等以后你和许临渊在一起了，今天的礼物必须让他补上！听到没有？”

“哦。”叶卿茶心想，先答应下来好了，“不过……”

“不许问我为什么！”南屏先发制人。

“……好。”

叶卿茶才不管呢，她此刻躺在猫堆里好不快乐，抱着猫狠狠吸了一口。

她在北州的这些年，几乎去过北州的每一家猫咖店，最常来的便是这里。

她平时本就没什么娱乐活动，更不爱社交，很少会去南屏和辛夏怡爱去的地方。

健身虽然是习惯，但永远只是用家里那台跑步机，不会去健身房，和一群不认识的人接触，哪怕一句话不说。

北州大多数的猫咖店长全都认识叶卿茶，她毕竟是大美人，又是常客，还消费高，刷卡从来不手软……这几者结合，大抵没人会记不住她。

咖啡，吸猫，自由自在，带薪休假。

真是很愉快的520呢——叶卿茶心想。

今天日子特殊，南屏心心念念地想要和方钟易去看俗套又浪漫的爱情电影，方钟易也的确特意把时间空了出来，却没想到还是落了个空。

南屏光是挑衣服、化妆、搭配饰品，就花了一个上午的时间。

而且，她特意不要让方钟易来接她去商场，就是为了想体验一番，那种在电影院门口等男朋友的感觉——听辛夏怡说，那是一种很令人欣喜又雀跃的心理。

当你抬头的一瞬间，男朋友忽然在下一秒出现并和你对视时，那种心动的瞬间是任何时刻都无法比拟的。

可南屏千算万算，没有算到方钟易是个日理万机的。

公司临时状况很多，他身为领导者，万不能在关键时刻弃了大局，去自私地陪伴女朋友。

方钟易内心煎熬地给南屏打了电话，说明缘由后，保证了会补偿她，要什么都可以。

南屏气得直接挂了方钟易的电话，留下一句："我就站在电影院门口等着你，看你什么时候来吧！"

方钟易无奈，但又没时间再哄，只能不停地接着各种电话，心底又时不时地分心，想着南屏这时候在干什么呢。

终于确定了更改过的方案，方钟易看了时间，估摸着等自己到了商场，电影也得接近尾声了。

方钟易对时间的把控一向很准，他看见南屏时，果真有许多情侣正从电影院里走出来，口中还在讨论那部爱情电影的狗血程度。

放在平时，方钟易会认为这样的讨论无非是无聊的废话罢了。

但是现在，他竟有些羡慕起来。

而他的女朋友南屏，在人潮拥挤中，显得孤单又可怜。

她真的好小一只啊。

方钟易走近，缓缓俯下身，捏了一把她的脸："就这样站了两个小时吗？"

"你说呢！"南屏本来什么情绪都没有，方钟易一开口，她的眼睛立马红了。

"对不起，我错了。"方钟易道，"你怎么骂我都行，今天是我失约。"

南屏伸出一只手，戳了戳方钟易的腰："这样吧，你回答我一个问题，只要回答对了，我就原谅你。"

方钟易心里惊诧于南屏难得的好说话，面上风平浪静："嗯，你说。"

"你的心脏在哪边？"南屏背过手，鼓了鼓腮帮子。

方钟易沉声道："左边。"

“不对！”南屏气得跺脚，面红，“你应该说在我这边！”

方钟易惊讶道：“什么？”

他被她既无赖又可爱的模样气笑了，一点火也发不出来，纯粹无奈：“这我怎么想得出？”

“那就是你的问题了！”南屏转身就走，并且特意停下来，摆出很凶的样子回头瞪了方钟易一眼，“你要是跟过来，我今天就不和你吃晚饭了，我南屏说到做到！”

南屏其实也知道，这样的答案，要是真能被平时根本不爱网上冲浪的方钟易答出来，那才是奇怪呢。

可是，她的小脾气上来了，一时半会儿便压不下去。

这一趟，若说是她存心给方钟易找碴，她也认了——毕竟，是他方钟易失约在先，才让她南屏如此生气的！

方钟易叹气：这都是什么事儿。

还没在一起多久，就跟他生气成这样。

他自知今天的一切都是自己的错误，也正如沈谅所言，在一起的第一个“520”是很重要的，自己失了信，她生气也是应该的。

不过，这动不动就闹小脾气的性子，心思又跟刚洗完的白衬衫一样白，若不是南屏她生在既优渥又背景干净的小生意家庭，在社会上根本生存不下去。

但还能怎么样呢？方钟易只能选择宠着。

毕竟，从小到大，他习惯了。

再有，反正他这辈子也就只对南屏这样，再闹腾再吵架，他也受得住。

也不知道她要生气多久，随她去吧。

方钟易虽说是这样想着，但还是转身进了花店。

虽然鲜花今天他已经订过了，等南屏跟着方钟易回到家就能发现，烛光晚餐配鲜花礼物，是样样齐全的。

但现在家里的花也送不到手边，女朋友生气了，就是要赶紧想办法哄的。

方钟易挑了南屏最喜爱的香槟玫瑰，在店员替他打包花束时，他捏了捏山根，忽然觉得挺好笑的。

他堂堂方总，到最后还是败在这样一个调皮的姑娘手里。

他抱着花，刚要转身进珠宝店，把刚刚南屏试过的手镯全包下来，就忽然听见商场里响起了温柔的播报声。

一开始方钟易是没理会的，潜意识觉得那些广播自然都是与自己无关的琐事，无非是寻物启事等等罢了。

当播报声响到第三遍时，正在付款的方钟易忽然指尖一顿。

整个大厅里都在回荡的声音，方钟易是不认得的，的确是商场的员工。

但播报的内容，属实让他哭笑不得。

“方钟易小朋友，走丢以后不要哭，不要闹，不要急，不要吵，你的妈妈正在一楼服务中心等你！再播报一遍，方钟易小朋友……”

方钟易：“……”

他深呼吸，将花束往前一推，填了张单子，让店家把这些全都送到家里去，随后大步向服务中心走去。

方钟易走时留下一阵冷风，让珠宝店的店员不禁打了个哆嗦。

感觉这位先生，不像是去找人，倒像……是去抓人的。

游客中心的人并不多，方钟易一眼就看见了那个坐在摇椅上晃来晃去的“罪魁祸首”。

南屏像是能感应到似的，也跟着抬起头来，看着方钟易走近，脸上一点也无悔过之意，甚至还在憋笑。

方钟易腿长，几步便到了南屏面前，侵略性地俯下身，在南屏身上投下一片阴影。

与之形成反差的，是他语气的收敛和无奈。

他叹了一口气："我的女朋友，你就不能乖点吗？"

南屏下巴一抬："就不！"

她的声音不大不小，还是有些外人听得见的，几个陌生人微微偏过头，向他们这里看去。

方钟易不喜欢被不相干的人盯着，一把捞起南屏，扣住她的手腕就往外走。

南屏被他拉着向前好几步："干什么？"

"回家。"方钟易声音低，南屏一时间都忘了去抗议，一直到走到地下车库的门口，她才开始扭来扭去，继续给方钟易使绊子。

方钟易懒得哄，在南屏还没来得及反应时，迅速低下身抱住她的腰，直接往肩膀上一抗。

"喂！"南屏吓得一把抓住了方钟易的衣服，把布料揪皱后，又开始打他后背，"方钟易！不带你这么玩儿的！你欺负我没你高，没你力气大！"

"对。"方钟易才不管她那如棉花一般的拳头，大步流星地找到了自己的车，拉开车后座的门，将南屏扔进车里。

南屏还没坐稳，便被他严严实实地按在了椅背上，狠狠亲到了失神。

一直到方钟易坐到驾驶位时，南屏还是蒙的。

北州的堵车本来就是家常便饭，再加上"520"的日子，路况便比平时更加拥挤。

南屏坐在车后面，只能通过后视镜看见方钟易的眼睛。

那是一双犀利，深邃，有野心的眼睛，里面看不见一丝情欲。

倒是她，面红耳赤，久久散不去潮红。

回到家，天都黑了。

南屏有些沉默，方钟易站在门口，自觉又自然地蹲了下来，为她换鞋。

米其林三星大厨看样子是刚走，桌上的法餐刚刚新鲜出炉。

室内没有开灯，烛光星星点点，煞是好看。

南屏还在生气："我不想吃。"

方钟易没说话，轻轻扣住她的手腕，将她带着往前走。

"没听清楚吗？"南屏依旧是怨气满满，意欲甩开他，"我今天没心情……唔！"

下一刻，她已经被方钟易压倒在沙发上，毫无还手之力地被他索取。

手腕有些疼，可方钟易依旧是紧紧抓着她，不让她乱动。

南屏的脚不安分地乱蹬乱踹，桌上的烛火因动静而摇晃着。

那烛火摇摆的样子很美，像是伊甸园的舞女，可惜室内二人，没有一个能分出哪怕是片刻的心思欣赏。

"方钟易！"南屏刚有喘气的机会，便气得回咬了他一口。

她初吻刚被方钟易拿走，算起来接吻次数很少，更不懂如何收力，所以把方钟易的嘴角一下子就咬破了。

方钟易哼都没哼一声，倒是她瞳孔微微一缩，有些后悔，但气势依旧没输，硬把想说的话给说出来了："你不能这样，今天明明是你错了，你都没有和我道歉，反而把主动权牢牢攥在手里。"

方钟易眸色深深，南屏虽然不害怕，但还是低下了脑袋，有点想哭，声音也小了一些：“你把我亲疼了……”

“南屏。”方钟易沉默良久，才开了口，“掌握主动权的，永远是你。”

南屏眼睛微微睁大，抬眸看向他的眼睛，有些不知所措。

室内烛火摇曳，外界毫无声响。

“你是那个果断勇敢的人，从不掩饰爱慕，展示内心的模样坦坦荡荡。你不知道，我是从什么时候开始被你吸引，并喜欢上你的。”方钟易没有去擦拭嘴角，而是再次俯身，虔诚地献上那个混杂着腥甜气息的吻。

“是你让我知道，爱一个人是美好的，不需要隐藏情感，亦不需要担忧未来，只需要珍惜当下。”方钟易亲吻着南屏冰凉的鼻尖，一路向上，舔舐去南屏眼角的泪花，“主动权在你手里，你要我走，我便会走。要我留，我便留下。”

南屏不知心底是什么滋味，她只能呆呆地望着方钟易的眼睛。那一刻，她忘记了自己方才为什么那么生气，唯一惊诧的，是方钟易看着她的眼神。

那双眼睛，此时盛满了抱歉，真挚，更多的是……情欲？

不，是欲望，强烈的欲望。

南屏晓得，那是男人对女人的欲望。

腹部热乎乎的，南屏从未有这种感觉，似乎飘飘欲仙，又似乎还差些什么。

南屏扭了扭身体，室内的温度似乎是突然升高了。

北州的五月本该不算太热，这回也不知道是怎么了，南屏猜测是因为没开窗户，所以才如此闷热吧。

可方钟易那样看着她，南屏并不太愿意欺骗自己的心。

她慢慢地勾手，让方钟易再靠她近一些。

方钟易俯身，在即将触碰到南屏的唇瓣时，南屏伸手，压在他的脖颈处，自己则弯曲腰腹，主动贴了上去。

“这沙发挺舒服，但到底没有床大。”南屏咬着方钟易的耳朵，“走吧。”

不等方钟易反应，她主动把脚一跷，勾在了方钟易的腰上。

“我反正不饿，”南屏笑了，“倒不如吃点别的。”

Chapter 17

秘 密

次日，南屏醒来时，已经是中午。

她揉着眼睛，扶着墙出门，发现礼物们还都原模原样地摆在茶几上，而且似乎比昨晚上自己看见的，要多了一些。

餐桌上那些价值不菲的法餐，早上被方钟易都清理了，算是全都给糟蹋了。

南屏吃着桌上的早餐，在心中默念了几句“不该”，发誓自己只浪费昨天这一次粮食，以后不会再犯了。

既然是特殊情况，应该能被辛苦的农民伯伯原谅吧？

“醒了？”方钟易牵着牛头梗从外面回来，牛头梗本想往南屏那处跑去，但方钟易用不轻的力度踢了它一脚，牛头梗立马灰不溜秋地低下脑袋，跑去了花园里休息。

南屏看着那头平时凶神恶煞的牛头梗，不禁有些好笑：真是一物降一物。

因为这样的一幅画面，让她心底也轻松了不少，面对方钟易也没有太尴尬，点了点头：“还……还好。”

这几个字一出来，南屏忽然捂住了嘴。

——怎么会这么哑？声音怎么这么奇怪？

方钟易知道她要害羞，故意装作没有注意到她声音的变化：“喝点热牛奶？”

“行，那你去热吧。”南屏给威风堂堂的方总下指令非常顺溜，也很自然。

没过多久，方钟易拿着牛奶回来了。

南屏坐在沙发上看手机，懒得用手拿，便直接低头就着他的手，把牛奶喝了个干净，并习惯性地舔掉了嘴唇上沾到的牛奶渍。

有了牛奶的润喉，南屏清了清嗓子，明显好多了。

“礼物，打开看看吧。”方钟易坐到她身边，“都是给你的。”

南屏打开那个多出来的大箱子，发现里面是一大束香槟玫瑰，还有她昨天试戴过，但没要的首饰。

方钟易不用解释，她也猜了个大概。

“这也太多了……”南屏失语，但还是开开心心地逐个拆着包装，一个个在手上和脖子上比对，“方钟易，这些款式我就算一天戴一种，一个月也轮不完吧。”

“慢慢戴，腻了再买新的。”方钟易淡定地喝了口咖啡，“身上痛吗？”

“咳咳咳！”南屏被自己的口水呛到了，脸刹那间通红。

方钟易眸色深深：“我出去买了药，如果身上有痕迹，就……”

“停！”南屏听不下去了，“你应该公司还有事吧！”

“有是有，”方钟易皱眉，“但是这种事不可小觑，你有不方便涂抹的地方，我可以帮忙。”

南屏真想现在刨个地洞，把方钟易整个人丢下去！

“不用了！”南屏站起来，“我再去睡会儿，你赶紧去工作，晚上给我带饭回来！”

不等方钟易再说话，南屏连滚带爬地回了房间。

南屏又睡了一会儿，起床后是下午三点。

她郁闷地发现，现在腰酸背痛的情况，居然比之前还明显。

起不来，她索性又躺了下去，给辛夏怡打电话。

她是个憋不住事儿的，几句话就把昨晚上给交代了，把辛夏怡震惊得一愣一愣的：“我的姑奶奶，您这是闷声干大事儿啊！不鸣则已，一鸣惊人的前身就是您吧！”

“我也不知道自己怎么回事，”南屏胡乱地抓着头发，“明明才刚亲上没几天呢，我连接吻换气都没学会，这下好了，和方钟易进展也太快了吧！”

南屏忽然一拍床单：“对了小怡，我只把这件事告诉你！虽然我不想瞒着茶茶，可茶茶是个正经人，脸皮也薄。我怕她吓着，准备过几天再告诉她，所以你可千万先帮我保密啊！”

辛夏怡立马答应：“知道啦！这种事情，我怎么可能到处说呢！”

南屏松了口气，再次叮嘱：“记住啊，这是秘密。”

几天后，许临渊出差结束，马上就要回北州。

算起来，叶卿茶当许临渊私人助理的时间有些久了。

虽然两个月说长不长，说短不短，但她也知道，自己不可能在这里待太久，总归是要离开的。

时间如流水，逝者如斯夫。

两个月，又是两个月的时间……

叶卿茶觉得有些好笑，怎么自己跟许临渊挂钩的时间，总是逃不开这个时间段呢。

不过，果然如叶卿茶所想，许临渊的新助理如约而至，她也要回方氏继续工作。

说实话，当时方钟易让叶卿茶来许临渊身边做一段时间的私人助理，叶卿茶心里，半是蜜糖，半是苦。

蜜糖，自然是因为她喜欢许临渊，能待在他身边，叶卿茶自然高兴。

至于苦，则是叶卿茶更爱原来的工作岗位，那里更能让她发热发光。

不过总的来说，这两个月的经历是件好事情，既丰富了工作经验，也算是完成了方钟易交给她的任务。

毕竟，方钟易是她的上司，又是贵人，要她做什么，叶卿茶是不会拒绝的。

再说了，方钟易亲口对她说，自己欠了许临渊一个人情。

如果她能替方钟易还了这个人情，让自己的贵人舒心，倒的确是一件极大的乐事。

叶卿茶收拾东西离开的那个早上，许临渊还没回来。

不过新助理下午就会到，她也就没有什么放不下的。

不过几天后，叶卿茶才发现自己当时收拾东西急了，不小心把公司的马克杯带了回去。

她在方氏下班后，便回了许临渊的公司。

叶卿茶没有提前跟别人打招呼，因为她没想打扰谁，只想把东西放在前台。

不过，周既明刚巧下楼，便和叶卿茶刚好打上照面。

“叶小姐？”周既明主动打了招呼，“来找许临渊吗？有些不巧，他去应酬了。”

叶卿茶摇头，淡淡道：“不是的，只是我不小心带走了公司的杯子，来还一趟。本来没想打扰你们，没想到还是遇见了你。”

周既明笑笑："这样。其实没事，一个杯子，送你便是了。"

叶卿茶倒不在乎跑一趟，眼下她有更好奇的事情："对了，新助理怎么样，能达到他的要求吗？"

周既明刚欲开口，想着前台就在旁边，便带着叶卿茶到了门外，坐在休息处。

"别紧张，我就是希望别给旁人听见。"

叶卿茶颔首："嗯，我知道。"

"新助理啊，长得弱不禁风，像是风一吹就能倒，但胜在心细，会沏茶。"周既明笑得意有所指，"临渊那家伙嘛，他就喜欢这个风格的人，最好生得再俊俏些……这不，连挑助理都按这个模子挑，一点也不含糊，眼光高得很。"

叶卿茶有些郁闷："哦。"

"叶卿茶，你好没意思，"这儿没外人，周既明也不愿称她为叶小姐，"怎么连追问都不追问的，我这个开玩笑的，都觉得没劲了。"

"什么意思？"

周既明抱臂，叹了一口气："不骗你了，新助理是个男人，人挺好的，不争不抢。"

叶卿茶"啊"了一声："这样啊。"

不知怎么的，心底松了很大一口气。

"趁着我俩单独在一块，给你讲一件事。"

"嗯，什么事？"

"今年三月初，临渊去了芸回。三月底，在夏怡的生日会上再看见你，我才知道，当时临渊的毕业论文为什么那么剑走偏锋。"周既明告诉她，"临渊他是真的喜欢你，就连当年大学的毕业论文，都写的是《红楼梦》中的茶文化。你去问他书中人物第几回品了什么茶，他清清楚楚。”

看叶卿茶还是那一副呆呆的模样，周既明怕她不相信，赶紧再补充了些细节：“我还记得论文标题呢，叫作：论古典文学《红楼梦》中的茶事分析！一字不落，清清楚楚，网页上还能搜着！”

看着周既明的样子，叶卿茶没屏住，掩面“扑哧”一声笑了出来：“你们兄妹俩真像。”

“不是，刚才那些话的重点，你都听明白了吗？”周既明都替叶卿茶急，“怎么会跟我和夏怡又扯上关系？”

这思维跳跃的，和表面模样根本搭不着边。这样一看，她更像许临渊了。

周既明无奈：“许临渊那个人，跟你可真是天生一对。我认识他多年，这家伙心思细腻，虽然性格温和，却也不失城府，从不白白让他人占去便宜。”

“告诉你个趣事，我和他读研的第一年，新传院里打辩论赛，非要拉他这个大学本科四年都成绩坐第一把交椅的人去凑热闹。当时的辩题很幼稚，具体我已经不记得了。只记得对方二辩为了说明‘综合学分绩点高不代表你能力就越高’这个论点，对许临渊说：‘难道你期末论文比我高一分，就代表你学识水平比我高一分吗？’当时大家都很紧张，不知道如何辩驳。结果你猜，许临渊说什么？”

叶卿茶没有直接追问，而是微微沉吟，思考。

正当周既明憋不住，想要说出答案时，叶卿茶笑了。

“他是不是说，或许自己水平高的，不止一分？”

周既明一句话憋在口中，吐不出来又咽不下去，就像是堵住似的难受，只能眼巴巴地望着她。

“叶小姐，你上辈子属读心虫的吧？”

叶卿茶又笑了，这回的笑容比刚才更加开怀，像是个十几岁的少女，眼底中是水光潋滟，楚楚动人。

她真的很少笑，尤其是单独对人，此刻像是拨云见光，虽然熹微，但那份光的确存在着，周既明看得到。

她的眼前，就像是浮现了许临渊当时在对方二辩眼前，不慌不忙，高冷，却依旧不失幽默的模样。

“不和你说了，我得回家去，再晚得更堵。”周既明拎起包，“该说的我都说了，你俩的事，我到底还是外人，自己看着办吧。”

叶卿茶莞尔：“谢谢你，既明。”

周既明一愣，摇了摇头：“这算什么，不必跟我客气。临渊的事，就是我的事。”

叶卿茶与周既明分别后，在回家途中，忽然想起家里的香薰蜡烛似乎是没有了。

她便找了就近的一家商场，想着去买些新的。

这些年，她身体一直都还不错，唯一的问题，就是睡眠不太好。

若是晚上不点助眠的香薰，便很难睡着，即使工作疲劳，回家累得睡着了，半夜也还是很容易惊醒。

她倒是没什么害怕的东西，也没有什么心结。

看过医生，诊断下来，不过是工作压力太大，而导致的睡眠质量差而已。

但叶卿茶对品牌是有要求的，永远买的是那一款白色素雅包装的，价格不菲的精油蜡烛。

她来北州后试过许许多多不同的香味，最后才找到了这一款，和记忆中最为相似的气味。

像是山风吹过，那个人衣角鼓动时留下的残香。

安稳，恬淡，温柔，清雅。

枕着这样的味道，便好梦不愁，睡醒也神清气爽。

叶卿茶买完了香薰，在商场门口，恰好遇见一位熟人。

她似乎是在等朋友，拎着大包小包的东西，一看便是逛了大半天。

“哟，刚下班吗？”辛夏怡看了看她身后，“许临渊怎么没送你？”

叶卿茶不咸不淡地解释道：“不是下班，刚去他公司还了东西。之前调去给许临渊帮忙，现在我已经回方氏了。”

辛夏怡也是个八卦的，她知道南屏肯定也很好奇二人的进度，便装作无所谓道：“你走了，许临渊应该很难过吧？”

“不会，”叶卿茶温吞道，“周既明说了，新助理深得他心，心思缜密，他很满意。”

辛夏怡皱眉：“新助理是男人吧？”

“嗯。”叶卿茶失笑。

原来这是在旁人眼里如此明显的事情，自己刚听见时，居然还在担心这，担心那。

“所以，你和许临渊还没在一起？”辛夏怡做作地抚上太阳穴，气不打一处来，“拜托，隔壁都干柴烈火全垒打了，你俩还在这玛卡巴卡给谁看啊？”

“全垒打？”叶卿茶没听懂。

“这个……嗯……当我没说！”辛夏怡在心底猛拍额头，恨不得抽自己一个大嘴巴子：辛夏怡！不是说好要帮南屏保密的吗？怎么一下子就直接说出来了！

还好，叶卿茶听不懂。

“总之，你俩快一点，别磨磨唧唧的！”辛夏怡清了清嗓子，又变回了那个事事要占上风的刁蛮大小姐，就差拿鼻孔看人了，“不然，你们不着急，我家南南都得急出心病！”

叶卿茶还来不及多问句什么，可辛夏怡话音刚落，便一溜烟跑了。

她便索性不想，回到了家，点上香薰蜡烛。

好梦，阿卿。

她对自己说。

Chapter 18

孤胆英雄

六月一天比一天热，清早的温度便冒了暑意。

近日，方钟易不在公司，和助理出去了。

放在平日里，既然老板不在，员工们定是会稍微放松一些。

但叶卿茶依旧如平时一样加班加点，今日沈谅来公司替方钟易看了看大家的工作情况，在手机里又没少跟方钟易夸小叶子如何地努力和认真。

方钟易嗤之以鼻：“说得像夸自己孩子似的，天花乱坠。”

这一句把沈谅撑得哑口无言，只能默默闭了麦。

晚间，叶卿茶最后一个离开公司，莫名其妙地拐进了家门口附近的商业街。

叶卿茶一直认为一个人出来买醉是件很傻的事儿，直到今天她也一个人走进了清吧，恍然间，便对以前的想法感到抱歉了起来。

其实一个人喝酒，可能没有什么伤心事，不过是闲着罢了。

就像办公室里其他人说的，生而为人，哪能没有偶尔偷懒的时候呢?

她喝酒的次数并不少，除去南屏爱喊她出来姐妹局，应酬上更是不少觥筹交错的场合。

在那些光景里，她永远是话最少的一个，只知道闷头喝便是。

她是很难喝醉的，虽说白水楼的人家以茶叶为生，但每家每户都酿米酒。

她的酒量大抵天生便好，加上来北州以后喝得多，叶卿茶可以说得上是千杯不醉。而且她爱惜身子，从来不喝混酒，但也不挑剔种类。

叶卿茶找了个位置坐定，点了几瓶酒精度数偏高的，心想喝完就走人，顺便祈祷等会千万不要有陌生人来找她说话，她不过是想静一静罢了。

今天客流量稀少，舞台上也没有驻唱，低低的布鲁斯音调在耳边逡巡，倒还舒服。

她喝剩下最后一瓶酒时，面前忽然坐下一个人。

真麻烦啊。

叶卿茶头疼：好不容易清静了一段时间，怎么临到最后，还是要被打扰。

她悠悠地抬起脸，打算找个什么借口把眼前的人打发了，却意外地看见了星星。

那不是星星，是许临渊的眼睛。

“阿渊？”她迷茫地喊了他，都未曾发觉称呼的变化。

许临渊见她眼睛迷离，又目测了一旁空瓶的数量，知道她喝了个半醉。

无奈，又有些生气。

一个人喝成这样，若是他今日没有出门散步，没有恰到好处地往这所酒吧的玻璃窗里探一眼，她要怎么回家？

“是我。”许临渊应声。

他这一声应了，叶卿茶心底宛若沉石落地，安稳不少。

她声音闷闷的：“你怎么才来？”

许临渊明白这是无心之言，但还是温声道：“对不起，我来晚了。”

灯光晦暗，酒气氤氲，叶卿茶不自知地伸手，揉乱了自己倒映在杯中的影子。

哦，那似乎不是影子，是许临渊柔软的头发。

手指上的触感真实非常，叶卿茶这次确定了，眼前真的是他。

“没关系，我耐心好，可以等你。”叶卿茶喃喃地说着。

兴许是喝了些酒，纵使叶卿茶的酒量生来就好得令人艳羡，但也难免会因为酒精的感染而滋生些胆量和勇气，说出一些平时想说，又万万不敢说的话。

加上目前掌心很柔软，摸着十分舒服，叶卿茶的戒备也就更少了一层。

她忽然声线悠悠：“许临渊，这个世界很爱你。”

这话，她憋了快要六年。

她羡慕他啊，太羡慕了。

许临渊，你家境好，有文化，待人谦和，圈子广，朋友们也都喜欢你，没人会不喜欢你的。

光是背景，我就已经输得一败涂地了。

叶卿茶绝望地想。

“但与其看着你被爱，我更想独占你。”叶卿茶凑近了他一些，修长的指节摩挲着玻璃酒杯，指甲抵在上面，发出细细的轻响。

哒哒，哒哒。

叶卿茶像是起了玩心一般，开始用指甲发出那类似冰块碰撞的声音。

许临渊定定地看着她，心中似浪潮翻涌，山河动荡，面上却平静如春间湿泥，柔软安宁："这不像是叶卿茶会说的话。"

"对，因为我现在不是那位北州的淑女。"叶卿茶举起酒杯，虚虚地贴在并不发红，却在发烫的脸颊上，缓缓道，"我只是白水楼的阿卿，想问许老师，讨个赏赐。"

许临渊很轻地闭了一下眼睛："阿卿，你想要讨什么？"

"不是很明显吗？"叶卿茶说，"我想要你爱我。"

她的眼神，暧昧而震撼。

底气虽然占七分，却仍抱有三分怯。

可是，许临渊慢慢地、轻轻地摇了摇头。

叶卿茶眼底的光黯淡了下去，眼底的那份怯占了上风，底气尽褪："当我没说。"

"你误会了我的意思，"许临渊并不愿在这种情况下卖关子，温声道，"我摇头，是因为你说的这个东西，并不是赏赐。这是一件大可以让世人皆知的事实，你并不需要向我讨要。"

叶卿茶听了这话，呆呆的，眼尾不知不觉就红了，但是没有泪。

她红了眼尾的模样既惨淡又绝美，让人心生怜惜，又令人想要肆虐。

许临渊没有喝酒，便把那份不该冒出的心思强行压了下去，谁知叶卿茶忽然站了起来，慢悠悠地挪到许临渊身边。

她就着他的腿，坐了下来，一手捧上他的脸。

表情虽看不太清，但行动极为暧昧。

这样的动作，无论是她还是他，都在心底肖想过千千万万次，并为自己的这种想法而感到羞耻，甚至是千千万万次。

她的身子是烫的，唯独手心湿冷，因为从始至终，她都握着那发凉发冰的细长酒杯。

“阿卿。”许临渊双手抠在座位边缘，不敢扶她，可又怕她摔，摇头道，“你先下来。”

这样的动作，在酒吧里并不少见，可却是许临渊万万不想要她在这里做出来的。

他知道，她不清醒，但他清醒，得知分寸。

叶卿茶似乎是发现了什么有趣的事情，语气有些讥诮：“怎么了？”

许临渊想着这样下去不是办法，扶着她的腰，将她整个人又提了起来。

扶她是不费力气的，叶卿茶轻飘飘的，一捏手臂和细腰，全是骨头。

当然了，她倒也没有过轻，因为身上该有的全有。

只是许临渊要搀着她，也碰不着那些地方。

然而叶卿茶皱了眉，像是又要坐回去似的，许临渊微微使了些力气，叶卿茶一个转身，直接调了个个儿，面朝许临渊，两手并拢，搭在他脖颈后边。

许临渊喉结上下滑动：“我送你回去。”

叶卿茶定定地看着他，凑近。

然后，她张开了嘴。

“呕——”

喝下去的，全吐他身上了。

许临渊：“……”

次日清早。

叶卿茶一觉醒来，差点口吐芬芳。

她怎么又睡在这个房间了？！

叶卿茶看了看身上的衣服，是很久之前，她在许临渊家里穿过的那套很宽松的睡衣。

她知道人是不可能穿越回过去的，于是开始回忆昨晚都发生了什么。

完蛋了，她的记忆只能存储到她在清吧喝完最后一瓶酒时，许临渊坐在了她的对面。

往后，一片模糊，什么也记不起来了。

她用手指抓了几下，梳通头发，又去洗手间漱了口，推门便看见许临渊在优哉游哉地喝着茶。

见人如见画，他一身白色，优雅淡然，是她梦中见了许多次的模样。

那茶具，便是先前她在清菀茶室买的那一套。

与此同时，她的脑海里浮现出“喜欢”“许老师”“赏赐”“讨要”“占用”等字眼。

这都什么跟什么？大概是梦吧。

叶卿茶顿觉太阳穴疼，但思来想去，硬是拼凑不出一句完整的话，索性直接问道：“许临渊，我昨天有说了什么吗？”

“先吃东西。”许临渊拍了拍身侧的椅子，缓声道，“过来。”

叶卿茶走了过去，拈起马克杯的手柄，往口中灌了半杯蒸馏水。

她没有化妆，却仍旧如同曾经一般粉唇莹润，在苍白的皮肤里，透出不可忽视的绝艳来。

许临渊盯着她："你说你喜欢我。"

"什么！"叶卿茶重新站了起来，差些要失控，"那不是梦吗？"

许临渊笑着摇头，眼底尽是促狭，再次拍了拍椅背："把东西吃完，你可以慢慢想。"

叶卿茶动作都僵硬了，但识时务者为俊杰，她还是乖乖低了头，拿叉子卷起一点意面，往嘴里塞。

咀嚼几口，明明番茄肉酱的味道直往鼻腔里钻，她吃起来竟然没什么味道，光神游了。

"阿卿，"许临渊放下手中的白瓷茶杯，"你昨天的话，还算数吗？"

叶卿茶就知道躲不过，心底又开心又害怕，半天只憋出一句："能不能……再让我想想。"

许临渊点点头，他能理解。

"我明天要出差。"许临渊不紧不慢道，"等我回来，给我答复，好吗？"

"嗯……好。"

许临渊摸了摸她的脑袋，释然般地轻轻叹了口气："在这期间，不要不回我消息，我们就像往常一样，随时联系。阿卿，这样子安排，可以吗？"

叶卿茶点点头："行。"

"我明天下午的飞机，你可以来送我吗？"

叶卿茶还是木讷地点头："好。"

这天晚上睡前，叶卿茶没有点蜡烛。

因为她并不想马上睡着，而是想充分地留出时间思考一下这件事。

她并没有多果断，但也不是左右摇摆不定的人，考虑这件事，她不需要很久。

年少时的心动，是电光石火，横冲直撞，毫无后顾之忧。

她遇见许临渊时，刚刚满十八岁。

就像是叶卿茶自芸回出发北上，一路到达北州，所思所想，不过是想再见许临渊一面。

可当她跌跌撞撞地从那个叫高铁的长车上走下来，又被行色匆匆的旅人挤了又碰，兜兜转转好久都没找着出口时，忽然抬头看见了北州的月亮。

2011年，令叶卿茶印象最深刻的一年，也是最令她惶恐的一年。

当她看见那枚月亮时，眼中只有惊诧。

因为那枚月亮不是明黄的，而是血红的，还被高楼掩去了一角，月光也不似芸回大山里的清澈。

那枚月亮不完整，残缺，高高在上，似乎在嘲笑她的不知道天高地厚，放着白水楼的月光不晒，偏要来跪拜北州穹顶的月亮。

叶卿茶胆子小，生生被那枚血色的月亮吓得后退了几步，还被路人用标准的北州话嗔怪没长眼睛，是不是不会看路。

她凭借着许临渊教的那些字，仔仔细细地辨认着弯弯绕绕的路线，在高楼大厦之间行走时，她又一次抬头。

这回，月亮看不见了，被那些大楼遮挡得严严实实，就算她踮起脚，也再望不着。

原来，这就是北州，许临渊从小生长成人的地方，是他口中那个没有星星的大城市。

她忽然意识到，自己根本没办法找到许临渊。在这样的城市里，她宛若蝼蚁，就算是被碾死了，大概也无人认领。这里不是芸回那样的小县城，人与人虽然算不上熟悉，关系也不见得多好，好歹相互认识。

若是她没有好运气地遇见贵人，大抵早已成为孤魂野鬼，折在北州无人问津的一处堆垃圾的角落。

现在是2016年，叶卿茶知道自己依旧喜欢许临渊，但她已经不再是那个会冲动、莽撞地爱一个人的姑娘了。

她见到了许临渊，却跨不出那一步，甚至见面之后，连说上一句“好久不见”都没勇气。

叶卿茶握着那张早已被时光磨损的拍立得相片，反复地问自己：你愿意承担心动的后果吗？愿意忍受旁人的嘲讽和奚落吗？愿意去再次认识他，和他所在的那个陌生的世界吗？

她悲哀地发现，或许是工作性质所致，她想到的第一件事，竟然是拟份合同签字画押，为自己的心动求一条退路、一份保障。

的确，成年人的心动，是有十足的分量的。

这份心动需要的远远不只是如年少时般的一腔孤勇，前路像是有茫茫大雾，你一旦选择了，便毫无退路了。

叶卿茶问自己：阿卿，你还要做个孤胆英雄吗？

她闭上眼，紧紧地等待着自己的回答。

室内空气潮湿，她的掌心亦是湿热的。

她忽然在心里对自己说：要的。

她来北州以后，读了许多书，知道了有一句叫作“燕雀安知鸿鹄之志哉”。

的确，自己不知他的鸿鹄之志，但她要到他身边去。

不远万里，不问归期。

咚咚，咚咚，心脏实实在在地悸动着，像是提醒她，这的确是发自内心的声音，没有错。

既然让她贪慕爱恋，痴嗔眷念多年的始作俑者正立于她面前，她便绝不能成为那个“蛹者”。

反之，她该是勇者。

她是克制的观望者，卑怯的念旧者，勇敢的示爱者。

我见君子，如鼠窥光。心心念念，自难相忘。

叶卿茶睁眼，嘴角和眼角一同勾了起来。

那么，好吧。

她心想，那就继续做英雄吧。

这个世界上抓不住，又留不下的东西太多了。

但是没关系，我会一直记得我爱你。

下卷

执卿之手

Chapter 19

心予一人

六月底，许临渊要出国一个月，大概得八月初才能回来。

“八月啊，”叶卿茶眨了眨眼睛，点点头，“我知道了，你出门在外，记得注意安全。”

她以为是像以前那样的一周，没想到要出国，还要这么久。

“安全是自然能保证的，这不还有周既明陪着嘛。”许临渊看了一眼此刻站在不远处，正散发着电灯泡之光的那位周姓男子，抬手，在空中顿了片刻，终是按上了她的头顶，轻轻地揉了两下，“阿卿，再会。”

“嗯。”叶卿茶莞尔，朝远处的周既明也挥了挥手，“快去安检吧，一路平安。”

“保持联系。”许临渊说。

叶卿茶点头：“会的。”

这是她人生中，第一次正式跟许临渊道别。

这样正式的道别，包含着再次见面的期许。

很多年前，她离开白水楼时，都没有想过，会不会有这一天。

而现在，她知道了，这一次告别之后，“重逢”二字，一定会实现。

许临渊不在北州的这些日子，叶卿茶并没有花很多时间去想他。每天依旧是该做什么，便做什么，加班加得明明白白。

她和他原本就都是大忙人，能做的，只是在工作中常常记起彼此，然后将自己正在做的事情告知对方，早中晚都联系一下，次数并不紧密，每次聊天亦不长。

南屏打趣他们，像是没有热恋期，就已经进入了黄昏恋似的。

叶卿茶不知道这样的状态叫作什么，便悄悄地把这叫作“在一起的前夕”。

南屏则在思考过后告诉她，这个应该叫作“暧昧”。

原来，这就是暧昧啊。

叶卿茶的眼尾又扬了起来，她心道，怪不得网上都说，暧昧是件快乐的事情。

看来，互联网也不是总骗人的。

七月不知不觉地过去，八月到来，但许临渊并没有回来。

叶卿茶算着日子，眼看着到了日期，便忍不住问他：“你今天回得来吗？”

许临渊隔了许久才回复：“不一定。”

叶卿茶熄灭手机屏，有些沮丧。

不过，生日这东西，的确不是每个成年人都会过的，对吧？

不对。叶卿茶想起来了，先前在辛夏怡的派对上，许临渊说过，自己都快二十七岁了，照样年年过生日。

很快，她找到了新的理由：人家的生日，也不一定要她陪着呀。

“唉。”叶卿茶叹了一口气，撑着脸，呆呆地盯着眼前的设计图，手上动作一动不动。

身边同事看着她心不在焉的模样，很是惊奇，轻声问她是不是昨夜没睡好。

叶卿茶在工作时忽然发呆这种事，是大家共事多年以来都未曾发现过的。

午休的茶水间里，已经有人陆陆续续开始下注，猜测这样的情况发生，是因为工作压力太大，还是家中有急事？

正当大家讨论得热火朝天之际，一道玩味的声音插了进来：“笨死了！当然不是你们想的那些，是感情！”

大家循声看去，那戴着副流苏眼镜的骚包男，不是沈谅还能是谁？

“不可能，”一位员工道，“叶卿茶能因为感情误了工作？我看得等下辈子。”

“是啊是啊。”其余人也附和着，认为叶卿茶绝不是那种人。

大家能在一起长期工作，自然也不是草包，一个个都是明眼人。

他们从看不起叶卿茶，到认为她凭借美色上位，再到慢慢接纳，到现在的喜欢和敬佩……是一种长期的过程，大家也看得出她是什么样的人。故而现在沈谅说叶卿茶因情伤感，换在六年前大家肯定会信，现在想让他们相信，便没门儿了。

“贼！”沈谅伸出一根手指，“咱们就赌呗，谁怕谁。一个星期内，要是人家没谈恋爱，我请你们在场的所有人喝酒。”

可不等大家欢呼，茶水间门口就站了一位散着冷气的人物：“沈谅，少编派我的员工。”

“得得得，我错了。”沈谅周身气焰一下子变得萎靡了，一边跟在方钟易身后，一边嘀咕道，“自己都在谈恋爱，还不让人说了……”

这声音大小卡得刚刚好，并不能被身后的人听见，却恰好让方钟易听了个清楚。

于是，沈谅又挨了一记重重的眼刀。

到了下班时间，叶卿茶又在公司耗了一会儿，才没精打采地出了门。

许临渊大概真的很忙，到现在都没空回她的消息。

叶卿茶去蛋糕房，取了自己预存着的芝士蛋糕，转角又遇上了那家清吧。

她盯着那块门牌，才发现这家清吧的名字叫作“星”。

奇怪，上次来，竟然都没注意。

因为是工作日，人依旧并不多，并且此时才刚刚过八点，这里本就刚开门。

这倒是遂了叶卿茶的心意，她找了个人最少的角落，安安静静地坐了下来。

台上依旧是没有驻唱歌手，四周静悄悄的，叶卿茶这才发现，竟然连服务员都没有，空荡荡的，很少见。

想必是真的刚开了个门，没想到这个时间点还会有人走进来吧。

叶卿茶盯着那个蛋糕，忽然就觉得自己挺蠢的。

蛋糕胚是她大清早自己做的，最后不过是送去店里加了些装饰。

哪有这样的人？拎着蛋糕一个人来清吧，还过的不是自己的生日。

叶卿茶正发呆，忽然想起来既然来了，应该点些酒的。

她刚想起身，这时身后忽然有了脚步声，还伴着一声轻浅的笑。

叶卿茶瞬间怔住，刚才的郁闷消失得无影无踪，取而代之的是不敢相信。

她回过头，对上松姿鹤立的那个人时，差点以为是自己喝醉了。

但是她很快反应过来，觉得自己十分好笑，明明酒还没有点。

她愣愣地看着许临渊缓步走上那个原本应该由驻场歌手站着的一方舞台。

他蹲下身，背对着她，似乎是在调试着什么东西。

叶卿茶不解地愣了一会儿神，忽然轻轻地“啊”了一声。

她记起来了，很久以前，在大山上时，许临渊对她说的话——

“我不会吹树叶，要是这里有吉他就好了。”

“什么？”

“吉他，是种上手很简单的乐器，你乐感这么好，肯定也很容易学会。”

“我不知道什么是吉他。”

“以后会见到的。”

“真的？”

“真的。”

“那太好了！”

这样的对话，言犹在耳，眼前的人，似乎很近，又好像很遥远。

叶卿茶正发着呆，忽然一阵音响的刺啦声划过，令她抬了眸。

她看见，许临渊敛了长睫，长腿微屈，抱着吉他。

比她先前所想象的样子，还要好看许多倍。

“我很久没有唱歌了。”

他的声音，被话筒收进去，又自音质良好的音响里传出，进入叶卿茶的耳中。

听见他的声音时，叶卿茶脸皮发麻。

不为别的，只是这声音，她听见了，忽而觉得等待是件很值当的事情。

许临渊的声音，既不会像方钟易那般太过低，也不会如沈谅那般太高调，是刚刚好的声调。初次听，或许有些沉，但细细听来会发现他的尾音是上扬的。尤其是在寂静的时候，这样的音色听起来会令人很安心，有种别样的，令人想落泪的温柔。

吉他声随着指尖拨动而漫出来时，叶卿茶几乎是用了全部的力气，掐着掌心，才没有让自己的呼吸紊乱，也没有落荒而逃。

她并不想承认自己被撩得神魂颠倒，想要端着那一副常有的，清高又平静的姿态和腔调。

可是，叶卿茶发现自己做不到。

他唱，姣好天光，共阿卿看。

她跟着轻哼，用自己都听不见的音量，慢慢跟着，娓娓道来。

那一首歌，像是在讲他们的故事。

“阿卿，我喜欢你。”

叶卿茶忽然猛地一抖，她才发觉自己早已闭了眼。

再睁眼时，便是因为这一句话。

原来，这首歌已经唱完了。

那个男人，在和她表白。

说心底不狂喜是假的，可叶卿茶还是退后了一步。

“你等一下！先别过来。”叶卿茶深呼吸，又再呼，“许临渊，你让我把想说的，都说了。”

许临渊真就停下了步子，温和地道：“好。”

这一刻，明明叶卿茶真的等了好久好久，像是小说中平凡的女主角遇到了关键转折点，眼看着就要得到梦寐以求的东西。

可是，她却比意料之中平静了许多。

她想把这些年，自己的过去，言简意赅地和他说一说。

她不是博同情，也不是求悲悯。

说出来，只是想让他知道，不为别的。

他既然说喜欢她，她便也不会再自卑，准备好了接受。

“许临渊，其实距离再遇见你，已经过了快要六年。若你再不回来，你的样子，你的声音我都快记不清了。”叶卿茶仰起脸看着他，一字一句，轻声慢语，就像是在讲旁人的故事，与她无关一般，“当时留下的那张拍立得，两年不到就模糊了，我想留都留不住。”

“等我来到北州以后才知道，原来拍立得的照片，要夹在书本里才能保存更久，不能被风吹日晒。南屏说，这是常识。”叶卿茶苦笑，又似在自嘲，“可是那一年的我啊，采茶、翻山越岭、放牛，都要将照片带在身上。”

“在北州，我见到了形形色色的人，有做房地产的大老板，有声色场所的浪荡子，有心怀不轨的房东，有满嘴脏话的地痞流氓，有歧视外乡人的早餐店主……他们混淆我的记忆，侵入我的生活，让我没有闲情逸致再去怀念那段荒唐的时光，那在芸回大山里，和你相处的短短两个月。”

“我做过餐厅服务员，当过超市里举着喇叭吆喝的导购，清扫过大楼的厕所，在酒吧收过提成，这才让我阴差阳错救下了我现在的贵人。他带着我做服装，用我们勒墨白族的特色图纹，打下了一片江山。”

“对不起。”许临渊终究难逃内疚心理，“你来北州的那些年，我都没有陪在你身边。”

虽然俗话说，爱情不必谈愧疚，可人心是肉长的，听见自己所爱之人这番命途多舛，几经磨难，他又怎能不疼到心坎？

即便世界上没有如果，他依旧会想，如果她在灯红酒绿的场所，遭受了什么不测呢？如果她没挺过夜晚的孤单、寂寞、寒冷呢？如果她没有遇到方钟易，自己在白水楼寻她不成后，又要用多久才能找到她呢？

这些假设，如果其中一样成了现实，他这辈子都无法原谅自己。

可他真傻，以为他的阿卿会一直在白水楼等着他，又怀疑过她不打他电话，会不会是因为不想联系，不愿联系。

愚钝，可笑，自以为是。

他有太多不愿割舍的东西，想要等自己有能力许给她一个未来时再去接她，可他低估了她的坚强，小看了她的能力。

叶卿茶看见他如此，心底忽然滋生出一种莫名的，原本不想要出现的畅快感。

这是很奇怪的，明明她说出来，不过是想坦白，给予自己的爱人知情权罢了。可见他愧疚了，她竟不全是心疼，反倒有些猎奇的欣慰。

叶卿茶知道，自己不是个多么善良的人，这样的情绪，在爱情里应该不至于判罪——毕竟人心本就复杂，她爱人的同时没有忘记爱自己。

她知道，自己依旧是千千万万女性中，很蠢的那一个。

如果不蠢，早在2011年，她就听从了那些风流佳人的话，随便跟一个老板逍遥畅快去了。

但所谓身在低贱，心向明净。井底之蛙，亦爱听海边的波澜壮阔。

还是那句话：虽不能至，心向往之。

还好她蠢，才会握着那从未拆封的两千块钱，一直等到了他再出现的那一天。

“不，这不必道歉，你先听我说完。”叶卿茶摇了摇头，“我跟在贵人身后学这学那，变得很忙。我那时候才开始知道，做人原来有这样累，这样难。那些工作，不像采茶那般翻山越岭，风吹日晒，我也不是车间工人，日复一日重复着动作……那都是身体上的苦。与这份心上的苦相比，就算是皮开肉绽，也好像不足为惧。”

“你说过，不必害怕任何一座陌生的城市。只要记住，一万次跌倒，就有一万零一次站起来，没有任何人或事能打倒自己。”叶卿茶眼神清凉，毫不含糊，“我好像是做到了，但又似乎没有做到。怎么看，都还差些意思。”

“都说当今是安康社会，世道和平，可我的每一步，却都走得战战兢兢。六年了，我有太多害怕的东西。我怕让贵人不满意，怕给甲方赔笑脸，怕诸多的身不由己，怕喝的酒不够多就看起来没诚意……我怕自己稍不留神，便会缺失灵感，画不出好的东西。然后，被踹下神坛，贵人亦会弃了我。他们夸我是独立自强的淑女，可我却觉得自己依旧是浮萍，没有根。”

“阿渊，我终于知道了你身为城里人的苦。于是我忘掉了太多太多的东西，只是为了记住更多生存的道理。”

“若你一定要问，那么我记住的，可能就只剩下许临渊这个名字，还有那支你没唱完的歌。”

“今天，你把这首歌唱完了，我的心结，也就结束了。”

她曾经问过自己许多次，叶卿茶，到底是一个怎样的人。

明明心向璀璨，却劣迹斑斑。

明明孤高少言，却胆怯卑微。

她从不认为自己是配得上许临渊的人，因为他的人生太过顺遂，家庭太过幸福。

他太好，太柔软，像不刺眼睛的太阳。

他这样的人，竟也会愿意分给她一点热，一点光。

他喜欢她，她感到诚惶诚恐，沾沾自喜。

她想接受，又不敢接受，想推拒，又万万不忍推拒。

她在心里，悄悄地告诉了许临渊另一件事。

阿渊，其实我年年都给你过生日。

有时候我会做蛋糕，有时候太忙了，便只是在睡觉之前，和那个不知道在哪里的你，说一句生日快乐。

我好多次都问自己，自己这样的行为，是不是比望夫石还不如呢?

望夫之人好歹是明媒正娶的妻，而我，不过是你人生中匆匆一别的过客，我甚至不确定，你还会不会记得我。

我虽然爱你，可是，爱在这个世界上，能做些什么呢?

幸好，你亲自给了我答案。

原来，爱在这个世界上，无所不能。

想到这里，叶卿茶终于是笑了，笑得如沐春风，星光灿烂。

她开了口，声音温柔，平静，柔中带刚。

“阿渊，我等你，真的等了好久。”

许临渊不知道能再说什么，只是紧紧将她圈在怀里，如同家人一般，轻轻拍打她的脊背，说一声“我再也不会走了”。

六年，她吃过的苦，他从何体会？

或许，他一辈子都不能切身体会。

因为出生，因为圈子，已经注定了他不会体会被现实磋磨之苦。

她呢？却在北州的腥风血雨里，如履薄冰，得以存活。

经年过去，她什么也没有埋怨，只是说了一句“我等你，真的等了好久”。

她等的，真的只是六年吗？

不，因为在这六年的等待中，她根本无从期待。

无数话语，都哽咽在了喉咙之间，不知如何倾吐，她便选择不说。

这是一场毫无希望的等候，当她终于得偿所愿时，只发出了最温柔、最平淡的控诉。

她或许只是随口一说，但这一句话，却宛如在许临渊心口捅了个窟窿。

那时，他在山顶为她唱了这首歌，在一个八月。

此刻又是八月，盛夏的清吧音乐舒缓，她再听见了这一首歌。

只是这一次，不再是随意的轻哼，而是一场蓄谋已久的告白。

他再也不愿让她等，即便是一分一秒。

愿时光可回首，看清白之年，吾心予一人。

Chapter 20

她的婚礼

一个月后，叶卿茶和许临渊收到南屏写得歪七扭八的请柬时，很是惊讶。

按理说，筹备婚礼这样的事情，一般少则半年多则一年不止，而方钟易和南屏的婚礼居然在今年十一月初就要办，眼看着就没几天了。

他们一问才知道，原因一是因为南屏的生日月份大，她不知从哪儿听来的自己必须在二十六岁之前结婚，便紧赶着要办婚礼。再拖下去，明年年初她便二十六岁了。

原因二，也是最重要的一点，原来方钟易一直在准备婚礼，从二人还没开始谈恋爱之前，就把能看的婚庆公司都交际了个遍。

这一点是所有人都没想到的，就连南屏在知道后，也是惊讶了好久。

不过南屏是个想法很多的姑娘，她一直就很羡慕好朋友辛夏怡自小生长在海边，自己呢，一直在北州这片连湖都几乎没有的地方生活。

故而，婚礼方面，她就提了一个要求，说是要选在海边办。

北州这地方离海十万八千里，所以，这厮结个婚，还要拖家带口，捎上朋友，一块儿去海岛。

还能怎么办？只能听这新娘子的了。

转眼，便到了婚礼当日。

这儿的气候比北州热许多，若是在北州，这时候穿婚纱还会冷。

辛夏怡在场外和宾客们打交道，叶卿茶这个既不爱热闹也不怎么爱说话的，就在化妆间陪着南屏。

“我好看吗？”南屏今天不知道是第几次问这个问题了。

叶卿茶也不嫌她烦人，依旧是告诉她：“好看。”

“茶茶，你想什么时候结婚？”南屏转过来，“你穿婚纱，肯定比我更好看。”

“我早就已经嫁给过他了。”叶卿茶说。

“什么意思？”南屏听见这话，差点从椅子上站起来，奈何裙子太重，刚站起来，又因为重力而坐了回去。

叶卿茶忍俊不禁：“想知道？坐着，我过来。”

她信步走过去，低下声，将手拢在南屏耳边，轻声说了些什么。

南屏听完，惊喜地睁大眼睛：“真的？他知道吗？”

叶卿茶轻轻摇头，做了一个“嘘”的手势：“我想以后再告诉他。这个秘密，我守了六年，你是第一个知道的。”

“我一定保密！对了，茶茶，你最近真的越来越有活力了，”南屏真心地笑了，“真的太好了。”

叶卿茶淡淡地问：“我和之前，很不一样吗？”

“呵呵。”南屏瘪了瘪嘴，差点把刚涂上不久的口红又吃掉了，“你之前那个样子，嗯……工作狂，话又少，还不懂各种网络热梗……要不是你有几分姿色，我才不想多理你呢！”

“当然了，”南屏可不想叶卿茶伤神，“还有因为你饭做得好吃，虽然一年也吃不到两次。还有就是，看见方钟易因为你而生气，还挺有意思的……嘿嘿……”

叶卿茶失望地说：“只有这些吗？”

“不是啦！你也知道，我是真心把你当好朋友的，我也不是傻子，知道你也对我很好，是真心的。”南屏转过身，坐在原地，牵了叶卿茶的手，“茶茶，正因为如此，我更能看见你的变化，也比旁人更为你高兴。”

南屏一本正经：“茶茶，你一定要幸福哦。”

叶卿茶笑了，眉目欣慰温和，眼底熠熠生光：“我会的。”

“不过，在我幸福到来之前，你得先做好今天的主角。”叶卿茶为她最后再整理了一遍鬓边的碎发，如释重负地吐了口气儿，“新娘子，我们该出去了。不然，方钟易要等急了。”

“让他等着好了，谁叫方钟易之前让我等了那么久。”南屏鼓着腮帮子，嘴上不饶人，身体却还是站了起来，不忍误了时辰。

“等等，”南屏牵住她，“让我再看看你。”

“看我什么？”

“伴娘也要漂亮啊，检查一下你妆有没有花……”

叶卿茶不知说什么，想弹一下南屏的脑门，却又怕弄糊了她的妆容：“傻呀，今天是你的婚礼。”

“那又怎样？”南屏笑得像太阳，“我的好朋友不能不耀眼。”

她左看右看，满意地打了个响指：“咱们茶茶就是好看，倾国倾城的，许临渊真有福气。”

叶卿茶不语，慢慢扶着她出了门，门外是南屏的父亲。

他垂手站着，明显已经等候多时，却不忍心催促自己的女儿，任她在化妆间里唠了许久。

“爸爸！”南屏提着裙摆，笑容灿烂地挽住自己父亲的胳膊。

她的父亲拍了拍她的手背，什么都没说。

叶卿茶看见了，他泛红的眼眶。

一时间，她也不知怎么的，吸了吸鼻子。不过今日她不想哭，结婚可是大喜事。

于是她收敛了情绪，走回宾客席。

那里，有许临渊在等她。

叶卿茶想起了那个不为人知的秘密，不禁弯起唇角。

“在想什么？”许临渊走近，自然地牵了她的手。

叶卿茶摇头：“以后告诉你。”

殿堂的大门于这时打开，花瓣撒满草坪，新娘款款而出。

见到南屏出场的那一刻，叶卿茶像是忽然明白了结婚的意义。

这一生会遇见那么多人，有的会在你生命里驻足片刻，有的匆匆一见便分道扬镳。时间会模糊这些人的长相，他们就像车站月台上送别的人群，有的盯着你告别，有的甚至不知道是不是在同你说话。

这些人中，有的人浅薄敷衍，有的人能言善道，有的人鄙夷你，有的人唾弃你，但总有一个人爱你。

海风吹拂，温阳高照。

这场加冕的盛典上，每位见证者都是赢家。

交换戒指的那一刻，他们终于在法律的保护下，将余生分给了对方一半。

叶卿茶还是发现自己背了誓言，因为当她反应过来时，自己已经泪流满面了。

等到夕阳落下，这里的海平线和天空交织融合在一起，是真正的水天相连。

婚礼现场已经几乎没人了，许临渊带着叶卿茶，去了此处一座很有名的寺庙，名为慈茗寺。

北州的寺庙很多，但叶卿茶从未求过什么。

她抬眸望去，浮屠之上，悬着一圈又一圈的金铃，风吹过时叮当作响。

黄昏时分，热浪翻涌，云朵和太阳共同降于海面之下。

此时正当闭门之际，未见人只闻声，除了铃铛，叶卿茶只听得见似乎有人在扫地。

但门庭空空，寻不见有谁。

终于，有位身披佛衣的僧人款款地走了出来，鞠躬道："二位，我们已经闭门了。"

"抱歉，"许临渊也回鞠了一躬，"我们没找好时间。"

"没什么大不了，"僧人友好地笑了笑，"若是二位不嫌，还是可以进来看一看的。"

叶卿茶想了想，还是决定告诉许临渊。

她把声音放得很轻："其实，我不信这个的。"

她以前会被白水楼的老人们用鬼神之说吓得睡不着觉，但自从到了北州，她尚且自顾不暇，早已对这些无波无澜。

"我也不信。"许临渊语气轻松，"来这儿不一定非得拜佛。"

"那能干什么？"叶卿茶朝后看了看，那名僧人已经不在视线范围内，便又重新回到了原本的声音大小。

"跟我来。"许临渊加快了些步子，牵着叶卿茶到了慈茗寺深处一棵巨大的古树之下。

那棵古树看起来有上百年，枝丫纵横，宽阔而遒劲，上面挂了许多的红绸缎。

叶卿茶懂了，这大概是南屏看过的许多言情小说和电视剧中都会出现的那个，所谓的“许愿树”，或者叫“姻缘木”。

“先前我们相隔那么远，双方都杳无音信，居然都没有忘了彼此，”许临渊轻轻吐气，声音在寂静环境里尤为明显，“现在来看，既是幸运，又有些后怕。”

叶卿茶笑：“不是有一句歌词说的吗，叫什么……爱能克服远距离？好像是这样说的。”

许临渊也笑了：“能克服远距离的不是爱，是坚韧的你我。”

他闭上眼睛，虔心祈祷。

说得轻巧，什么坚韧的你我。

坚韧的分明是他的阿卿，根本不是他。

只要一想到她受的苦，他便心如刀绞，求佛求菩萨才好。

为了在北州独立所需要经历的风刀霜剑，残酷得让七尺男儿都会直抽冷气，何况是她？

她会不会曾经差点放弃，带着那被踩碎成一地的心，落荒而逃回白水楼呢？

许临渊一辈子都没法真正弥补叶卿茶的孤独，她的孤独比他来得痛苦得多。所以他唯一能做的，就是尽自己所能地在以后的日子里，对她好，很好。

叶卿茶也不作声了，不过她虽然闭上了眼，心中却什么愿望都没有许，而是想了些别的。

她这辈子都说不出许临渊这样的话，但在心底念了好多遍他听不见的我爱你。

他觉得后怕，她当然也是如此。

叶卿茶悄悄睁眼，望向身边闭着眼睛的男人。

他的脊背永远是直的，面容永远坚毅，行事永远不卑不亢，从容不迫。

清隽谦逊，坦荡而带些与生俱来的底气和傲气。

这是她爱的人，是数年来忘不了的人。

只要知道这一点，便够了。

二人再回到海边时，南屏已经换了一套便于行走的极简婚纱，找了他们好久。

海岛有海岛的好，比如北州政府为了改善环境，全面禁放烟花，在这片海边，则可以放个够，根本没人会管。

据辛夏怡所说，海边烟火是这个地方的特色，相当于一种非物质文化遗产。

烟花炸得毫无征兆，叶卿茶反应过来时，那些烟花已经映红了所有人的脸庞。

那些璀璨的星火，一点一点地朝天空中涌去，就像是义无反顾的仙女，拥抱属于她的天空。

又像是懵懂的飞蛾，一心一意要去扑火。

更像是……阿卿自南北上，去寻找她的阿渊。

轻云慢漾，烟火人间。

倾心之人，就在身侧。

Chapter 21

梦中人

凌晨时分，两扇相邻的房门几乎在同一时间打开。

叶卿茶和许临渊面面相觑了片刻，许临渊先开了口："睡不着？"

"……嗯。"

"出去走走吧，"许临渊自然地将叶卿茶细白纤长的手握在掌心，信步向前，缓缓道，"夜晚的海滩很舒服，在北州是感受不到这般惬意的。"

其实许临渊不说，叶卿茶也正有此意。

凌晨的海风有些凉，叶卿茶身上是黑色的丝质吊带，许临渊将衬衫披在她的身上。

行人寥寥，寂夜常常。月光堂堂，照进汪洋。

海风卷着浓淡适中的咸腥气，叶卿茶的衣服被吹得鼓动起来，更显得她瘦而高挑。

"对了，以前南屏跟我说，得问你要'520'的礼物。"叶卿茶在寂静的沙滩边，忽然清了清嗓子，语气有些沙哑和傲娇，"可不是我想要，只是恰好今天是她的婚礼，我就想到了这件事。"

叶卿茶说完才想起来，南屏的婚礼是昨日，今天已经是新的一天。

许临渊笑了，并未揪出她字里行间的小差错："我准备了。只是当时没有给你。"

“你准备了？”这件事在叶卿茶意料之外，她既惊诧，又难掩欣喜之意，“是什么？”

许临渊温声道：“我刚好带了，在我房间，等会拿给你。”

叶卿茶点点头，目光望向海岸线的尽头。

那里泛着若隐若现的微光，起伏不定。

此刻正值涨潮时分，波涛翻涌，带着砂砾、贝壳和白花花的浪，拍打海岸。

许临渊也随着她的视线看过去，想起了很久以前，白水楼之外的那一小片湖面。

叶卿茶独处的时间越长，便越能体会到双人成行的独特吸引力。她平时话不多，可和许临渊站在一起，她似乎总有倾诉欲。

“这是我头一回看见大海涨潮，想起了以前学游泳的事情。”叶卿茶回忆着那些当时很痛苦，现在却很释怀的事，“之前，我很害怕出现在有很多人的地方，贵人……方钟易发现我害怕水，就强行让我学会游泳。他说，学不会游泳，就不要再跟他学画画。”

“他真的对谁都特别狠，他身边的人也告诉我，公司里的员工都是这样过来的，让我不要多想，只管听他的话就好了。”

“不过我知道，他们大概是想提醒我，别幻想方钟易对我有什么非分之想。”这些话，若是换了别人，叶卿茶会害怕对方多想，但她明白许临渊不会这样，故而什么都说，毫不遮掩，“我才不会呢，他的眼神太狠了，我怕还来不及。”

那个时候，叶卿茶跟着方钟易出过几次差，酒店套房里带着的私人泳池，她总是会躲得远远的，眼神也飘忽不定。

方钟易是个人精，便把叶卿茶叫到泳池边上，什么都不说，毫无征兆地，就把她推了下去。

那个泳池水深一米七，叶卿茶身高站不够，若是不自己爬上来，便有溺死的风险。

方钟易特意让人清了场，她再哭再闹，也没有其他人看见。

他盯着趴在水边，哭得不成样子的她，一字一顿，尤其冷血："直面你的恐惧，不代表打败恐惧，只不过是让恐惧正眼瞧你罢了。打败恐惧，也不过是人生道路上成功的第一步。"

"别去听那些冠冕堂皇的话，都是虚的，克服不了恐惧，就别再跟着我了。"

"记住，我花时间培养你，教你，是因为看见了你身上的可能性，你能带给我利益。但你若是让我发现不能，别怪我明日就让你走。"

"今日看见你狼狈的只有我，但你若是没法克服困难，他日面对着众人，你战战兢兢的样子，就会让所有人看你的笑话！而你一人，也会连累整个公司的脸面！"

那日叶卿茶浑身湿透，狼狈不堪，手指死死抠着泳池的边缘，把指甲都崩断了，脸上分不清哪些是水，哪些是泪。

她只能不停地说，对不起。

其实，任是谁见了那样一个美人，大抵都会心软，而方钟易不会。

他听见叶卿茶的道歉，仅是喝道："不许道歉！我要的根本不是你的道歉，是你不再惧怕。"

其实，叶卿茶私下里偷偷地认为，方钟易大概有点心理疾病。

一般人，哪里会像他那样强势又偏执地对待别人呢？

但也是方钟易让她知道，在所有北州人的面前，不要露怯，不要躲藏，要直视对方的眼睛，直面自己的野心，才能真正站住脚跟。

北州本地人不可怕，可怕的，是自轻自贱。

她在某个夜深时分忽然意识到这一点的同时，也很难不去想起，关于许临渊的好。

正是因为许临渊那样好，才让叶卿茶愿意只身前来北州。

即便，北州这座城市给了她再多的打压，这里心机颇深的人给了她再多敲击，她也愿意咬着牙坚持下来。

她只是想，有一天，能找到许临渊。

所以，当她知道，许临渊给她的那些钱里夹了电话号码时，有多么感动，有多么感觉自己的辛苦是值得的，也只有她自己能知道了。

她的普通话不像许临渊那样好，表达情感这件事，若是让她用文字，那一定都是笨拙的，苍白的啊。

“现在还怕吗？”许临渊安静地听完，将她吹散的一缕鬓发别到耳后，细心整理好。

叶卿茶摇摇头：“现在，我只觉得很感谢他。那个时候的我，总觉得自己做什么错什么。就算事实并不是那样的，我也会觉得自己是错误的，北州的人做事，才是正确的。没有他，我空有理念，毫无经验，现在也没法站在你面前。”

“好。但记得以后，那些如洪水猛兽般的情绪，就不要再自己一个人咽下去了。”许临渊换了个话题，“阿卿，我记得芸回不是有湖吗？似乎距离白水楼不远，你怎么不会游泳？”

“辛夏怡的家乡在海边，她也不会游泳呢。我们家，往上数十八代都是旱鸭子。小时候，我就是掉进过白水楼附近那片湖，才会一直怕水的，从芸回一直怕到北州，我容易吗我！”叶卿茶淡淡道。

许临渊倒是没憋住，笑了："阿卿，你刚刚说话的样子，不太像你。"

叶卿茶："不像我，那像谁？"

"像是南屏，在据理力争地跟人贫嘴。"许临渊温声道，"很有活力。"

"这是在夸我吗？"叶卿茶摸不准，但私以为像南屏一般有活力，是件非常不错的事。

"你觉得呢？"许临渊声音温和，如同海风中夹杂的湿土气息，舒适而不咸腥。

"那应该就是了。"叶卿茶忽然脊背挺得更直了一些，在原地站定，微微靠近许临渊的鼻尖，眼睛看进他眼底，认认真真，"阿渊，我会越来越有活力的。"

有活力，大抵是很好的事情。

那些年的记忆犹如磐石，绑在她的身后，在行走的路途上生拉硬拽，磨破她的皮肉，露出带血的胫骨。

可她依旧告诉自己，不能忘，不可忘，不该忘。

那个告诉她要有梦想，无所畏惧的少年郎，永远意气风发，悬在她的心尖上。

她当然恨过许临渊一走了之将近六年，对她不闻不问，却也知道他每一年都在关心白水楼的情况，虽不能至，却心向往之。

她也恨过这么些年许临渊没法陪她一步步在北州生根发芽，但更笑世事无常，原来许临渊一早就把联系方式夹在信封里，而她坚守着那一腔可笑的执拗，从未看见那张信条。

许临渊回国没多久便去了白水楼，他这么些年的努力，不过是想堂堂正正带她回北州。

兜兜转转，不过是痴情种等深情人，一不留神，万念皆是彼此罢了。

许临渊抓紧了些她的手，轻轻摩挲着她柔软的手背。

海浪依旧不停地制造着背景音乐，不知是不是错觉，叶卿茶的手心似乎跟着泛起了潮汐。

她自己都不知道，许临渊是什么时候离她这样近的。

那是一个短暂的，片刻的，蜻蜓点水的吻。

叶卿茶反应过来后，下意识地拿手捂住自己的鼻尖和唇角，脖颈和耳朵泛了红。

许临渊知道她在这方面害羞，故而也只是浅尝辄止，并不强迫她。

可谁想，他刚刚退后，她竟扯住了他的衣角，无声地告诉他，别走，她想要。

终于等他再次倾身，她默契地闭上眼睛。

恣情温存，耳鬓厮磨，唇齿缱绻。

直到热火朝天，气息肆虐，欲望纵横。

他们相爱，相望，相守，心中早有对方数年。

感慨万千之间，缠绵也愈发浓烈。

海浪不停，心跳不止。

“咔！”一道突兀的皮鞋声响起，二人面红耳赤地循声望去，看见一位不速之客。

“嗨？”沈谅刚从酒吧回来，万万没想到自己能撞见这样一幅香艳光景——虽然他并不太想看见这一幕。

叶卿茶和许临渊：“……”

“我可什么都没看见！”沈谅一本正经地站定，指了指自己那副用来装酷的金边骚包眼镜，“我近视一千度，还有自娘胎里带出来的夜盲症，牛马不分。”

叶卿茶真想祝贺他还没瞎，这种话也说得出来。

二人回到酒店，许临渊拿出了那份本来要在五月二十日送给她的礼物。

那居然是一本相册，翻开，内容更是令叶卿茶惊讶不已。

相册里面，有许多打印出来的照片，都是六年前，许临渊拿手机拍的白水楼。

方方面面，他都拍了。

有牛，有学校，有孩子们，有书本，有大山，有水，有茶……还有叶卿茶的诸多背影。

他在不经意间，用快门留下了许多的回忆，储存起来，用六年酿成酒，再慢慢倒出来，与她一同品尝。

许临渊看她要走，牵住了她的指尖：“再待会儿吧。”

叶卿茶吞了口唾沫，有些犹豫。

“就待一会儿，”许临渊敛睫，“放心。”

放心什么……叶卿茶腹诽，她又没多想。

可没多想归没多想，许临渊指尖轻轻一勾，叶卿茶像是没骨头似的，重心不稳，倒在他身上。

叶卿茶发誓自己真不是故意的，但莫名其妙的，腿和腰便软了。

许临渊那张好看的脸孔就在眼前，此等美色虽误人，但亲吻也不失为一种风雅。

叶卿茶俯身，含住他的唇角，细细研磨。

而后，换来的便是铺天盖地的深吻，两人的位置不知什么时候调了个个儿，叶卿茶变成了被压在下面的那一个。

慌乱之间，叶卿茶眼睛一低，看见了许临渊身上的……

她的脸立即涨得通红，心道得亏许临渊面孔上云淡风轻，实际上还不是想着其他的……

"那个，我困了。"叶卿茶有点害怕，又有点莫名其妙的窃喜，"睡吧。"

许临渊沙哑着声音："我送你回去。"

叶卿茶没理他，光着脚，往他卧室里走去，扑上了他的大床。

"我要你抱着我睡。"叶卿茶催促道，"快点。"

许临渊似乎是缓了一会儿，才慢吞吞地爬上了床，将她小心翼翼地圈在怀里。

怎么这么小一只，抱起来好乖，好可爱。

之前只是牵手，许临渊万万没有如此刻一般深切的感觉。

夜色之中，窗外白光微透，映出怀中女人的轮廓。

虽骨架纤细，却有丰乳肥臀窄腰，轮廓如山峰一般层叠起伏。

她并非是白水楼十八岁的少女阿卿，而是二十四岁发育完全的女子。

许临渊只能强迫自己静下心来，默念清心咒——可惜他不会这玩意儿。

其实，叶卿茶并不太习惯与旁人这样紧密的身体相贴，但许临渊这样拥着他，以自己的体温渐渐暖了她的身体，叶卿茶后背热乎乎的，倒是滋生出一种熟悉又陌生的安全感。

她在他怀里小心翼翼地动了动，他失笑，胸膛轻颤，心跳亦每一下都跳得十分有力，就像是在提醒着她一件事：他在她身边。

叶卿茶闻着许临渊身上的味道，头一回觉得自己家那香薰蜡烛不过如此，还是得闻原装的好。

次日一早，许临渊竟然没在闹铃响之前先醒来，这是几年来的头一遭。

等叶卿茶被闹铃吵醒，伸手关了闹钟，轻声喊他起床时，许临渊迷迷糊糊地睁开眼，盯着她的脸愣神片刻，猛地坐起身，抱紧了她。

“哎？”叶卿茶一怔，任凭他抱着，双手有些僵硬，但随后便慢慢放到了他的脊背上，还轻轻地拍了几下，“我在，是我。”

“对不起。”许临渊声音有些闷，但很坦诚，“说来大概很奇怪，但我刚才……差点以为这是梦。”

叶卿茶笑了。

相逢犹恐是梦中。

她怎么不懂？

Chapter 22

密　码

叶卿茶开门向外看的时候，走廊里一个人也没有。

她松了口气，溜回自己的房间，洗漱化妆换衣服。

大家都会在这里多留上一天，不过也不能多待，毕竟还得回去工作。

叶卿茶下楼的时候，看见许临渊正捏着自己的胳膊，好像很酸疼的样子。

“是不是睡觉的时候，被什么东西压着了。”周既明关心道。

沈谅耸肩，看向走近的叶卿茶，悠悠然道：“要不是知道这两人不是一间房，我还真怀疑是小叶子压的。”

南屏翻白眼：“小谅子你少乱说。”

叶卿茶和许临渊：“……”

大家自动分成了几队，说好各玩各的，给彼此一些空间，尤其是新婚燕尔的夫妇。

“别啊方钟易，小怡和老周可是本地人，干吗和他们分开呢？”南屏噘着嘴，拉扯方钟易的袖子。

辛夏怡“扑哧”一笑：“南南，你当方总没有提前做攻略吗？我和我哥都多久没回来了，这儿早变了样，我俩现在就跟外地人没什么大差，就记得几个标志性路名，其他的什么也不记得。”

叶卿茶表示赞同：“南屏，你就跟着方钟易吧，他大概是我们当中最认路的。”

空气突然静默了。

叶卿茶才发现，自己刚刚脱口而出的话，是直接跟着南屏，叫的方钟易大名。

还不等南屏或是叶卿茶开口，方钟易便笑了，眼底有一些令人陌生的愉悦。

“这样就好。”方钟易拉过南屏，将她的手用自己的大手包裹住，眼神看着叶卿茶，“在公司里叫我方总，不在公司的时候，这样叫，就很好。”

叶卿茶夸是夸了方钟易的，不过许临渊明显也提前看过了这座城市的旅行攻略。当地的建筑很有伴海而居的特色，让叶卿茶不由得想起了自己在白水楼的日子，想着自己以后也一定要回去看一看。

到了晚上，海岸边的夜市繁荣不已。

海风轻轻卷起发尾，这座城市的十一月依旧不太冷，晚上只用穿件薄外套。

叶卿茶平时是不爱逛夜市的，也谈不上多喜欢夜市上这些小玩意儿的，但兴致这个东西，还真就与身边人挂钩。许临渊在她边上，她便有闲情逸致看这些。

有一家小店，里边放的是店主自己手做的小口琴，叶卿茶看着新鲜，便买了一支。

许临渊捧着橘子汽水回到原地，就看见叶卿茶已经在研究手里那支白色口琴了。

“要听吗？”叶卿茶脸色虽然平平，但眼底依旧是隐约有些骄傲神色的，“我摸索清楚了，能吹支完整的曲子给你听。”

“什么时候会的？”许临渊带着她远离人群，莞尔道，“我只记得你会吹叶子。”

许临渊说得还真的对，就是因为叶卿茶有吹叶子的功底，她在北州逐渐安稳下来后，才选择学了口琴。

这样一想，她的爱好除了撸猫，也能算是还有一门乐器——虽然这乐器她只会皮毛，而且就是忙里偷闲看视频学的，也没有专门报个班。一是她没时间；二是兴致并没有像去撸猫那样高。

“只会一点点，家里那支口琴都要积灰了，我也是看见才想起来。”叶卿茶喝了一口橘子汽水，少见地挑了个眉，“还挺好喝的，在北州从来没见过这个。”

“本土牌子，在烧烤店门口买的。”许临渊看着她，“不是要吹支曲子吗？”

“你想听什么？”

许临渊失笑：“我还能点歌吗？”

“可以啊。”叶卿茶一本正经地开玩笑，“虽然我会的不多，但说不定你点一首，就是我会的呢。”

“那，就我先前用吉他给你弹的那一首。”

果不其然，叶卿茶不会，拒绝得很干脆。

“不过虽然不会那一首，但会一首跟它差不多的，也跟星星有关。”

“差不多的？是什么歌？”

“那个……《一闪一闪亮晶晶》。”

许临渊：“好，那就这个。”

叶卿茶真的就开始吹《一闪一闪亮晶晶》，大概是这里的环境很放松，她周身的气质都很柔和，不像在北州那样，时时刻刻紧绷着。

她无忧无虑的样子，像极了十几岁的时候。

是许临渊喜欢上她时的模样，是他所爱的。

叶卿茶吹完了一整首歌，放下口琴，定定地看着他：“好听吗？”

许临渊恍如隔世，刚刚她温慢的语气，空灵的眼睛，就像是很多年前，坐在山头时问他的那一句“月亮知道自己那样亮吗？”

命运明明是很残酷的，在那些漫长的、分开的日子里，把时间和记忆都篡改得面目全非。可命运又那样神奇，把你的眼前都用黑布遮住以后，还偏要漏给你一点光。

因为这一点光，他和她都恰好抓住了，才有现在的画面。

若是没抓住，他哪里还能听见叶卿茶的这一声“好听吗？”

她在没有打开信封的日子里，在根本不知道自己留下联系方式的时间里，是否会觉得那一张用血写成的布条，冷如冰，硬如石？

许临渊原本是笑着的，回过神来后，笑容渐渐地淡了，心头涌起一股连他这个文科生都不知道如何形容的情绪。他叹了口气，伸出一条胳膊，带着她的肩膀和脖颈，往自己怀中一靠。

叶卿茶无措地眨了眨眼，手边的橘子汽水瓶都差点打翻了，还好她及时扶住。

“怎么了？”叶卿茶不知他想到了什么，琥珀瞳无辜地转了转。她想动一动，却被许临渊抱得更紧。

她笑了：“是我吹得太好听了吗？反应这么大。”

“好听，我想听一辈子。”许临渊低低地说。

叶卿茶愣住：“……啊？”

“所以，阿卿，”许临渊将唇埋进她的锁骨，在那处轻轻落下一个浅吻，“我们一直在一起吧。”

虽说叶卿茶不会说情话，但她还是很乐于听的。

这次快乐的海岛之行，最后以回北州各自加班收场。

最开心的还是南屏，正式成为方太太后，对待方钟易的狗就更加肆无忌惮了起来，天天喂这个喂那个。

牛牛一只凶猛的大型犬，已经被她驯养成了一只杂食宠物。

还得是南屏，换成别人对牛牛这样，方钟易一定坐不住。

许临渊的应酬渐渐变多了，他现在要经营的不只自己的公司，还有母亲那一辈留下的各种小公司。

某天叶卿茶在公司加班，结束工作后不久，就接到了电话。

电话里的人问她方不方便来接一下许临渊，他跟合作方都喝多了。

许临渊酒量还是不错的，很少会喝多，叶卿茶二话不说就赶了过去，把许临渊接回了家。

但是，她突然发现，许临渊家门口的密码，不再是之前那个出厂默认设置了。

感谢世界上发明了指纹锁，她输了几次密码不成功，好歹还能凭借指纹进去。

许临渊也没有醉得不省人事，顶多就是有些不太清醒。在叶卿茶煮好醒酒汤的时候，他已经看着她的背影好一会儿了。

客厅没开灯，只是隐隐约约透着厨房间里的灯光，许临渊觉得光线很柔和，也很舒服。

叶卿茶见他醒了，也没有问他今天为什么喝多了，只是把碗往他手里一塞："密码改成什么了？"

许临渊还没清醒，一时间没有听懂："什么？"

"门上的密码不是八个0了。"

"啊。"许临渊这回听明白也想起来了，"今天早上刚心血来潮改的，还没来得及和你说。”

“我试了我的生日，”叶卿茶幽怨地说，“不对。”

“对了一半，”许临渊捏了一下她的脸，“是2010，加上你的生日。”

“哦——”叶卿茶拉长尾音，不用许临渊说，她也知道是为什么，便抬起下巴，故作勉强地说，“好吧，原谅你了。”

不知是为什么，叶卿茶有点在跟他耍小脾气的模样，许临渊觉得很可爱。

她真的做到了如她所说的那样，越来越有活力。

她就坐在他身边，他只要轻轻一扯，他的爱人便可以被拥进怀里——许临渊也的确这样做了。

他喝了酒，身上很烫，她身上却是凉的，故而他把她圈得更紧。

她使不太上力气，微微张开嘴，想让他轻点抱她。

于是，他顺势覆上来。

唇齿之间，逐渐升了温。

客厅里难以忽视的水声，是暧昧的证明。

酒精度数有点高，后劲也大，许临渊松开她，脑袋晕乎乎的，眼前不合时宜地冒出了今天的合作方说自己年轻时破产的一些场景。

今天合作方看见许临渊，说是像看见了曾经年轻的自己，拉着他从天南聊到地北，愉快得很。

他替叶卿茶将刚刚被他揉乱的碎发箍到耳后，拿拇指擦了擦她额上的薄汗，轻声道：“阿卿，我破产了。”

许临渊不是个爱开玩笑的人，今日可能是喝了酒，又可能是触景生情，再可能是别的什么，他忽然就想逗一逗她。

许临渊有些好奇，她何其聪明，不知道会不会因为他的玩笑，上个当。

好像，这是他第一次同她开玩笑。

真是有意思，他很久以前就被周既明等同学调侃少年老成，现在却像越活越回去似的，莫名其妙的，就想跟自己的爱人开这个或许并不算轻的玩笑。

“发生什么事了？”叶卿茶眼底还有未消散的水光，是刚才因为缺氧而泛的泪。

“嗯……”许临渊喉咙有些沙哑，编得很轻松，“投资失败了，欠了很多债，公司也得卖了。”

“欠了多少？”叶卿茶的大脑里已经形成了一个无形的计算器。

许临渊随口继续扯：“二十亿。”

“那真的有点多。”叶卿茶顿觉许临渊的不容易，也没有想过他骗自己的可能，“是因为破产了，要赔钱，今天才喝了这么多吗？”

“……嗯。”

“好，幸好你没有瞒着我。”叶卿茶敛睫，沉吟片刻后，说道，“阿渊，你先睡一觉。等我回去想一想，明早，我会来答复你。”

许临渊不是蠢的，他开这种玩笑，万万没有要试探叶卿茶真心的意思。

他也非常清楚，叶卿茶不是趋利避害，薄情寡义之人，不会因为他的有钱与否，而选择要不要和他在一起。

若是她趋炎附势，也万万不可能心甘情愿待在方钟易身边那么久。以她的容貌和聪明，早就可以择了个钻石王老五嫁走了，哪还会想当打工人呢？

许临渊并不知道，叶卿茶刚刚沉默的那些时候，是在想些什么。

但是同时，许临渊也有些期待，叶卿茶口中所谓的“答复”，会是怎样的答复。

故而他并未直接戳破这个谎言，谨遵嘱咐，真的好好睡了一觉。

第二天，叶卿茶拿着户口本来到许临渊的家门口。

“我们结婚吧。”叶卿茶说，“这就是我的决定，我想好了。”

许临渊很轻地闭了下眼睛，显然对这句话的理解需要一点时间：“什么？”

“结婚啊，就是领红本的那个。”叶卿茶一本正经，“我们一起还债，总比你一个人要好。我们年龄也不小了，这种事情总不好还麻烦父母。你不要担心，我不会嫌弃你的。”

许临渊脸皮有些麻。

他知道叶卿茶不会因为他破产而松手，却没有想到，叶卿茶能做到这种地步。

她甚至不知道他的“破产”是到何种地步，以后需要如何去一点点“偿还”。她什么都没问清楚，只是回去一个人思考了一晚上，然后就坚定地选择了把自己的未来和他绑在一块儿。

许临渊都不知道说什么了。

叶卿茶看见他眉头皱了，立即上手去抚平，安慰道：“我知道你很难过，没关系的，我陪着你。”

许临渊叹了一口气，低声道：“你……怎么这么好。”

叶卿茶踮起脚，主动拥抱了他。

他们这些天，拥抱的次数好像比亲吻都多。

叶卿茶很喜欢这样的感觉，男人的胸膛很宽阔温厚，她感到十分安全。

要一起还债又怎样呢？待在他身边，她就会很幸福。

事到临头，许临渊决定顺其自然。

很快，二人就到了北州市民政局门口。

今天工作日，叶卿茶特意在凌晨跟方钟易请了半天假，请假理由是明天结婚。

方钟易凌晨还在线，也不知道他在做什么，这么晚都不睡觉。

他批假条很快，迅速回了两个字："准了。"

虽然他没说其他的，但一定是告诉了南屏——因为今天早上，南屏已经信息轰炸过叶卿茶一轮了。

"确定和我结婚吗？以后就得过负债的日子了。"许临渊捏了捏她的手。

"嗯。"阳光之下，叶卿茶的瞳孔清亮，像是有玻璃在她的瞳仁里反光，亮得剔透明朗，"我们走吧。"

许临渊扎扎实实地叹了一口气，将戏贯彻到底："债务数额有些大，我可能要拖累你很久。"

"没事儿，"叶卿茶笑起来，"一起嘛。我赚得也不少，公司没了，也可以从头再来。什么时间重新起步，都不晚的。"

许临渊没再说话，直直地向前走去。

叶卿茶一愣，赶紧小跑着跟上。

她不知道的是，她刚刚那一笑，让许临渊心动到何种地步。

不然，他也不会突然往前走，一句话也不说了。

Chapter 23

戒 指

叶卿茶盯着手里那两本小红本，摸来摸去，像是收藏家在仔细擦拭刚淘到的绝版古玩一般。

“拍得好看吗？”许临渊凑过去。

“好不好看是次要的，主要是上面有北州市民政局的钢印，这个才是最重要的。”完全不在乎照片的叶卿茶合上小红本，将其中一本递给许临渊，“走吧，搬家。”

“什么？”

“我们是夫妻，当然要搬到一起住。”叶卿茶一本正经，“我现在住的那套房子是租的，因为离公司近。房子我有几套买来理财的，全都在郊区，全是空的毛坯房，应该很好卖。北州买卖房的中介你应该比我熟悉，也更有关系。我回去把房产证都给你，你帮我转手出了，能卖多少卖多少。”

许临渊点头点得很快：“好。”

叶卿茶看见他的模样，有些于心不忍，心道果然是欠的债太多，竟然一点也没有推拒自己的帮忙。

但她也非常欣慰，许临渊能够把她完全当作自己人，不跟她客气。

叶卿茶马上跟方钟易补了一整天的假条，方钟易依旧是很爽快地同意了。

她身为方钟易身边常做事的人，办事情一向利索又效率高，收拾东西很快。叶卿茶搬进许临渊家里后，出门的第一件事情，就是拉着他去到超市的生活用品区，买了一盒能够长期使用的牙刷。

“以后不要再用一次性的了，一点家的感觉都没有，出差再用。”叶卿茶碎碎念道。

许临渊优哉游哉地问：“不要省钱吗？”

“这些都是小钱，先把生活质量保证。再怎么样，买牙刷的钱还是有的。”

许临渊若有所思地点点头：“说得也是。”

于是，他任劳任怨地充当了购物车的角色，叶卿茶指哪个他就拿哪个。

叶卿茶刚买完一些生活用品，反手却被许临渊拽上商业街。

“上这边来干什么？”

“订结婚戒指。”

“在这儿订？”叶卿茶不是不知道这条街的消费水平，联系到目前他们负债累累的状况，直摇头，“不行，太贵了。”

“我认识这儿的老板，有打折，”许临渊牵着她往里走，“放心，小钱。”

半小时后，叶卿茶一脸难以置信地跟他确认：“你付了多少定金？”

得到那个确切的回答后，叶卿茶顿感头疼，一字一顿：“打完折上折后还要二十四万的戒指，你怎么还嫌便宜？”

许临渊打了个哈欠：“反正已经欠了很多个亿，也不差这二十四万了。”

叶卿茶：“……”

叶卿茶突然意识到一个很严重的事情，许临渊好像没把破产欠债这件事放在心上。

买个钻戒，就像她多买了一套牙刷一般随意。

就好像……相比还钱，给她买钻戒要重要得多似的。

叶卿茶想了想也能理解，毕竟许临渊从小到大没有为钱发过愁，不知道省钱，大概也是很正常的。

这个戒指，好看是好看，但确实太贵了。

所以，她暗暗开始在心里记备忘录：身为目前家里主要的经济来源，她得肩负起管理财务方面的重要职责，尽快培养许临渊的节俭意识，免得之后越欠越多。

第一步，效仿《红楼梦》中贾探春之法，开源节流。之后节衣缩食，可买可不买的东西就不买，一定要买的东西就找性价比高的。

第二步，回去和许临渊一起整理一下，看看各自除去房子和车，都还有什么可以卖的，最好是奢侈品，转让出去来钱快。

第三步，……

等到次日下班时，周既明知道这件事后都傻眼了，揉了揉自己的太阳穴，难以置信："不是，我说许临渊，我以前从来没觉得你是这么腹黑又损的人啊，你的正经和严肃都哪儿去了？"

"而且，我也没觉得，咱嫂子那么单纯好骗啊，她不是一直跟着方总那个人精，怎么还不知道看人面色？"周既明百思不得其解，"她怎么会相信你破产呢？你怎么会破产呢？还有你也真是的，真就顺其自然把婚结了？我真是服了你了，这事要往严重了说，那可是骗婚啊许临渊！"

看许临渊丝毫不为他的话所动，周既明一脸吃了不该吃的东西的表情："我不劝你了，这回等到真相大白，你就等着"追妻火葬场"吧！看嫂子跟不跟你生气！"

周既明伸出三根手指："我要是她，得至少不理你三天！"

"只可惜你不是她，阿卿可不好揣测。"许临渊笑了笑，搭上自己的大衣外套，把车钥匙往口袋里随意一塞。

周既明傻了："你干什么去？"

许临渊同他挥了挥手："回家。"

"回家？"周既明更震惊了，"加班狂魔，今天你不加班啊！"

"我得回家做饭，赶在我太太回来之前。毕竟在她那儿，我现在可是个无业游民。"

周既明："做戏做得还挺全。"

许临渊好像很满意自己这个家庭煮夫的位置，人生头一回在一众加班员工惊诧的注视下离开了公司。

最后还得是周既明清了清嗓子，让大家不要太惊讶，许总编今天有重要的家事要处理。

他特意咬重了"家事"二字，仿佛不告诉大家这事儿是跟许临渊对象有关的，他就不舒服。

果然，员工们发出了若有所思的感叹声，随后便继续工作了。

方氏。

"许临渊他破产了？"方钟易刚喝了一口茶，正慢条斯理地擦着手，"我怎么没听说？"

"可能……是瞒得比较好，秘密破产吧。毕竟他爸爸不是区长吗？应该能帮些忙。"

方钟易抬眼："不只区长，他母亲那一族全是富商，都能帮忙。"

叶卿茶一噎，心底一连三问：怎么又是她不知道的？许临渊怎么从来没说过？方钟易怎么全都知道？

她清了清嗓子："但自己的事情得自己承担，总不能这个年龄还依靠父母。方总，请您批准我刚刚的提议，年假我全都不要了，以后每天我都可以留下来加班，全年无休。"

"呵呵，无聊。"方钟易说，"秘密破产？你文化程度不高，学习能力却真的很强。跟那人在一起才多久，就还学会自造概念了？"

"方总……"叶卿茶有点着急，"我认真的。"

"我也认真的，"方钟易皱眉，"叶卿茶，你跟着我多少年了，你是猪吗？"

"我不是……啊？"

"既然不是猪，那就用你不是猪的脑子想想，要是我的公司破产了，现在我得忙成什么样？你再想想，许临渊如今又是什么样？是不是还优哉游哉给你买钻戒，今晚还想买菜做饭呢？"

叶卿茶后背生汗：这人怎么全都猜到了……

方钟易不再看她，眼睛盯着电脑："他欠多少钱？"

"他说，二十亿……"

方钟易嘴角勾起来，毫不掩饰嘲讽之意："就他那破公司，值二十亿？"

"不是公司，是总共欠了二十亿，包含投资……"

"得了吧，你男人手里没那么多钱，"方钟易已经开始烦了，"你被诓了，不用加班，以后好好休息。既然现在是已经结婚的人了，以后加班别那么拼，对身体不好。"

顺利的话，甚至能早点要孩子，还是少折腾自己吧。方钟易心道，但没明面上说出来。

"被诓了？"叶卿茶眨眨眼，"真的吗？"

方钟易无奈："你现在怎么了？结个婚还结傻了。赶紧下班回家，别待在我这儿，吵。"

"……哦，好的，方总。"

叶卿茶回家时，许临渊正在做饭。

在炉火之间，他的那双手就在叶卿茶眼前晃来晃去，一刻也没闲着。

她曾端详过许临渊的手指，白皙如玉，但并不是女气，而是骨节分明，粗细适中，非常好看。

无论他用那双手做什么，是采茶，还是写字，或是做其他的……都散发出一种自由自在的优雅和从容。

"回来了？"许临渊听见身后的声响，用汤匙舀起一勺晶莹透亮的、黄澄澄的汤，"汤炖好了，阿卿，快过来尝尝。"

叶卿茶就着他的手喝了一口，眨眨眼睛："好喝！"

她原本就肚子饿了，而许临渊煲的汤好喝到让她惊讶。

于是她短暂地忘记了方钟易和她说的话，一直到睡前才想起来。

二人虽然结婚了，但现在还是分房睡的。

叶卿茶思来想去，还是决定问清楚。

于是，许临渊一开门，就看见一双水灵灵的眼睛，眉目含情地看着他。

"怎么了？"许临渊无声地吞咽了一口，视线从她微透的麻质睡衣上移开。

"方钟易说，你应该没破产，他说这是假的。"叶卿茶有点蒙，"阿渊，你告诉我，你真的欠了二十亿吗？"

许临渊无奈：方钟易这个……

但这也不失为一个契机，本身许临渊就在寻找解释的时机，于是便在这时候告诉了她实话，并认真地道了歉。

那个时候喝酒上头，一时间开了玩笑，还没有第一时间解释清楚，稀里糊涂让她和他结了婚，怎么想都有些失了公平。

但是没想到，并没有迎来周既明口中所谓的“追妻火葬场”，叶卿茶反而是十分高兴：“真的吗？那太好了。”

许临渊有些意外：“阿卿……你不生气吗？”

“不生气啊，没破产是好事。”叶卿茶松了口气，又想到了什么，“对了，那些房子，也都没卖吧？”

许临渊点头：“当然，房产证全在我床头的抽屉里，你随时拿走。”

叶卿茶一脸无所谓：“都放你那边也可以，我刚刚那样问，主要是因为其中有套房子刚好靠河，我特别喜欢，就觉得卖掉还挺可惜的。毕竟，北州根本看不见什么河水。现在我知道它被留下来了，就很开心。”

叶卿茶是真的高兴，破产这件事怎么说都不是好事情，在她知道许临渊“破产”的四十八个小时后，被告知这是个乌龙时，她心底的一块大石头便扎实地落了下来，安心不少。

嗯，这样的话，那枚二十四万的结婚戒指，还是可以买一买的。

许临渊不知道，叶卿茶差点就把这“身外之物”给退了，毕竟相比一个中看的戒指，还债是件更加重要的事。

“阿卿，”许临渊坐直了些，“其实这件事是我不太好，我当时开玩笑没收住——”

“可是我很高兴。”叶卿茶也面对着他，眼底明显有更多笑意，“我嫁给你了。”

“我没有什么学历，所以不会说情话，表达都很直白笨拙。我们既然在一起了，那我就只会把最真实的想法告诉你。”叶卿茶如水般清澈的眸子看着许临渊，也露出了最简单的笑容，发自内心的，“我说了，我真的不生气。并且，阿渊，我很高兴能嫁给你。”

许临渊倒吸了一口气。

这哪里是不会说情话，这是撩到极致却不自知。

她的情话，以真挚做外衣，庄严为内里，纯粹而干净。

她认真地说起话来，身上平日里有的那股似有若无的媚态就会尽数消散，化为一种……单纯的天真。

可就是这样真诚的模样，许临渊却喉头发紧。

她的眼睛太澄澈了，未承想能激发起他的另一些欲望。

“是啊，没有破产。”许临渊喉结上下滚动，“阿卿。”

“嗯。嗯？”叶卿茶也发现许临渊的声线与平时的清冽不同，有些令她陌生的沙哑。

——也不是陌生，这样的声线，她曾经在南屏结婚后的那个凌晨，趴在他身上时听见过。

还不等叶卿茶做出什么反应，许临渊握上了她的手腕，同她耳鬓厮磨。

“这么好的事情，那咱们做点什么，庆祝一下吧。”

叶卿茶：“……”

她就知道。

所谓“违章建筑”，只会不断拆了再重建，反反复复，无穷尽也。

Chapter 24

茶　室

客厅的光线很弱，他们只够影影绰绰地看清对方的轮廓，还有眼睛。

叶卿茶不合时宜地想，人的眼睛真是神奇。

在周遭都是漆黑的情况下，人类的眼睛依旧能亮得让你难以忽视对方的存在，比如眼前的许临渊。

窗外，秋虫唧唧，晚风阵阵。

叶卿茶又神游了，她记得天气预报说今天晚上会降温，明天就正式入冬了。

往后的一段日子，应该很难再听见这样的虫鸣声。

可是男人的滚烫，让她不得不停止这些莫名其妙的想法。

叶卿茶自评是个情感波动不太强的人，男欢女爱的事情她虽然懂，但也并不是非常了解。

许临渊的指尖是凉的，他撩起一点衣服，碰到她的腰腹，动作却并未再多一分。

他咬着叶卿茶的耳垂，那一处很软，不输给她身体的任何一寸地方，许临渊没忍住多亲了一回，叶卿茶有点痒，便往一边缩了缩。

男人的声线早已盛了妄念，哑着俯在她耳边，低声问她："阿卿，可以吗？"

叶卿茶咽了口唾沫，声音平平，理智清晰："我们既然是合法夫妻，做些有夫妻之实的事，大概合情合理。”

许临渊往她舌尖上探，又伸进去，搅得她气喘吁吁，才继续回应：“我不是要听你说这个。”

“那是什么……”叶卿茶口干舌燥，想起身去倒杯水喝，却被许临渊按回自己身上。

“我要……”叶卿茶想说的是，我要喝水。

可她才刚说了这两个字，便被许临渊用唇舌堵了回去。

“对，就是这句。”许临渊轻笑。

叶卿茶一边承受着，一边失语：“……”

现在她再说，要去喝水，是不是更加喝不到了？

许临渊身体力行地告诉了她答案，她稀里糊涂地就从客厅转移到了更加漆黑一片的房间，后背靠着柔软的床垫，男人的身上比方才更烫，显得床单冰冰凉凉。

叶卿茶不自知地往后退了退，想抓着那床单降温，却被许临渊拉着小腿又拽了回去。

“等一下！”叶卿茶灵光一闪，忽然想到一件事，“先前我喝醉了，你把我带回家……那天，衣服是谁给我换的？”

“我。”许临渊咬着她的耳垂，一点点吻到眼角，微微抬起身子，嗓音沙哑，“还有什么要问的，赶紧问。”

他伏低身体：“不然，等会儿就没时间，也没力气了。”

叶卿茶的脸一下子泛了红，从耳根到脖子都是潮湿的。

“许临渊，”叶卿茶搜肠刮肚也没想到一句脏话，只能咬牙切齿地说，“你不要脸。”

这话真是太弱了，叶卿茶腹诽道，是得好好跟南屏和辛夏怡学一学怎么骂人。

“是，我不要脸。”

空气好像越来越热了，叶卿茶明明没喝酒，却觉得自己脑袋晕晕的，喉头也愈发干涩。

男人的唇再向下，一路自脖颈延伸下去。

他的手，在碰她。

“阿渊……”叶卿茶轻轻地喊他，“你别弄……”

可是下一刻，她便意识到了什么似的，赶紧捂住了嘴。

为什么，这声音听起来那么奇怪？

而许临渊不给阿卿反应的机会，忽然狠狠地将她摁在床上，比刚才用了更多的力气吻她。

“唔！”叶卿茶的大脑宕机了片刻，伸手去推他。

可他手上力道分毫不减，紧紧地禁锢着她，逼着叶卿茶承受唇齿间的摩擦。

她被他吻得动了情，连腰腹处都酸软起来，气喘吁吁。

想喝水，想喝水，想喝水。

叶卿茶的大脑里重复着这三个字，却是一个字都蹦不出来。

“阿卿……”许临渊轻念着她的名字，吻在她的锁骨上，薄唇亦在她肩膀和脖颈处流连。

“咔。”不知是怎么回事，房间里的一盏小灯被打开了。

叶卿茶又恼又羞又后悔，她刚刚手一顿乱抓，抓到一个薄薄的片，就下意识按了。

她忘了，这是放在枕头边上的夜灯遥控器。

“阿渊，阿渊……”叶卿茶快哭了，“你关掉，你不要看……”

她不敢睁眼，脑袋晕乎乎的，自然也不知道要怎么去关灯。

“等一会儿再关。”许临渊的额头抵在她的胸口，这时候要他分心，他做不到。

叶卿茶想看又不敢看，因为那片皮肤大抵已经染了吻痕，惨不忍睹。

房间的那一盏小夜灯极暗，但依旧发着难以忽视的光，叶卿茶闭着眼，都能感觉到隐隐的光亮。

她更觉羞耻，紧紧闭着眼，一丝缝隙都不愿睁开。

“睁眼。”许临渊说，“阿卿，看着我。”

他怎么这样……变了个人似的……

叶卿茶摇头。

“乖一点，”许临渊亲亲她的睫毛，声音好温柔，“看看我。”

叶卿茶是听话的，睁开了眼睛。

那底下，是水汪汪的泛滥一片，她甫一睁开眼就立刻落下了水珠，随着脸颊顺畅地滚下去，形成一道流畅的弧线，顺着下颌再蜿蜒，被许临渊轻轻吻去。

她的眼睛清澈，偏偏又是狐狸眼，无意间勾人魂魄。

也就是这双眼睛，让许临渊这些年最记挂在心头。

如今，这样的情形，她这双眼睛看着他……

要命了。许临渊心道。

他终究不忍她难堪，更舍不得再去看那双眼睛。

许临渊喉头发紧，嗓音干涩：“闭上吧。”

叶卿茶如释重负地再阖上了眼，许临渊亦关了那盏小夜灯。

黑暗像是遮羞布，叶卿茶捧着许临渊的脸，主动地吻了上去。

她这时才明白了，南屏和她谈天时，口中的饮食男女作乐，是何滋味。

谁说人的原始欲望就是卑鄙？这分明是一种露骨的亲昵方式，男女坦诚相待，宽衣解带间，都是温存与爱。

无人该为这样的缠绵而感到羞耻，那是双方在用本能说爱情，无关其他。

许临渊的动作，热烈，又温柔。

叶卿茶抚摸着他的后颈，一声声地喊："阿渊，阿渊……"

许临渊扣住她的掌心，十指相交，低声细语："我在。"

窗台上透出细细密密的光，叶卿茶隐约能看见今夜的北州穹顶。

天幕暗暗，无云无星，月光皎洁。

那是金黄的，温暖的月色，而不是黑黄色的。

她靠在许临渊怀里，一整夜几乎无眠。

次日一早，叶卿茶先睁了眼。

不是她睡醒了，是疼醒了，身上不太舒服。

不过她也不想起来，只是靠在许临渊怀里，一动不动，看他的睡颜。

中国有句古话，是怎么说的来着？

对了，叶卿茶想起来，是君子世无双，陌上人如玉。

叶卿茶在为数不多的网上冲浪时间，见过这句诗许多次。

她没有去查过这句诗具体的翻译，但潜意识里会将它与许临渊的模样匹配。

印象里，前文还有"君心城切切，妾意情楚楚"，"盟定三生约，共谱月下曲"之说。

她抬起指尖，悄悄地、轻轻地，从许临渊的山根处，一路向下，划到唇上。

他的唇很饱满，不会太薄，又不会太厚，摸起来软软的，又有点干燥。

看得叶卿茶更想喝水了……她自昨晚上就想喝，结果竟熬到了现在。

不过许临渊睡在她面前，叶卿茶觉得，喝水这种小事儿，再缓一缓，也不是不行。

许临渊的模样，她看多久，都不会腻。

曾几何时，这一双眉眼，她放在心头不敢念，唯有梦中见。

叶卿茶自认识许临渊以来，其实还瞒着许临渊一件事。

这一件事，是一个秘密。

从始至终，她只在南屏婚礼时，告诉了南屏一人。

曾经在一个夜晚，白水楼的阿卿牵着那个大学生的衣角下了山，心血来潮说想拜一拜自己的阿嬷。

那个姑娘还对那个大学生说，白水楼的习俗，是非祭奠之日不可祭拜，所以，咱们要悄悄地，不能被其他人发现。

但实际上，白水楼的习俗并非如此。

她骗他，不过是因为怕被其他人看见，自己带着许临渊进了灵堂。

因为，白水楼真正的习俗是，外人不可以跪拜勒墨白族的牌匾。

若非一脉相承之人，要进灵堂跪拜先祖，就只能是为了一件事——婚姻嫁娶。

所以，很久以前，许临渊就已经踏入了这个世上仅一人知道的陷阱，也早就是阿卿名义上的丈夫了。

叶卿茶止住回忆，骨子里的敬业让她惊觉今天是工作日，她可没跟方钟易请今天的假。

于是，许临渊醒来时，身旁空空如也。

当他看见手机上叶卿茶给他发的消息时，内心生出一股幽怨之情。

叶卿茶紧赶慢赶，还好最后没有迟到，不过脑袋还是昏昏沉沉的，大概是昨晚上太累了。

同事经过她时，好心提醒她，今天降温了，怎么还穿这么少。

哦对，叶卿茶想起来了，今天的确冷了下来，但自己早上出门急，就穿了昨天的一身，都没有想到换件更厚实的外套。

办公室有暖气，但她今早开车过来的时候，的确是挺冷的。

叶卿茶去取布料的时候，打了个大大的喷嚏，想着等会儿得给自己泡点板蓝根，预防一下感冒。

不过她高估了长久以来形成的习惯，尤其是她在亲手做衣服的时候，一低头再一抬头，就是下班时间了。

叶卿茶把衣服收好，直起腰来的时候，眼前一阵眩晕。

不会真的着凉了吧？叶卿茶叹气，心道无所谓，先把班加了再说。

她没忘了跟许临渊说一声今天她要晚一点回家，也不用他来接，毕竟她有车。

许临渊说，那自己在家煲好汤等她。

叶卿茶看见这话，心情大好，回办公室的时候，嘴角都是扬起来的。

事实证明，头晕开车，是件天大的错事。

叶卿茶脊背发软，眼前迷迷糊糊的，才记起来今天忘记了吃药，大概现在是真发烧了。

车里开了空调，但她还是觉得冷。

在十字路口，那辆灯光煞白的车违规闯红灯时，叶卿茶迅速打方向盘，可依旧无济于事。

那辆车是酒驾，行驶路线呈S形地飘忽着，叶卿茶躲闪不及，眼看着那辆车撞上自己的车身。

虚空坠落的失重感只有一瞬，叶卿茶虽并未真的从高处跌落，却像是经历了坠崖之苦。

因为恐惧，她血脉偾张，心跳加快，手心和脊背皆生潮汗。

不过，这样的恐慌，也不过是一刹那的事。

因为很快，她所有的感官都被封闭，最终不过是以“漆黑一片”四字，草草了事。

哦，还有被触发的巨型气囊，挡住了她的视线。

……

“还好不严重，被车横着撞上，只是轻微骨裂，连轻度脑震荡都没有。你太太运气真好，一般人遇上酒驾的，都是九死一生啊。”

“阿卿！阿卿？”

“阿卿……”

“您先别急，病人需要休息。她没什么大碍，您放心好了。”

“好的护士，麻烦你了。”

“没事，应该的。家属就陪着吧，等会儿就醒了。”

“大概什么时候能醒？”

“每个人不一样，不过快了，你等等就是。”

"好，谢谢……"

叶卿茶听见了这些声音，似乎就在她的耳边，又好像很遥远。

忽近忽远，令人生烦。

眼前白光乍泄，她眯着眼，适应了一下光线，脑海里忽然就记起了刚刚听见的那些话，想起来一些断断续续的片段，想必那些都是真实发生的。

然后，太阳穴就开始疼，她不禁皱眉。

"阿卿！你醒了？"她的手忽然被抓住。

叶卿茶不用转头，便知道是许临渊，低低地应道："嗯……阿渊。"

"我想喝水……"叶卿茶感觉这两天纯粹跟水过不去，喉咙总是干巴巴的。

"来。"许临渊一点点扶起她。

叶卿茶的左手轻度骨裂，故而支撑起身体的时候有些不平稳，好在有他扶着。

叶卿茶喝完了水，躺回原位，还是有点晕乎乎的，喃喃道："他，还好吗？"

许临渊愣了很久才反应过来，叶卿茶在说车祸的始作俑者。

他叹了口气："骨折了，但没有生命危险，你放心。"

叶卿茶松了口气，心道虽然酒驾逃不过牢狱之灾，但好歹性命是保住了的。

忽然，手背上激起一层凉意。

叶卿茶的第一感觉，是天花板漏水了。

但这里可是北州最好的医院，还是单人病房，怎么会连这种基础硬件设施都出现问题呢？

叶卿茶认命似的睁开眼，想控诉一下这渗水的天花板，却跌进了深渊般的一双眼。

“阿渊……”叶卿茶的瞳孔微微放大。

这是许临渊第二次，在她面前流了泪。

“阿卿。”许临渊明明红着眼，声音却很平静，像是在说故事，“我接到电话的时候，真的很害怕。”

“我是不是，还从来没告诉过你，当时为什么不等你发烧痊愈，就留下那些钱和布条，不辞而别？”

“嗯……是没说过。”叶卿茶有些预感，可能那并不是一件很令人愿意回忆的、快乐的事情，故而她未曾主动提起过。

“当时的我，也是接到了一通这样的电话。”许临渊说，“当时那通电话，是我父亲打来的。我的母亲，在那一天……也遇上了酒驾的司机。”

叶卿茶捏紧了他的手，睡意全消。

“她不幸运，九死一生中，她是前者。”许临渊闭上眼睛，这么多年来，他都没有回忆起那一天。

可是今日，他却不得不想起来。

他太害怕了，怕旧事重来。

所以六年前的那一个晚上，他根本来不及和她道别，只能匆匆咬破手指，写了那一份血书，将钱和联系方式都塞进信封里，委托村长交给她。

这是他当时倾尽全力，能够留给她的全部东西了。

只可惜，许临渊还是没能见到他母亲的最后一面。

“她叫林清菀。”许临渊说。

“阿姨的名字真好听。”叶卿茶听见这个名字，除了觉得好听，还总觉得自己在哪儿见过，有些熟悉。

忽然，她想起来了。

“对，”许临渊点头，“你先前去的那家清菀茶室，便是以她的名字命名的。”

“所以我是……买了一套你见过的茶具吗？”

许临渊笑了：“我很喜欢。”

“那，那位老夫人是……”叶卿茶有了猜测。

许临渊轻轻点头：“我的外婆。”

叶卿茶一惊：“那字也是你写的，正门处悬挂着的那一幅……对吗？”

那幅笔力纵横，转折如游龙，翩若惊鸿的大字，叶卿茶当日其实便觉熟悉，奈何只见许临渊写过粉笔字和水笔字，一时间换作毛笔书法，难辨其迹，也是可理解的。

许临渊苦笑：“你还记得我的字，我很高兴。”

“想起来，当时选择支教环境的时候，虽说芸回地点离北州最为偏远，我还是选择了那里。因为，那是唯一一处有茶叶产地的地方，我母亲和外婆都很爱茶。我母亲家里从商，在北州有诸多茶室和茶楼。当时我还想，要带一些芸回那里的茶叶，给我的母亲。”

“可惜，她最后也没有喝上。”

叶卿茶没力气坐起来，只是捏着许临渊的手。

半天，不知道如何安慰，最后憋出一句：“我真想抱抱你。”

许临渊闭上眼睛，双手包裹她的右手，贴在脸上，一字一顿：“谢谢你。”

“其实，我当时踩刹车慢了，真的吓坏了，完全不知道怎么办才好。”

“在某一个瞬间，我以为自己的一生就这样走到了尽头。眼前一片漆黑之前，我发现自己想到的，竟然是那芸回的山间，一丛丛的茶叶里，你低头阖眼，光落在你脸孔上，你整个人都发着光的模样。”

叶卿茶微微皱眉：“好像很奇怪吧？那个时候，理应是我这辈子最接近死亡的一刹那了，我并不知道这场车祸的严重与否，可我却只是在想你。”

“想到你的模样，好像死亡变得没有那么可怕。”

叶卿茶闭上眼睛，轻轻叹了一口气。

我的阿渊啊，这已经不是第一次，我靠着想你，而远离死亡了。

在北州那些或干冷，或暴雪的夜晚，有好几次，我都差点没有坚持下来。

每一次，我都是想着你，才又见到了太阳。

直到这次车祸，玻璃碎片在我眼前划过的那一刻，我才恍然大悟地明白过来一件事。

原来，没有你的每一刻，都是最接近死亡的时候。

她明白了，希望和悲伤同在，而许临渊与光同存。

“困吗？”许临渊见她好像声音越来越小，“我给你关灯，睡一会儿吧。”

叶卿茶点点头：“好。”

关灯后，叶卿茶忽然又记起来一件事。

“对了，阿渊。”房间里此时没有别人，但叶卿茶还是要许临渊靠近些，好像接下来说的话很难以出口一样。

“怎么了？”许临渊俯下身，摸了摸她的头发。

叶卿茶欲言又止好几次，下唇都被她咬几回了，她才终于低下声音告诉他："下次你，要轻一点呀。"

"嗯？"许临渊有些疑惑。

"这次也有你一份……我本来不会撞上去的，"叶卿茶脸上渗了薄红，"但是踩刹车的时候，腿软了，踩不动，怪你的。"

这样傲慢又娇俏的样子，是许临渊未曾见过的。

大概叶卿茶也不想多说这个，便赶紧推了推他的肩膀，催促道："你快，答应呀。"

"……好。"许临渊哭笑不得，"下次，会轻一点的。"

Chapter 25
初　雪

2017年，年初，深夜。

“怎么在外面？屋里暖和。”许临渊带着件大衣走出来，轻轻披在叶卿茶的身上。

酒红色的大衣，衬得她肤色更白。

白雪漫漫，她立于楼顶的天台，暖黄灯光在身侧打着光，一时间宛若仙临。

今天是初雪，今年的第一场。

月华下是风雪交加，但并不像刀剑般凶猛，反倒是柔和的。

“来北州这么多年，都没有一次安安静静地看过雪。”叶卿茶说话的速度依旧缓慢，眼底有细细的光晕闪烁，“阿渊，你陪我看一会儿吧。”

芸回没怎么下过雪，北州倒是时常有，一下便是接连数日。

她来北州，经历过几次初雪的日子，回想起来，都是在公司加班的时候，天上忽然飘下来白茫茫一大片。

南屏曾经跟叶卿茶说，和你一起看初雪的人，会一直在一起的。

所以，每次同事们一同拥上落地窗边，看北州一年又一年的初雪时，她都不会去凑热闹。

她只想，安安静静和心里的那个人一起看。

南屏知道了便会笑叶卿茶，有时候真是执拗和天真得像个小孩，在某些方面尤其幼稚。

但她也正是因为这些小细节，能够比旁人更深地理解到，叶卿茶对于许临渊的执念。

许临渊陪着她立了一会儿，从口袋里摸出一个盒子，又牵起她的左手指尖。

她先前在左手手腕处的骨裂已经好全了，现在活动与先前无异，也没有后遗症。

她的手指，白如霜，又如凝脂，纤细好看。

“二十四万？”叶卿茶笑了，给戒指取了这么个代号。

“嗯。”许临渊将那个棕色的皮质盒子打开，取出那枚钻戒，轻轻地推在她的无名指上，“工期有些长，好在成品不错。”

叶卿茶抬起手，钻石在天台灯光的映照下闪耀着，璀璨夺目。

“喜欢吗？”

“它漂亮，喜欢是喜欢的，可我平时怎么戴出去？”叶卿茶摸了摸那颗钻石，“结婚典礼上用正好，日常也太大了。”

“日常戴的，我也订了。”许临渊莞尔一笑，“是很低调的款式，还没有做完。”

叶卿茶松了口气：“那就好。”

“回去睡吧。”许临渊替她拭去睫毛上的小雪花，“你手很凉，明天不是说要去看母亲吗？”

叶卿茶想想也是，便进屋睡了。

第二日，叶卿茶和许临渊去了墓园。

所带之物，不过一壶茶叶罢了。

新年伊始，年假刚过，墓园一个人都没有，大抵是觉得这样的节日不适合来扫墓。

可在叶卿茶和许临渊眼中，过年了，自己来陪一陪长辈，没什么不好的。

很久以前，听许临渊说，他的母亲最后没有喝到芸回茶叶时，叶卿茶就想到这一天了。

她手里带的这一壶茶叶，是用初雪的雪水，过滤干净，煮开泡的。

打开盖子，散着一股凛冽寒凉的香，似暖似冷，苦中多了几分甜。

二人跪过林清菀，又去拜了叶卿茶的母亲。

他们刚要走，墓园中就出现了第三个人。

这是叶卿茶第一次见到许正阳，但她不需要问，便能知道是他。

男人即将六十岁，瘦，但目光炯炯有神。

他站在不远处，宛若一棵挺拔的常青树，眉眼坚毅。

他的身上没有任何一丝发福的迹象，站姿如军人一般，头上有些白发，但并不多，整个人看起来很年轻，气质沉稳。

许正阳和许临渊，都没有想到今日会遇见对方，故而相见时，皆是一愣。

许临渊信步走过去，其间从未放开叶卿茶的手。

“爸，您也来看妈妈吗？”

许正阳点点头：“是啊。”

他背着手，眼神看向叶卿茶，笑了一下。

他虽然年纪上去了，但眼神很清澈，叶卿茶并没有在那里看见太多的世故。

“你叫……阿卿，是吗？”

叶卿茶点点头：“是，叔叔好。”

“我听临渊说过了，你们领证了。”许正阳点点头，“你们赶时间吗？如果不赶时间，我想和你单独聊聊。”

他看的是叶卿茶，问的也是她。

叶卿茶摇头，又点头：“不赶的。”

许临渊捏捏她的手，将她手上提的包拎到自己手中，温声道：“那我在车上等你。”

叶卿茶点头，轻声讲：“去吧。”

许正阳是个很体面的人，多年身处官场，使他养成了一种既尊贵又儒雅的风度。

和他说话不必矜持，亦不必唯唯诺诺。他一开口，便把分寸把握得恰到好处。

“你的名字很好。”许正阳眼睛里有慈祥，“和临渊母亲的名字，有一点像。临渊是不是告诉过你，他名字的含义？”

叶卿茶点头：“他以前说过的。”

“是在芸回的那时候？”许正阳猜测，“他是不是告诉你，我们给他取这个名字，是要告诫他做人要如深渊在侧，凡事都要三思而后行，万不可鲁莽行事？”

“嗯。”叶卿茶心道，还真是一字不差。

“其实，不只是那些，这里面还有一层意义，他并不知道。”许正阳的眼神忽然不再看向她，而是看向叶卿茶身后的某一处，“他的母亲叫林清菀。有一词，唤作渊清玉絜。意为如渊之清，如玉之洁。我以这样的方式，把清菀的名字，融进了临渊的名姓里。”

叶卿茶不知道说什么，只觉得好美。

这个词，还有许正阳的爱，都很美。

“临渊是个好孩子，你也是个好孩子。”许正阳并不再多说关于名姓的事情，“我今日同你一叙，并没有什么话要嘱咐，只是纯粹想见一见你，随便聊几句罢了。我想看看，临渊那样喜爱的女孩子，那个六年前他不惜和我急眼过，坚持过，据理力争也想带回来的女孩子，究竟是什么模样。”

叶卿茶一愣——关于许临渊和许正阳的这些过往，她是不曾知道的。

“我想告诉你，当年，他的确很想带你回来。他对你的执念，比任何一个人想象的，都要深。”

“孩子啊，我这一路走过来，有许多明明可以，却不能做的事情。当年，我实在有太多的顾虑，没有让他带你回来，在这里，我给你道个歉。”许正阳说着就想鞠躬，叶卿茶赶紧去扶，声音急了一分：“叔叔，您不必自责。换了是我，我也不会希望自己的孩子随便带一个陌生人回来。为人父母最是不易，很多时候都身不由己……我能理解，也应该理解，必须理解。”

叶卿茶这样说，许正阳原本对她的平视，渐渐有了些凝望的神采。

“你很懂事，也很聪明。临渊会喜欢你，确实是情理之中。但他念你这般久，是在我意料之外。”许正阳似乎有些想笑，“好像我们许家的人，都是这样。第一眼喜欢的人，就心甘情愿陷进去一辈子。”

接着，他又叹了口气：“幸好，你们两个都是长情的人。我先前虽间接成了你们二人的阻挠，让你和临渊分开这么久……你们终究还是没有分开，这是不幸中的万幸。”

过了一会儿，许正阳盯着叶卿茶朝出口处远去的背影，喃喃道：“阿清……是你回来了吗？”

但很快，许正阳猛然意识到，她只是许临渊的阿卿，并不是他的阿清。

阿卿和阿清，也长得一点都不像，性格亦完全不同。

许正阳唯独能确定的是，他的阿清若是在世，一定也会喜欢这一位阿卿，来做她的儿媳的。

他失笑，兀自摇了摇头，背着手，转身拾级而上。

他今日来，本就是来看阿清的。

昔我往矣，杨柳依依。今我来思，雨雪霏霏。

北州的顶空，又渐渐地飘了雪。

许正阳对自己说，不能忘，不可忘。

到后来，小雪转成了冬雨，叶卿茶路上淋了雨，再往前走几步，见许临渊正撑着伞朝她这边走。

许临渊将伞悬在叶卿茶的头顶，替她将头发上沾的雪粒子和雨珠拂去：“天冷，别又感冒了。”

“不会，一点点而已。”叶卿茶挽上他的胳膊，“我们出去吃饭吧，我饿了，想吃点热的……川味火锅怎么样？我没试过，听说很辣，所以一直没有敢去吃。”

“好啊。”许临渊说，“刚才，我父亲和你说了什么事？”

“我不告诉你。”叶卿茶心情不错，忽然有了小性儿，“这是我和叔叔之间的秘密。”

许临渊忽然驻足：“阿卿。”

“怎么了？”叶卿茶步伐轻快如小雀，发现他停了，她亦停下，转身看向他，“在你们芸回，结婚后的女子，还是会称呼对方的父亲，为叔叔吗？”

他的语气虽然很平和，好像问了一件再寻常不过的小事，但叶卿茶听得出来，他话语之后隐藏的揶揄。

叶卿茶忽然一噎：“那个……我不知道，你别问我。”

她瘪了瘪嘴，钻进车里，闭目养神。

许临渊也不再逗她，将车里的暖气又调高了一些，专心致志开车。

她今天戴了珍珠的耳坠子，一摇一晃的。大概是突然而落的雨雪加持着氛围，她身上陡生了些破碎的美感——是与生俱来的，不为她的心情好坏所改变。

许临渊很喜欢叶卿茶身上这样的气质，仿佛时时刻刻都在提醒着他，做事要居安思危。

她不知道的是，其实他也已经有很久没有看见自己的父亲了。

由于身份特殊，许临渊无论是跟父亲还是爷爷，平均下来一年也只见一两次。有的时候，甚至一次都见不到。

所以，他自小便跟母亲和外婆生活在一起。

刚才见到许正阳，觉得既亲切，又陌生。

但无论如何，他们到底是父子。他看得出来，许正阳看叶卿茶的眼神里，只有慈爱，绝无猜忌。

只要这样，他便放心了。

其实，刚才许正阳跟叶卿茶聊了那么多，有一个问题，让她印象很深刻，也很意外。

当时的许正阳大概是想到了林清菀，突然问她，觉得爱到底是什么。

这样的问题，从一位身居高位的长者口中问出来，大概是很少见的。

叶卿茶听见这个问题后，只想了片刻，便答了两个字：守望。

爱是什么？

自古至今，爱的定义在不断被推翻、重塑、再定义。

这些定义相互遥遥凝望，互相不认可，又互相依存。

他们看过那么多的书，走过那么多的路，终于惊觉，正如一千个读者有一千个哈姆雷特，一千个人也能说出一千种爱的模样。

对方钟易和南屏来说，爱是默默陪伴。

而对叶卿茶和许临渊来说，爱，则在于守望。

他守望白水楼里的她，她守望北州的他。

他们相互守望，默默祈祷，等待彼此。

然后，爱神降临了。

叶卿茶想到这里，忽然有感而发起来。

她坐在副驾驶的位置上，偏过头，有些骄傲的神色："亲爱的许先生，我已经独自成长到可以和你并肩前行的位置了。叔叔现在也知道我，并且，很喜欢我。"

许临渊先是没有说话，等到车停在十字路口时，才轻轻点了点头。

"可是，阿卿，我与你一直同在。"他说，"你从不需要把我放在更高的位置。你应该记住，我们平等。我们生活在同一片天空之下，我们是彼此的。"

叶卿茶眨眨眼："永恒吗？"

"是的，"许临渊眉目舒展，笑得温和缱绻，"永恒。"

叶卿茶直到现在，才深刻地明白了一件事。

那个优雅理智，聪明温柔的许临渊，因为事业有成，博学多识，所以这些年，就算再累，她也愿意努力小跑着，追赶上他的步伐。

她总是会想起，自己在白水楼的时候，跟在许临渊身后行走的一幕幕。虽然安全，但依旧有距离。她希望，能和许临渊并排走。

可她差点忘记了，他对她的满心喜欢，一点都不比她的少。

他理解她的有限，故而，这份爱变得无限。

晚上。

叶卿茶敲了敲书房的门，走进去递给许临渊一杯温热的柠檬蜂蜜水："阿渊，今天出过门，就别再工作了。很晚了，早点休息。"

"好。"许临渊将文件保存，合上电脑，笑了，"倒是稀奇，你自己忙起来总不要命，竟然会让我放下工作休息。"

"人总得变啊，"叶卿茶打了个哈欠，"我去洗澡了。"

叶卿茶又往浴室走了两步，转身叮嘱道："不许偷看啊。"

许临渊无辜地看向她："你不邀请我，我是不会看的。"

"啊？"叶卿茶意识到许临渊说的是什么后，急了，"我刚刚说的，是你不许偷看电脑！不是……其他的……"

"哦。"许临渊颔首，分明在憋着笑意，"是我想多了，不好意思。"

就是你想多了……叶卿茶在心底愤愤，半气半羞地进了浴室。

她到底还是脸皮薄的，但只要听了些引人遐想的话，便抑制不住去想。

什么邀请，什么看……

然后，耳根变得通红，遮掩不住，也藏不住。

就像是，关于爱他这件事一样，无法掩饰。

不知不觉，三月已至。

叶卿茶对气味一向很敏感，最近，她总觉得自己身上有种说不出的气味。

说不上好闻难闻，但就是很奇怪。而且，最近她去猫咖，那些猫都比平常更亲近她了。

她这天下班回家，刚好时间比较早，明天又周末。

在家拉开抽屉，想换纸巾盒时，她看见了先前随意买的验孕棒。

叶卿茶本质上是个恬淡的人，很少有心血来潮的时候，不过“很少”也不等同于“从不”，她还挺想看看验孕棒上有条杠的样子的，毕竟先前从未看过，索性拆了一根试试看。

她其实没往那方面想，毕竟她的月事一向不准，这个月还没来，她也见怪不怪。

真的，她只是心血来潮而已。

过了两个钟头，许临渊还没回来，叶卿茶眼看着时间快到了，便想做点夜宵，让许临渊回家有东西垫一垫。

她把自己刚刚用过验孕棒的事情忘了个干净，厨房间没了擦手纸，她去卫生间拿，才想到还有这么个东西。

叶卿茶随手拿起来，看了一眼，的确是一根杠，没什么好看的。

说着，就想把东西往垃圾桶里扔。

结果那东西刚要离手，叶卿茶忽然指尖一紧，没丢出去，又重新拿回眼前看了看。

这一道杠……等等，这是什么？

叶卿茶反复确认，数来数去，人生头一回感受到数学的神圣。

最后她确认了，这不是一道杠，是两道。

她又试了一根，同时验证过了，这个品牌不生产三无产品。

叶卿茶算了算，那就只能是……上次在浴室的那一次。

真的，实在太羞耻了。

回忆那次，叶卿茶面上不自觉地又红了。

她赶紧卸了妆，往自己脸上猛泼凉水。

对于这件事，叶卿茶选择先保密。

她一直是个善于守护秘密的人，从小到大，都是这样。

都道春分最喜雨，今日刚巧是春分，还真就下了绵绵细雨，惹人犯困。

叶卿茶和许临渊都不是喜爱睡懒觉的人，今早，叶卿茶也如同往常，不需要闹钟叫，便醒了。

她坐在床上打哈欠，习惯性地往旁边靠，倒在一个宽阔的肩膀上。

许临渊每天需要看新闻，因为是文字工作者，需要了解每天的热点动态。

每每在非工作日醒来，他都会像现在这样，倚靠在床上看新闻。

偶尔他也会在家开个会，和乙方用电话沟通工作，不过很少。

“今天下雨，还是和南屏出去吗？”

“嗯，逛街在室内，不要紧。”叶卿茶困倦地点点头，“你送我。”

“好，什么时候去？”

“下午，还早。”叶卿茶打了个哈欠，“你往下一点，我再眯一会儿。”

许临渊便将身体放低了一点，保证叶卿茶脖颈能舒服些。

过了一会儿，叶卿茶的呼吸声越来越轻，她好像很累，少见地居然能睡回笼觉。

许临渊暗暗惊讶了一下，心想昨晚自己也没做什么，怎么能累成这样？

他扶着叶卿茶躺下，为她掖好被子，轻手轻脚地出了房间，准备做点吃的，以防等会儿她醒过来会饿。

叶卿茶心底的生物钟是很规律的，回笼觉也不过是多睡了一个小时，便自己起来洗漱，吃东西和化妆了。

下午她见到南屏，南屏却闷闷不乐。

叶卿茶问她怎么了，谁能想到，南屏竟是因为和妈妈吵架了而生气。

这让叶卿茶哭笑不得：“都多大人了，怎么还跟妈妈怄气？”

“茶茶，你不知道，她要我生孩子！”南屏哭丧着个脸，“我才二十六岁，我不想生孩子！”

“孩子不好吗？”叶卿茶唇角浮现淡淡的笑意，音色温和，“方钟易应该会很喜欢吧。”

虽然方钟易平时看起来冷冷的，但叶卿茶觉得，他一定会是个好爸爸。

“你也看出来了？我看，肯定就是方钟易自己想要，然后偷偷跟我妈妈讲，让她来当说客！”南屏鼓起腮帮子，“反正我现在不生，我做过梦，梦到自己二十八岁才会怀孕！”

叶卿茶终究没憋住，“扑哧”一声笑了出来，拉起她的手，

“好啦，那就先不生。走，我们看看其他的去。”

“好！刚巧我经常买的那几家店最近都上新了，我要刷爆方钟易的卡！”南屏不顾形象地向前小跑，叶卿茶只能无奈地和南屏不停地说“慢点呀”，不过显然无济于事。

商场里也有推着婴儿车的年轻妈妈，叶卿茶向她们看去，那些人的脸上，都是幸福的神色。

忽然，她就有些期待了起来。

傍晚，许临渊来接叶卿茶。

他把车靠在路边，远远地就看见叶卿茶和南屏从商场里走了出来。

有一辆出租车绕过她们，南屏猛地后退一步，撞到了叶卿茶。她往旁边撤了一步，好在没什么事，也没摔着。

二人走到路边，叶卿茶左右张望，没看见许临渊的车。

忽然，有人远远地喊她：“阿卿。”

叶卿茶闻声转头，在马路的斜对面，看见了许临渊的车。

他的车窗半开，余晖透过无数的高楼大厦洒进车内，树影斑驳，也与夕阳的光线交织在一起，铺了满地。

车里的男人微微偏头，朝她轻轻招了招手，用口型道：“过来。”

很奇怪，她分明看不清他的表情和眼神，却能知道他是温柔的，大概嘴角还带着笑意。

周围人来人往，嘈杂吵闹，车鸣喇叭声不绝。

可光线温和地穿过花叶，影子错落有致地印在车身上，有些光斑在许临渊身上晃，一时间宛若夏日降临。

平和，安静，一尘不染。

叶卿茶跟南屏道别，小跑着坐进许临渊的车里。

晚上一切如常，可是睡前，许临渊忽然正襟危坐："阿卿，我问你一件事。"

叶卿茶一愣，她是头一回看见许临渊露出这样肃穆的神情，仿佛是出了什么大事一样。

她点了点头，道："你问。"

"你告诉我，你是不是怀孕了？"

轰隆隆——叶卿茶仿佛听见了打雷声。

叶卿茶很少会惊讶，但许临渊这样一问，她很难平静："你是怎么看出来的？"

"晚上南屏不小心撞到了你，虽然你脸上神色很平静，但手上下意识就捂了肚子，我当时看见了。你又不是生理期，而且最近饮食规律，应该也不是胃病犯了。"许临渊冷静分析，"明天是周日，平时你在周日早上都会去猫咖，习惯性会在前一天晚上，把明天给小猫带的零食打包好放在玄关。"

他顿了顿，接着说："但今天晚上，你没有这样做。你不是个打破规律的人，所以明天明显是没有去猫咖的计划。"

"你是柯南吗？"叶卿茶失奈地说，"这都可以。"

"什么时候的事情？"

"我也昨天才发现……想先瞒着你，过几天去医院查一查再说的。"叶卿茶揉了揉太阳穴，嘴角向下耷拉，"结果才瞒了一天，就被你看出来了。"

趁着这个机会，她也索性问清楚："你想要孩子吗？今天南屏跟我说她很不想要孩子，我想着也得问问你的意见。如果你不想要的话，我……"

她话都还没说完，就被许临渊一把拉进怀里。

“阿卿，我怎么会不想要孩子呢？”许临渊深呼吸，轻轻拍着她的背。这样的拥抱，既是安抚，又像是在跟她强调，他一直在她身边。

“你也喜欢孩子吗？”叶卿茶很高兴，嘴角勾起来，“我特别喜欢的。”

“那我们明天再去一趟商场吧，看看孩子的东西。”

“这么快？”叶卿茶发现，自己好像还是不够了解许临渊。

她低下头，看了看自己平坦到不能再平坦的小腹：“不是应该先确定真的有孩子吗？”

“哦，对。”许临渊失笑，才发现自己方才确实头脑发热，一时间连前后顺序都忘了。

他是这般从容不迫的人，竟也会如此焦躁。

Chapter 26

朝暮与卿

三年后。

叶卿茶绾着松松的发髻，从花园里剪了几枝玫瑰花，进屋插瓶，随口道：“阿渊，等会儿既然南屏、方钟易还有牛牛都要来，你再烤点蛋挞吧，南屏爱吃。”

虽然周既明总说，君子远庖厨，但叶卿茶和许临渊二人都很乐于下厨，不爱当所谓君子。

尤其是这几年，他们减少了加班时间，在家的时间变多了，二人每周都会至少自己做饭三次以上。

许临渊在厨房里远远地应着：“好，马上。他们俩起床了吗？”

叶卿茶推门看了一下，道：“还没呢，小家伙们嗜睡得很，也不知道南屏来了，能不能醒。”

当年，叶卿茶在一个下着大雪的夜晚诞下一双龙凤胎，废了大半条命，把许临渊心疼得往后做任何事情都小心翼翼，发誓再也不会让叶卿茶再经历这种痛苦。

南屏那时候赶到医院，在刚知道这姐弟俩的名字时，就很是好奇，向许临渊询问出处。

许临渊回了她八个字：“清道桉列，天行星陈。”

所以，女儿名为许幼清，男孩则名为许星尘。

南屏叹了口气，发现自己依旧听不懂许临渊说话，只能又自嘲自己是个没文化的。

于是，她又换了个问题，问为什么不给男孩取名星辰，而是星尘。

“人体的每一粒原子，都来自恒星的碎片，故而每个人都是星尘。至于星辰，也不过是陨石。”

南屏当时就彻底放弃跟许临渊沟通，专心致志逗婴儿床里的小孩子玩了。

说什么来什么，没一会儿，门外就有车轱辘碾过地面的声音，接着便是人狗相间的脚步声——“踏踏踏”，非常明显。

南屏依旧是那风风火火的性子，快三十岁了一点都没改，刚进门就不把自己当外人地冲去了厨房，先自己抽筷子，吃了一片脆皮鸭。

她鼓着腮帮子，满眼星星：“茶茶，你简直是我的米其林三星大厨！”

“我哪有米其林三星大厨做得好？你倒折煞我。”叶卿茶虽然这么说，但心底是开心的，“来我这儿，还是简单吃个心意吧，全是我和阿渊一起做的。你吃的这个脆皮鸭是他弄的，我还不会呢。”

“你们两口子也太幸福了，双方都会做饭！”南屏又往口中塞了一大块鸭子，边吃边幽怨道，“你们是知道的，我和方钟易啊，每次在家里，如果不点外卖，又不想出门的话，就只能饿到灵魂出窍！他在公司是个人人都怕的，还人称雷厉风行呢，结果在家倒是连速食的物什都做不好，方便面还能少放调料包……方钟易，你别看我啦！我说的可是实话，哪有污蔑你？”

其实这倒是的，方钟易一向不爱自己家有外人，故而从来不请长期的阿姨，只有每周在固定时间过来的钟点工——至于喂养牛牛，他是亲力亲为的。

方钟易对南屏的叽叽喳喳已经见怪不怪，只能选择性屏蔽，带着牛牛往院子里走，让它先自己玩。

晚饭后，叶卿茶和南屏坐在沙发上说悄悄话，许临渊和方钟易依旧留在桌上。

"来，咱俩喝点。"方钟易把酒撬开。

"可以啊。"许临渊拿来了两个玻璃杯，"回去不用开车？"

"南屏学会了，"方钟易失笑地看着自己的妻子，"终于，考了三次驾照，总算过了。我问她累不累，她竟然摇摇头说不累——呵，她是轻松了，倒是把我累得够呛。"

"喃喃怎么没带来？"

许临渊说的是方喃，她今年刚出生，才几个月大，是方钟易和南屏的女儿。

她出生时，南屏从手术室里出来，对方钟易说的第一句话是——我的老男人啊，你终于老来得女了。

当时这话把周围一圈护士笑得不行，感叹这是她们遇见的最有趣的妈妈。

"南屏的妈妈在带呢。她刚出生，很嗜睡，又不肯动。跟她妈妈一样，懒得很。"方钟易摇摇头，"关键是南屏根本不想带孩子来，她就想跟叶卿茶聊天……你说，我像不像养了两个孩子？"

"严格一点说，是三个。"许临渊打趣，"还有狗。"

"说得也是。"方钟易真不想讲出心里话，反正他心里认为那狗要比南屏好养得多。

这时候许幼清睡醒了，咿咿呀呀地闹起来，叶卿茶进去把她抱出来，她一见到坐在沙发下面的牛牛，便不哭了。

她才两岁半，就算站着，身高也只能和牛牛齐平，胆子却大得很，可以抱着牛牛的头，去捏它的耳朵，也不知道是随了谁的，毕竟许临渊和叶卿茶都没有和狗太亲。

许星尘依旧睡着，叶卿茶便没去吵他。

许幼清牵着牛牛到处走，走到方钟易身边，奶着小甜嗓，嗲呼呼地问他："方叔叔，你知道红薯和紫薯的爸爸是谁吗？"

"……不知道。"方钟易潜意识觉得答案应该不简单。

"是老鼠呀！"许幼清咯咯地笑，"方叔叔好笨哦。"

方钟易："……"

许幼清又转眼，用圆鼓溜球的眼睛看看酒杯，再看看许临渊："爸爸，你和好笨的方叔叔喝好多酒，会喝笨吗？会喝醉吗？"

"有我们小清在，爸爸不会喝醉，也不会笨，但会晕。"

许幼清觉得很好玩："为什么会晕呢？"

"被我们家小清可爱晕了。"

叶卿茶在一旁听见后，失语："……"

——这都什么跟什么？

叶卿茶无奈，给牛牛倒了些羊奶后，顺手抱起正躺在地上翻肚皮的多毛，继续回沙发上看电视了。

对了，两年之前，他们在家里还养了一只无毛猫，名叫多毛，也就是现在叶卿茶手里抱着的这只。

它是粉白色的，又因为身上一根毛都没有，叶卿茶就给它取了这么个名字。

无毛猫没有毛，这样南屏也就不会猫毛过敏。

至于方钟易讨厌猫……就让他讨厌着吧，叶卿茶才懒得管他开不开心。

他既然不喜欢，大可以少陪南屏来她的家，专心跟这只笨头笨脑的牛头梗好好生活去。

比如此时，南屏就又在跟方钟易耍小性子了：“哼！你要再不理我，再喝这酒，我就放猫叨你！叨叨你！”

多毛听到南屏喊自己，非常识时务地在叶卿茶怀里喵了一声，真的比牛牛还要灵活许多。

反观牛牛，此刻正悠然自得地舔着羊奶，全然不顾自家男主人正在受“威胁”的模样，家庭地位可想而知。

叶卿茶抱着多毛，盘腿在沙发上看着这一幕。

电视机下面，有她和许临渊曾经的拍立得。

现在那两张照片，都已经糊得不成样子，但他们依旧放在那里，岿然不动。

大概，这就是她一生所追求的，最想要的生活图景吧。

过了半月，又到了最盛的夏，也是叶卿茶最喜欢的季节。

今年是2020年，距离他们二人的相识，已经过去了整整十年。

但许临渊不会老去，他永远年轻，在叶卿茶的心底，干净着，明亮着。

还有一个好消息差点忘记说，芸回县今年宣布完全脱贫了。

近期二人投资，给白水楼的学校引进了最新的电子屏幕。

工人浩浩荡荡地进山时，许临渊和叶卿茶也一起去了。

他们想念村长，也想念白水楼的一切，很早就计划去看看。

而且，这时候很巧，是夏茶时节。

自前年开始，从外界到白水楼，已经不再需要翻山越岭。

国家为这里修筑了一条栈道，可以直接从一座山，通过桥去另一座山。

村庄与村庄之间，距离没变，心却更近了。

学校不仅有了操场，再往县城走，还有电影院，奶茶店……

这座遥远的山中小村啊，终于成了一座小山城。

叶卿茶把阿妈的骨灰带了回去，和她阿爸的照片靠着，摆放进了那处小小的祠堂。

美丽的她，从穷乡僻壤的芸回出走，最后散为一坛灰烬，回到白水楼，睡在那个人身边了。

他们的骨灰底下，也垫着和旁人一样的白色布条——那也是一封血书，是当年叶卿茶的阿母离开前，用芸回文字给阿爸写的。

上面仅仅有四个字：等我回来。

于是，她的阿爸，一生都在等。

叶卿茶相信，就算人人都说她的阿妈是跟城里人跑了，就算她阿爸嘴上也是这样说的，但他的心里，一定一直在等她回来。

因为，白水楼的人知道，这样的血书，是不能乱写的。

既然写了，就要拼尽全力去遵守。

都说最虐心的，不过是爱恨尚糊涂，生死已离别。

但叶卿茶祈祷世上真有奈何桥，而阿母在桥上等了许久，终究会告诉阿爸，自己多爱他。

即便没有，又怎样？

生活还得过，路亦还得走。

人活一世，不讲什么永远，只求不迷惘，不回头。

许临渊叹气，若有所思："以前我知道这样的习俗时，曾觉得这布条残忍。但当年亲自写过后，却觉得很感动。一直到现在，我还是这样认为。”

叶卿茶摇摇头说：“这不是布条，是情书。”

“对，”许临渊笑了，“是情书，我差些忘记了。”

自北州而来的情书不会绝迹，而我爱你。

当年，阿卿也不过是凭借着这一封来自北州的情书，一路北上成了叶卿茶。

不过她现在回了白水楼，便又是那个阿卿了。

迟风日暖傍西山，二人走到天光之下，不远处，便是学校。

村长正站在楼上，远远地和他们招手。

有一个小姑娘，莽莽撞撞地，撞在了叶卿茶身上。

“小心一点。”叶卿茶轻声道，扶了一把那个小姑娘。

小姑娘的眼睛黑漆麻乌，圆乎乎的：“姐姐，你和大哥哥是夫妻吗？”

“是啊。”叶卿茶笑。

“我阿妈跟我说，你和大哥哥都是大善人，是神仙。所以，她让我来把今日新炒的茶叶送给你们。”小姑娘踮起脚，把那一个小罐子举起来，“姐姐，哥哥，你们一定要收好呀。”

大概，在白水楼人的眼里，他们二人的凡人之躯，皆比肩神明。

就像是曾经的阿卿看阿渊一样，既想平视，又不得不仰视。

“那姐姐就收下啦。”叶卿茶蹲下来，揉了揉她的发顶。

“姐姐，你的声音真好听啊，就像是……山雀一样灵动！”

小姑娘今年刚上一年级，她问许临渊：“大哥哥，你又叫什么名字呢？”

叶卿茶内心哂笑，也替许临渊感到高兴：今年都三十岁了，竟还能被小孩儿下意识叫作哥哥。

许临渊蹲下身，替她把脸颊边不知道什么时候沾上的脏污抹去："我叫许临渊。"

"许灵鸢？好美的名字啊！"小姑娘笑了，"是'孩童放学归来早，忙趁东风放纸鸢'的鸢吗？我昨天刚背完，就被老师夸了呢！"

许临渊一愣。

"哥哥，虽然你的名字好像女孩儿似的，不过，和姐姐的名姓很配！"小姑娘笑着，因为她正好在换牙，此刻门牙缺了一颗，说话就有些漏风，"你是鸢，姐姐是雀，倒像是那凤与凰一般，原本就该是天生一对！"

许临渊被她逗乐了，亦不再去纠正所谓的错误："这样想想，倒也是一桩美事。我第一次知道，自己的名字还可以这样解读。"

名姓相通，概与卿同。

小姑娘跑开以后，许临渊和叶卿茶相视一笑，不约而同说："去采茶？"

二人去了村长家里，叶卿茶又背起了曾经最熟悉的竹篓。

他们走在此起彼伏的茶叶丛中，手指上都戴着一枚低调的银色戒指。

似乎，她永远是阿卿，他也永远是她的阿渊。

叶卿茶在采茶之前，先拿出了那台老旧的拍立得："还记得吗？很多年之前，你在家里问我要不要拍照的时候，我说不想。就是因为，我还是想和你在这里拍。"

"快点，咱们再拍一张。"

"咔嚓"一声，照片缓缓地从出口处滑了出来。叶卿茶捏着照片一角甩动，很快，上边就浮现了她和许临渊的样子。

“任务完成，电视机下面又有新照片了。”叶卿茶笑笑，将那张照片收进口袋，又如十年前一样，轻车熟路地捏起茶尖，轻轻一撷，将那嫩芽摘下来。

只是，采茶的时候，青天忽然落了雨。

淅淅沥沥的雨，不大，但沾衣便湿，易着凉。

于是，叶卿茶匆匆忙忙戴上斗笠，身着多年前模样的素衣青衫，回眸让许临渊快些走。

“阿渊，快点！”

许临渊轻轻一笑，眼底有光风霁月。

“来了，阿卿。”

他几步上前，握紧她的手。

从此，再不放开了。

故事的最后，山雀越过青山，摘了她的月亮。

青山不负雀。

临渊不负卿。

番外一

声声炽热

这天清晨，熹微的光影透过窗棂，穿过走廊，渐渐把卧室点亮。

但叶卿茶并非是被这束光叫醒的，而是因为南屏的电话。

今天的日子特殊，这通电话让叶卿茶忽而想起多年前的那一个五月二十日，似乎南屏也是这般咋咋呼呼地，在早上给她拨去了一个电话。

而且，连目的都一模一样，就是控诉许临渊没有在这天陪着她。

"好啦，他是真的在出差。"叶卿茶躺在床上，朝侧面招了招手，多毛便会意地跳到了床上，钻进她的臂弯里。

她抚摸着多毛的脑袋，声音温温慢慢的，虽说刚被吵醒，言语里也没有怨意："况且啊，我也不是那种对节日很在意的人，你又不是不知道。"

可能是她的手法太舒适，多毛只闭了一会儿眼睛，就在她臂弯里快乐地打起了鼾。

"好吧……其实我就是想和你说说话，今天下午要不我来陪你吧？"

叶卿茶弯起眼睛："方钟易不是要带你出门？"

"唔……如果你想，我就把他拒绝了！"南屏耸肩，"男人嘛，不过如此。"

此刻就坐在南屏对面喝咖啡的方钟易，难以置信地看向她。

叶卿茶笑了："不用了，过两天你再来吧，我做甜点招待你。"

"我觉得吧，我……"

南屏还没说完话，手机就被方钟易拿了过去，漠声道："好，再见。"

南屏："喂！"

叶卿茶笑："好。"

电话挂断。

两个孩子此刻还没有睡醒，叶卿茶轻手轻脚地下了床，洗漱完后，准备下楼做些早餐。至于多毛，就继续窝在床上睡着觉。它团起来的样子，像极了一个球。

叶卿茶给自己拌了一个沙拉，一边吃，一边点开微信看消息。

许临渊在十五分钟前，给她留了言。

"我在吃早餐，抱歉今天没办法陪你。"

"我在书房的电脑桌前放了一封信，是给你的，记得去看。"

叶卿茶看见这句留言时，一向平静的眸子里，掀起微微的波澜。她没有犹豫，转身朝许临渊的书房走去。

每次叶卿茶进他的书房，扑面而来的都是一阵书墨香和茶香。这样的气息稳妥又舒服，并且，这是她总习惯在这里沏茶和点香薰的结果。

他们虽是夫妻，却并不共用书房。家里的书多了，两人的读书口味又不尽相同，加上各自工作的时候又不爱被打扰，所以在装修房子的时候，便分了两个书房。

叶卿茶打量着书柜，细心地发现书本的摆放顺序似乎又换了，大概是许临渊又买了许多新书。

许临渊的书单一向非常杂，《红书》、《惶然录》、普希金的一些诗篇、阿加莎的悬疑作品，或者是余华的小说……有些作品，叶卿茶只读几页，便很难读懂或者看得下去。所以有时候，叶卿茶会在他身上看见一些旷远又熟悉的寂寥。

其实看见那句留言，叶卿茶多少有些奇怪。因为许临渊已经出门几天，自己也不是没有进过他的书房，却并没有在桌上看见过什么信。

目之所及之处，书桌上只有一本书——《杀死一只知更鸟》。

叶卿茶心领神会，将那本书拾起，翻开。

书页被折了角，叶卿茶一下子便看见了那张信纸。

以及，书本折角处的那一段话——

“我想让你见识一下什么是真正的勇敢，而不要错误地认为一个人手握枪支就是勇敢。勇敢是，当你还未开始就已知道自己会输，可你依然要去做，而且无论如何都要把它坚持到底。你很少能赢，但有时也会。”

叶卿茶将书上的这一段话，细细读了两遍，才打开信纸。

信纸是牛皮色的，散着淡淡的书墨香味。

许临渊的字体一如既往的干净清爽，笔迹流畅隽秀。

阿卿：

见信愿安。

我特意把信纸夹在这一页，就是想让你读到你方才所见的那一段话。

我才读完这本书不久，它是一个很棒的故事，相信你也会喜欢的。

我们曾在白天或夜晚聊过许多次天，其中的多次都在回忆往昔，你对我说，至今你依然不觉得，自己是个勇敢的人。

阿卿，我想对你说，勇敢不一定会引导你走向心中所想的地方，但如果不勇敢，那个地方便一定不能到达。

可是你到了北州，让我又再次遇见了你，怎么不算勇敢呢？

我们生而有畏，因此要尽己所能学会无畏。

希望我们都能成为无畏而坚定，赤诚又勇敢的人。

还记得你2011年来到北州，有一条北州的地铁新线，刚好开始投入使用吗？

很长的一段时间，你说，你每天都乘坐那一条地铁线路上下班。

其实，那辆列车的轨迹，是我的外婆亲自参与设计的。

后来，她便安心待在了清菀茶室，再不参与外界的项目，过得清闲安静。对了，那段忙碌的日子，我常常伴她左右——为她沏茶，也为她提些关于线路的意见。

阿卿，这样能不能算，我也陪过你，日日夜夜，一路颠沛流离？

虽然这样说有些牵强，但将自己与你挂钩，我不介意脸皮厚一点。

说起来倒是很巧，每年的这个月份，我似乎常常在出差。每至上半年或下半年的末尾，公司总会比平时更忙一些。

周既明跟我说，其实以我现在的状态，完全可以给自己放个长假，把公司交给经理人打理。

放眼看去，我的许多同样年岁的伙伴，似乎都在这样做，也乐于这样做。不过，我似乎还是希望，在年轻的时间里，尽量多做些实事。如果我每天待在家里，大概你也不会很习惯。

当然了，我也是一样的。我知道，每一次我在为了某一项工作非常忙碌，在书房连着几天熬夜时，你都在默默陪着我。

我在公司加班，晚归的每一天，你都不会早睡，会一直等着我回家。我没有因为这件事单独感谢过你，或许是夫妻之间不该说太多谢谢，显得太生分。但我要说，我很感动，我看得见你做的每一件小事……我的意思是，我爱你。

父亲说我们的相处像极了他和我的母亲，对此，我感到很幸运。

前段日子，村长和我通了电话。现在芸回的旅游业越来越发达了，有开发商想把白水楼改造成度假区，村长拒绝了他们。

我想，任何一个白水楼的子女，都很热爱他们生长的地方吧。

在北州待的日子越久，我越觉得，白水楼就像一处世外桃源，是世间的可望而不可即，可遇不可求。

多年前在那里遇到你，遇到那一群可爱的孩子，遇见青山和白牛，山雀和白泉，是我这一生无论什么时候想起来，都会觉得热泪盈眶的事情。

你说过，觉得当年是我拉了你一把。但其实，我那时不过是说了应该说的话。

我希望你理智地看待世界，不要一味地盲从。并且，希望你在独立的同时，还可以依赖我。

我知道，一个心中有月亮的人，是不舍得仰望月亮的。

我想你意识到这一点，然后，伸手去摘月。

你做到了，阿卿，你很棒。

再说一次，我爱你。

于是，我用文字将我和你的故事记录了下来，让这段记忆留下深刻的足迹和脚印。同时，也让更多的人了解芸回，知道有一个神圣的地方叫作白水楼。

这样的结局，我想是令你感到幸福的。

白水楼会越来越好的，我向你保证，我的阿卿。

我们的故事，我还没有写完。不过，名字已经想好了，我准备把它命名为《北州情书》。

至于寓意，我不用说，因为你懂。

——与妻书　许临渊

叶卿茶将那张信纸折叠回原来的样子，点开微信，编辑消息。

“信我看完了，很喜欢，等你回家。”

“而且很巧，我也给你留了一封信……想必现在，你大概已经看见了。”

她猜得没有错。

就在这个时候，许临渊正对着那一封信发着呆。

叶卿茶知道，许临渊习惯将每一天需要用的文件按类别分开，而许临渊的行程总是会和她说得明明白白。

于是，叶卿茶算好了时间，将它夹在了特定的文件袋里，确保许临渊会在这一天将它打开。

她了解许临渊，正如许临渊了解她。

阿渊：

见字如晤。

出差还顺利吧？

写下这封信的时候，我在先前已经打了无数的草稿，却总是不甚满意。思来想去，索性放开了写。

本来我想将这一封信塞在你随身带的书里，但想想这不可行。因为，若是那样的话，你早在飞机上就会打开书，那这封信便被早早地发现了。

思来想去，我把它夹在了你的工作文件里，是不是还算聪明？

和你在一起久后，我也变得和你有点像，读了许多的书。

虽说，数量大概远远不及你的十分之一，但我也终于不算是个墨水空空的人了。为此，我感到无与伦比的庆幸。

南屏总说，我们俩的生活太讲究。现在这个时代，很难再找到我们这样相敬如宾的夫妻。

但我倒是很爱这样的相处模式，希望这样的日子可以继续保持下去。

我还是如从前那样，几乎没有变。即便读了很多曾经未读过的书，我依旧是个语言文字能力苍白的人。

不过，我也还是那样的心境。我会慢慢学，好好学的。

很久以前，我就知道自己和白水楼的其他人不一样，但一直到遇见你以后，我才开始思考这份不同代表着什么。

自那时，我才开始，对这个世界做出真正的判断。

后来我想起来，决定离开芸回的那一天，分明是我人生中最风云翻涌的时刻。但当时的我完全没有意识到这一点，还以为那是相当普通的一天罢了。

直到踏上那辆长长的高铁，吹到冷风的时候，我才突然发觉，我不在芸回了，这里没人能保护我。

我曾在夜深之时多次梦回白水楼，有时候是美好的回忆，有时候，那些内容也会令我难堪。

那个时候，我的世界观未成型，最坏的样子，你也见过。

故而，在你面前，我是最真的我。

在北州，他们说我温柔大方善解人意，说我站在方钟易身边坦坦荡荡，说我一看就是他教出来的人，那么沉稳冷静，高傲优雅。

那些话我听着很快乐，但想到了你，又不觉得那有什么快乐的了。因为那样的词太陌生了，它们属于养尊处优之人，不属于我。

我承认方钟易教会了我许多东西，在北州安身立命的法子是他教的，可我依然记得你在山顶上同我讲的每一个字……你知道我说的是什么意思吗？是我爱你，我爱你。

我觉得自己可以是淑女的，可当我意外回到了你的身边，我又把一切都搞砸了。我不能再成为那个心安理得站在方钟易身边出席宴会的人，不再能一心一意扑在服装设计上，我只能想着你了。

在看不见你的那六年里，许多人问我有没有喜欢过人，除了对南屏我说的是真话，对其余人我都是轻描淡写地搪塞过去。

敷衍的次数多了，我自己都不禁疑惑起来，对你真的是喜欢，还是一份单纯的执念呢？

是不是我真的遇见你遇见得太早，那个时候的我还太幼稚，对自己的想法都还没有理清，就误认为那是喜欢了呢？

你离开得太快了，太早了，很多很多次，我都差点要放弃了。人大概都是很自私的，以自我为中心是常态，若是你真的忘了我，忘了那些在大山里说的承诺，我换位思考过许多次，发现自己是可以原谅的。

所以我怀揣着一颗慢慢安定下来的心，在北州努力地生根发芽，告诉自己能遇见就遇见，若是不能，那就是此生的缘不够罢了，也没什么大不了的。

可是你没忘记我。

在我惶然不安的岁月里，你没忘了我。

于是我努力地将那数年来歪七扭八的字迹练得工整，一笔一画都在和你表白。你看到我写的每一个字，我都希望你能抚摸它们。

因为，它们就是我本身，是我竭尽全力的证据，是我思念的全部，是我心脏温度的外显形式。

趁着表白的字眼余温尚存，你快些回家，亲亲我吧。

——与夫书　叶卿茶

三天后。

南屏在叶卿茶家里赖着不走，抱着多毛在沙发上躺着。

“茶茶呀，你是职业病习惯了吗？事事精细得令人发指。”此时叶卿茶正在一旁整理茶具，南屏盯着那茶杯摆放的位置，鼓了鼓腮帮子，“我都要不好意思喝你的茶了。”

“我不是讲究人，但阿渊是呀。久而久之，我总会跟他有些像的。”叶卿茶将那些茶具摆放整齐，轻声细语，“之前，我不是去阿渊他们公司，做过他两个月的助理吗？但是吧，相对于工作，我好像更多的是在背诵他的生活习惯，然后按部就班地给他准备这，准备那……”

叶卿茶的动作一顿，摇了摇头：“现在想来，可能是阿渊故意的。”

想到此事，叶卿茶难免忍俊不禁：“后来我问了，真的是这样。不过，在那些时间里，他也背了我的喜好。”

南屏把多毛往窗边一丢，仰面倒在沙发上，闹道：“不是吧，这样也能秀恩爱的吗？茶茶，你变了。”

叶卿茶把茶杯递过去：“变什么？我分明一直这样。快喝吧，新鲜的茶叶，很不错。上回你说方钟易买的茶太苦，这个应该刚好。”

“怎么没变？以前你都不会跟我调侃，现在我都要说不过你了。”南屏俏皮地挑了个眉，将那茶一饮而尽，“好啦，我走了。再不走，方钟易那人也得奓毛……许临渊明天回来？”

叶卿茶点点头：“是的，明天下午回。”

“小别胜新婚哦。”南屏揶揄地笑了笑，冲叶卿茶摇了摇车钥匙，拎包就出了门，也不忘朝叶卿茶隔空来了个亲亲。

叶卿茶不好意思回应，只摇了摇头，叹了口气，温声道：“路上慢些开，别贪快。”

不过，才没几分钟，门外又响起了敲门声。

“是落了什么东西吗？”叶卿茶抱着多毛，闻声去开门，口中还念道，“明天我上班，带去方总那边也可以的呀，怎么还特意回来拿。”

可门开那一瞬，映入眼帘的脸孔却并不是南屏，而是她朝思暮想的许临渊。

“阿渊？”叶卿茶都没来得及惊诧，便被许临渊搂入怀中。

她还有点呆呆的，手都不知道往哪儿放，微微睁大了双眼：“你怎么提前回来了？”

说着，她就下意识要去给他倒杯茶。

可许临渊按住了她的臂膀，亲吻她的眼角，低声说：“等等，先别动……让我抱一会儿。”

叶卿茶就乖乖不动了。

不知道过去了几分钟，叶卿茶才轻轻地说：“你好了没有呀。”

她的脸埋在许临渊胸口处，说出来的声音闷闷的，仔细听，还有点埋怨的意思，似乎是嫌他抱得太久，让她有点累。

“好了。”许临渊笑了，“就是刚回来，有些疲惫，所以想借你充会儿电。”

“啊，这次把我比作充电宝了吗？”叶卿茶轻笑一声，缓步去沏了茶来，递给许临渊。

一盏下去，神清气爽。

“还没说呢，怎么提前回来了？”叶卿茶确定自己没记错时间，“机票分明是明天一早的，你改航班了？”

“不是你说的吗？”许临渊莞尔一笑，温和清朗。

“我说什么了？”

“那封信的最后一句，我记忆犹新。”许临渊微眯起眼，“我记得，那句话是——”

“别念出来！”叶卿茶是面皮薄的，抬手想去捂他的嘴，又急又羞，“阿渊……”

“我知道。”许临渊在叶卿茶抬起手腕的同时，扣住了她的指尖，将她往自己的身上带。

唇齿触碰片刻便分离，许临渊顿了顿，再次俯身，温柔地亲吻她。

五月的时间，天气已经热了起来，她沏的茶分明是凉的，盛茶用的器具和杯盏也都是凉的，可为什么，亲吻却是炽热的呢?

不只是亲吻，许临渊叫的每一声阿卿，似乎也都是炽热的，往叶卿茶的身体里钻，令她心燥又心慌。

原本在沙发上抱团小憩的多毛，此刻早就不知道跑去了哪儿，客厅里只有他们二人。

许临渊的吻再落下来时，叶卿茶伸手抱住了他。

她抱得很紧，很用力，在情到深处时，她低声说了一句：“我爱你。”

这是她曾经只能以纸笔传递的、苍白的文字。但这三个字被亲口说出来时，充满了无与伦比的力量。

叶卿茶又说了一次：“我爱你。”

不再是以墨水晕染出的苍白之诗，而是字字真实可闻的告白。

许临渊顿了一下，漆黑的眼眸片刻失神。不过，只是片刻而已。

他很快弯起了眼睛，近乎虔诚地与他的阿卿额头相抵。

他说：“我也爱你。”

窗外的风，依旧静静地吹着。

而他们的言语，声声皆炽热。

番外二

星河渡我

“还没到吗？”叶卿茶在副驾驶上睁开眼，看向车窗外向后一闪而过的街景。

夏日虽还未降临，但今年北州的气温回暖很早，两侧高大的香樟树已经郁郁葱葱，在道路上投下繁密的影子。那些影子遮蔽了头顶的光线，留下斑驳而安静的阴凉。

“快了。”许临渊单手拧开矿泉水的瓶盖，递了过去，“喝点水。”

“我们到底去哪儿？”叶卿茶喝了几口，递还回去，“你也喝点，都一个小时了。”

许临渊每次带她出门，从没有不告诉她目的地过。

因为工作忙碌，她近期都没怎么睡好，昨天刚把最新的项目结束，方钟易给了她几天假期。

所以，今天一上车，许临渊就替她放低了车座，让她在路上睡一会儿，到了他会喊她。

“不睡了？”

“嗯。”叶卿茶把座位调到原本的高度，看了一眼时间，笑了，“她还真的没给我打电话。”

叶卿茶说的是许幼清。

自从兄妹俩上幼儿园后，许幼清总是要想妈妈，在上过两节课后，一般都要给她打电话。

今早上在幼儿园门口，许幼清跟她告别时，十分依依不舍：“妈妈，今天是你生日，天气这么好，你可不要忘了好好玩啊！我今天就不给你打电话啦！”

当时许星尘板着脸，在叶卿茶开口前，拉着许幼清往里走：“妈妈会的，你快给我进去。”

“小清是个信守承诺的孩子。”许临渊轻笑，“随她的妈妈。”

“也随爸爸啊。”叶卿茶偏头。

许临渊指腹摩挲着方向盘，停顿了片刻。几分钟后，他说：“到了。”

叶卿茶盯着大门口那几个金光灿灿的、横向排列的大字：“这里……我们可以随便进吗？”

“仅限今天可以。”许临渊推开车门，绕到车的另一侧，向叶卿茶伸出手，“因为今天是我的阿卿过生日。”

叶卿茶只犹豫了片刻，便跳下了车，与对方指尖相扣。

许临渊带着她，并没有从正门直接进入，而是走向了侧边的一个小门。

叶卿茶都还没准备好，就进入了一片黑暗里。

突然，巨大的月亮忽然悬于眼前，错落有致的环形山置于其上。

她的四周是深不见底的漆黑，错落的星光点点散落在这片黑暗上，而脚下不知什么时候变成了无边无际的山脉，山体中央似乎还有城市高楼，霓虹灯光闪烁其间，高速公路四通八达。

叶卿茶这才发现，他们此刻置身于全景影像中，头顶的星系就像是一张巨大的蛛网。

“以前你好像在白水楼说过，要是有一天，能近距离地看看那些星星就好了。”许临渊握紧她的手，慢慢地向前走，“这不是什么难事，所以带你来看看。”

那些星系不断地被放大，叶卿茶伸手去触碰那些3D的星体，手指轻松地穿透了那些影像。

“我们现在看见的这个，是银河系。”许临渊的声音如清冽的泉，冷静而沉稳，“这些是恒星，它们距离地球非常遥远，以我们的角度看，它们在天球的位置上几乎不发生改变。”

“但它们应该也在运动吧？”叶卿茶提出了问题，“就像地球一样。”

“对，”许临渊说，“地球是行星，恒星的运行速度比行星快得多，由于我们离它们实在太远，所以感受不到它的运动。你看。”

他指向上方的亮带：“在银河的方向，恒星的分布会非常密集，形成横亘天际的这一道亮带，所以我们在地球上才能看见所谓的银河。”

头顶上的星空在不断变换着，许临渊指向另一处：“那是仙女星系，它和银河系的组成结构非常相似。再往右边看，那是三角座星系。”

“它们之间相隔多少万光年？”叶卿茶盯着那些三维立体的图像，心里默默算着距离。

“关于数学，你比我要算得清楚。”许临渊笑了笑，告诉她，“比例尺是十万光年。”

叶卿茶还在感叹宇宙之大，就在这时，漆黑的一隅突然被打开，自门后快步走出来一个金发碧眼的男人，朝许临渊热情地展开双臂：“Matthew，好久不见！快，给我一个吻！”

他的中文很流利，像是学了很多年。

“久别重逢。”许临渊莞尔，拥抱了他，又牵起叶卿茶的手，介绍道，“这位是我妻子。”

男人露出懊恼的神情：“哦，妻子在，都不亲我了！”

许临渊叹了口气，对叶卿茶说：“这位是查理，我在国外留学时的朋友，毕业后就在他家乡的航空航天局工作，最近刚调来国内。”

“嘿，我知道，你的名字叫……”大概是有些拗口，查理想了一会儿，才一字一字地念出了心中所想的名字：“叶、卿、茶，对吗？”

“是我。”叶卿茶浅浅一笑，“您的中文说得很好。”

“那当然，我可是聪明绝顶的！”查理竖了个大拇指，“Matthew在教我中文的时候就跟我说过，我们俩的名字，有一个字的读音是一样的……”

不等许临渊开口，查理就急不可耐道：“他总跟我提起你，次数非常多！还说，回到中国后，要马上去那个叫芸回的地方找你……”

“好了，查理，她知道。”许临渊哭笑不得，“今天我们见面，好像是为了别的事情。”

“噢，那倒是的！”查理打了个响指，“我来中国只办三件事，吃美食、工作，还有见你们夫妻。不得不说，Matthew，你可真是个浪漫的人，也比以前更加性感和细腻，我想念曾经和你一起健身的日子，还有，你让我养成了喝茶养生的习惯……噢，好像跑题了。总之我想说的是，叶小姐，你很幸福。”

许临渊朝查理看了一眼，后者会意，在平板电脑上操作了几下。

头顶的银河系不断放大，月球早已消失不见。茫茫的太空宛如大海，又如深渊。

上方的星空不断变换，最后，焦点定格在一颗星体上。

查理指了指头顶，对叶卿茶说：“就是这一颗。”

“这一颗有什么特别的吗？”

“啊哈，当然很特别了。”查理的身体左右摇摆，像是要跳起舞来般兴奋，“因为你的丈夫高价购买了它的命名权……我看看，噢，叫卿卿。”

叶卿茶一愣。

“我对中国文化了解不太深，不过这个词，听起来就感觉寓意非凡呢。”查理抬手摸了一下鬓发，陶醉道，“不得不说，Matthew，你真是我见到过的，除我以外，最完美的男人……”

叶卿茶：“……”

许临渊失笑：“谢谢，我很荣幸。”

“Matthew说，普通天文馆的全景系统不够好看，所以就找到了我。”查理耸肩，说了一句他老家的俗语，“我的老天爷啊……这种时候才想到我吗？”

叶卿茶看向她的丈夫。

其实，此刻的她很感动，却不知道说什么来表达这份感动。

他总是在做一些事情，让她感受到，她是深深地被爱着的。

她原本是个破碎的人，而他用爱一点一点修补好了她。

查理带着他们俩参观了一圈航天局，之后便继续去工作了。分别时，还跟许临渊约好了下次一起吃饭——带着各自的妻子。

从这里离开时，叶卿茶说要去一趟洗手间，让许临渊在门口等她。

也就是这一段间隙，许临渊遇到了一位前来搭讪的年轻女人。

她身上挂着工牌，面容姣好，大概也是这里的工作人员，谈吐自信风雅。

“不好意思，我已婚。”许临渊笑了笑，朝叶卿茶的方向看去。

此刻，后者已经出了洗手间，正在大厅的自动售卖机前买矿泉水，并没有注意到许临渊这边的对话。

许临渊朝对方点了下头，示意自己要走了：“我妻子还在等我。”

“好吧……”年轻女人露出惋惜的神情。

虽然已经过了三十岁，但许临渊的生活习惯良好，平时对饮食和运动都颇有研究，故而面孔总是很年轻的样子，陌生人总以为他只有二十五六岁。

很多年以来，许临渊一直把“冷静温和地拒绝他人”当作日常，特别是在大学刚毕业的那段时间，他拒绝的次数尤其多。

想起他毕业的那一年，试图通过许正阳等长辈接触到许临渊的人就络绎不绝，谁都想替自己家的孩子争取一把。

毕竟机会是博出来的，说不定自己以后的女婿就是这一位呢？

其中不乏许多名门闺秀，但许临渊都一一拒绝了。

对他来说，旁人口中的金玉良缘，实则与粪土无异。

对于这件事，许正阳也纳闷过很长一段时间。他身为长辈，觉得自己的儿子完全可以先成家后立业，自己则早点退休，没事就浇浇花，带带孩子，没什么不好的。

先前，想跟许正阳搭关系的几个家庭中，有一位书香门第的大小姐，许正阳看了，其实是很喜欢的，也提出非常想让许临渊去见一见。

但许临渊还是拒绝了。

那天许正阳很明确地问了许临渊，不会是还想着之前在芸回见到的那个姑娘吧？

许临渊毫不犹豫地回答他："是的。"

许正阳沉默了一段时间，最后摇了摇头说："随你吧。"

他依旧是那个许正阳，并不觉得那段缘分会持续下去，虽然口头上答应了许临渊，但在心里，还是当他是在说孩子话。

只是许正阳没想到，有一天，那个芸回的姑娘会站在他的面前，跟他做自我介绍。

那天，他看着眼前这个曾经与自己的儿子天差地别的女人，心里除了震撼，还有佩服。

人的出身纵有云泥之别，可人间仓皇，千帆过尽，总有人能一直留在对方身旁。

许正阳知道，他们就是如此。

所以，不等许临渊开口，他便先点了头道："得了，证都领了，就早点生个孩子吧。"

这句超前的话属实让叶卿茶和许临渊同时震惊了很久，不过许临渊很快就笑了，知道这是自己父亲认可阿卿的表现。

回忆被眼前渐渐清晰的脸孔打断，叶卿茶伸手在他眼前晃了晃，笑道："呆住啦？想什么呢？"

"没想什么，"许临渊顿了顿，"其实，是想起了刚结婚那会儿。"

"嗯，怎么了？"

"没有具体的想法，不过觉得很幸福。"许临渊笑着叹了口气，"不知不觉几年过去了，希望我的妻子不要嫌弃我变老了。"

可他并不知晓，她只要看向他，心脏就好似周游列国后，飞机落地的那一秒，怦怦不止。

所以，对于这句话，叶卿茶选择缄默不语。

手伸到口袋里的时候，她摸到了一副耳机。

许临渊也并不要求她给出什么回应，只是说："还有什么想去的地方吗？"

"饿了，想吃前段时间你带我去过的茶餐厅。那里的菜很清淡新鲜，我比较喜欢。"叶卿茶把耳机盒打开，分给许临渊一只。

"还有呢？"许临渊戴上耳机。

"吃完就该接孩子了，"叶卿茶笑，随便点开一首歌，"现在都一点多了，开回去有很长一段路呢，幼儿园放学也就那会儿。"

歌曲软件已经开始运转，悠悠的音乐，自耳机里传来。

"你谈最近，转塘风轻轻缓缓，撞开各自心事纷纷再蹒跚。"

"哦，我都忘了。"许临渊失笑，"今天除了记得是你生日，其他的事情，我似乎没太上心。"

"这话可别让小清知道。"叶卿茶拉着他，缓步朝停车场走去，"她能对着你哭两个小时，买多少裙子都别想哄好。"

"年少还不懂浪漫，总笨拙，不可爱。"

许临渊半眯起眼睛，似乎在看向很远的地方："我猜，我们家小清，她应该以后是要当歌唱家的吧。"

"怎么说？"

"她哭很久，都不停的啊。好像也不会累的样子，歌唱家不都这样？”许临渊想到许幼清那张哭闹的脸，心里就五味杂陈，“真的是一点也不乖，可喝茶时好可爱。”

“你却爱，这份慢。”

叶卿茶步伐渐渐慢下来：“那星尘呢？你觉得他以后会成为什么样的人？”

“你说星尘啊。他和我小时候的样子很像，不太能琢磨透他具体喜欢什么。不过，我和他之前散步，路过乐器店，他对着里面的架子鼓看了很久。所以我想着，等他再大点，送他去学那个吧。”

“想共你同看星子满满，望进云卷云开，确定好一起挨过泥泞的未来。”

“那不错啊。”叶卿茶想了想，自己的儿子打鼓的场面，“感觉很酷呢。星尘是个内心与外在很不同的孩子，看着内向，其实很有想法。”

“所以，幼儿园的老师跟我说，他很讨班里的女同学喜欢。”许临渊想到那个场面，不禁缓缓摇头，“小清很护着自家哥哥，好几次跟小同学吵架。”

“与你在平凡的夜说爱，写粗糙的诗表白，一句情动绕一句晚安。”

“她那个脾气，不知道随了谁。”许临渊略微沉吟，“我们好像都不是这个脾气。”

“唔，其实我小时候，脾气挺急的。”叶卿茶坦白。

“真的？”许临渊笑了，打开车门，“那我真不知道。你没说过，我也完全没看出来。”

“现在说了。”叶卿茶松开他，有些脸红，“似乎长大一点，我话就变少了。不过，我倒是希望小清一直这样，话多一点挺好的呀，永远不会闷，也容易交朋友。她现在的样子很可爱，无忧无虑的。”

“与你在山水腾腾之外，怜取春风不还，一霎清雨探一夜阑珊。”

“他们长成什么样都可以，”许临渊说，“我只希望他们健康平安，自由自在就行。”

“还有快乐，那很重要。”叶卿茶补充道。

许临渊笑着说是，将汽车启动。

高大的白色越野车，行驶在宽阔的公路上。

他们的周遭没有高楼，空旷而阴凉。

许临渊把车窗全都打开，而这时候，耳机里的歌词，刚好放到最后一句——

“姣好天光共卿卿且看。”